TURBULENCES

DU

CŒUR

DE LA MÊME AUTEURE

Pourquoi pars-tu, Alice? Éditions Libre Expression, 2017.

Ça peut pas être pire…, Éditions Libre Expression, 2016.

La Vie sucrée de Juliette Gagnon, tome 3, *Escarpins vertigineux et café frappé à la cannelle*, Éditions Libre Expression, 2014 ; collection « 10 sur 10 », 2017.

La Vie sucrée de Juliette Gagnon, tome 2, *Camisole en dentelle et sauce au caramel*, Éditions Libre Expression, 2014 ; collection « 10 sur 10 », 2017.

Pourquoi cours-tu comme ça?, collectif, Éditions Stanké, 2014.

La Vie sucrée de Juliette Gagnon, tome 1, *Skinny jeans et crème glacée à la gomme balloune*, Éditions Libre Expression, 2014 ; collection « 10 sur 10 », 2017.

La Vie épicée de Charlotte Lavigne, tome 4, *Foie gras au torchon et popsicle aux cerises*, Éditions Libre Expression, 2013 ; collection « 10 sur 10 », 2016.

La Vie épicée de Charlotte Lavigne, tome 3, *Cabernet sauvignon et shortcake aux fraises*, Éditions Libre Expression, 2012 ; collection « 10 sur 10 », 2016.

La Vie épicée de Charlotte Lavigne, tome 2, *Bulles de champagne et sucre à la crème*, Éditions Libre Expression, 2012 ; collection « 10 sur 10 », 2016.

La Vie épicée de Charlotte Lavigne, tome 1, *Piment de Cayenne et pouding chômeur*, Éditions Libre Expression, 2011 ; collection « 10 sur 10 », 2016.

NATHALIE ROY

TURBULENCES DU CŒUR

Libre Expression

Une société de Québecor Média

Catalogage avant publication de Bibliothèque et Archives nationales du Québec et Bibliothèque et Archives Canada

Roy, Nathalie, 1967-, auteure

        Turbulences du cœur / Nathalie Roy.
        ISBN 978-2-7648-1275-4
        I. Titre.
PS8635.O911T87 2018   C843'.6   C2018-941494-4
PS9635.O911T87 2018

Édition : Nadine Lauzon
Révision et correction : Sophie Sainte-Marie et Sabine Cerboni
Couverture et mise en pages : Clémence Beaudoin
Photo de l'auteure : Michel Paquet

Cet ouvrage est une œuvre de fiction ; toute ressemblance avec des personnes ou des faits réels n'est que pure coïncidence.

Remerciements
Nous remercions le Conseil des Arts du Canada et la Société de développement des entreprises culturelles du Québec (SODEC) du soutien accordé à notre programme de publication.
Gouvernement du Québec – Programme de crédit d'impôt pour l'édition de livres – gestion SODEC.

Financé par le
gouvernement
du Canada | 

Les Éditions Libre Expression
Groupe Librex inc.
Une société de Québecor Média
1055, boul. René-Lévesque Est
Bureau 300
Montréal (Québec) H2L 4S5
Tél. : 514 849-5259
Téléc. : 514 849-1388
www.edlibreexpression.com

Dépôt légal – Bibliothèque et Archives nationales du Québec et Bibliothèque et Archives Canada, 2018

ISBN : 978-2-7648-1275-4

Distribution au Canada
Messageries ADP inc.
2315, rue de la Province
Longueuil (Québec) J4G 1G4
Tél. : 450 640-1234
Sans frais : 1 800 771-3022
www.messageries-adp.com

Diffusion hors Canada
Interforum
Immeuble Paryseine
3, allée de la Seine
F-94854 Ivry-sur-Seine Cedex
Tél. : 33 (0)1 49 59 10 10
www.interforum.fr

*À tous les hommes qui se mettent
une tonne de pression sur les épaules.
Que Louis-Philippe vous donne des ailes
pour faire des changements dans votre vie.
Petits ou grands…*

*À mes lectrices, merci d'être patientes avec LP.
N'oubliez jamais qu'il est un homme.* 😉

1

— Qu'est-ce qu'on fait de beau aujourd'hui, Louis-Philippe?

Ma coloriste est une des seules personnes que je connais qui m'appellent par mon prénom complet. Pour les autres, je suis «LP» ou «maître Rousseau».

— Comme d'habitude, Marilou.

Elle examine mes tempes, soulève des mèches de cheveux ici et là, et réfléchit quelques instants. Elle pose ses mains sur mes épaules et m'observe d'un air interrogateur dans le miroir.

— T'es certain que tu veux une couleur aussi foncée que la dernière fois? Il serait temps de laisser voir un peu de blanc, tu penses pas?

Non, mais de quoi se mêle-t-elle? De ce qui ne la regarde pas! Marilou a beau s'occuper de ma tête depuis dix ans, ça ne lui donne pas le droit de contester mes choix. Devant mon air contrarié, elle lève les mains pour signifier que c'est moi le patron et elle me fait son plus charmant sourire… pour lequel je flanche immédiatement. Je me radoucis d'un coup. Après tout, c'est elle, la professionnelle, elle a sans doute une bonne raison pour me faire une telle suggestion.

— Ça changerait quoi?

— Ça serait plus naturel, moins plaqué, tu comprends?

Peut-être, mais la vraie question est: est-ce que ça me vieillirait? Mais ça, je n'ose pas le lui demander. Si j'entends parfois les femmes que je connais parler entre elles des rides qui apparaissent, de leurs paupières qui tombent ou des kilos qu'elles n'arrivent pas à perdre, pour moi, ça reste du domaine privé. Même avec ma coloriste.

— La prochaine fois, peut-être.

Marilou hausse les épaules et s'éloigne pour préparer ma coloration. J'en profite pour consulter mes messages. J'ai un texto qui provient d'un numéro que je ne reconnais pas. « Merci encore pour la belle soirée d'hier. On se reprend bientôt? 😚 »

Ah… Justine. C'est étrange, je ne me souviens pas de lui avoir donné mes coordonnées. Faut croire que les derniers whiskys sour étaient de trop. Ce que je me rappelle très bien, par contre, ce sont les moments que nous avons passés à nous embrasser dans le couloir du bar où je me suis retrouvé hier, après une journée de cul. Justine m'a fait tout oublier.

Il y a longtemps que je n'avais pas fait une rencontre comme ça, à l'improviste. D'habitude, j'utilise Tinder. C'est beaucoup plus efficace. Mais hier soir, je ne cherchais pas obligatoirement les bras d'une femme. Je voulais surtout me soûler. Et c'est ce qui est arrivé.

Alors que ma main descendait le long de son dos et qu'elle s'approchait de ses fesses, Justine a gentiment stoppé mon geste, me proposant d'en garder pour plus tard. Nous sommes retournés prendre quelques verres et c'est là que j'ai perdu le fil. Mais, visiblement, ça s'est bien terminé puisqu'elle me relance. Je lui réponds.

« Quand tu veux »

Son retour est rapide.

« Ce soir ? »

Ça, par contre, c'est trop vite à mon goût. De toute façon, j'ai du boulot par-dessus la tête. C'est tout juste si j'ai réussi à prendre mon heure de lunch pour venir ici.

« Je suis occupé »

En envoyant le message, je constate qu'il manque de chaleur. Je remédie à la situation.

« Désolé… »

Puisqu'elle tarde à réagir, je visite ma page Facebook et je m'aperçois que Justine Landry m'a identifié dans une photo. *Fuck !* Je n'ai aucun souvenir d'avoir posé avec elle, et encore moins de lui avoir donné la permission d'utiliser mon image. Ce que je me fais toujours un devoir de préciser.

Avec appréhension, j'accède à la publication. C'est bien ce que je craignais. Je ne suis vraiment pas à mon avantage. Mon regard est flou, mon sourire est bidon et je suis évaché sur le fauteuil. À mes côtés, Justine est tout heureuse. Qui donc a pris ce cliché ?

— Ouin, ç'a fêté fort hier ? lance Marilou, surgissant, son peigne et sa bouteille de produit colorant à la main.

— Et j'en suis pas trop fier.

Pendant qu'elle applique ma couleur, je m'empresse d'écrire à Justine pour qu'elle retire la photo. Une réputation dans mon milieu, c'est si fragile.

— Bah, ça t'arrive pas si souvent, non ?

Marilou se trompe. Depuis quelques mois, je ressens le besoin de faire la fête au moins trois ou quatre fois par semaine. Le soir, quand je ne dois pas bosser jusqu'à minuit, je me dirige inévitablement vers un de mes endroits préférés de la rue Notre-Dame, à boire du vin et des *drinks*, en me nourrissant de crevettes *popcorn* et de charcuteries. Pas trop édifiant, comme me le rappelle souvent ma fille. Mais inutile que ma coloriste soit au courant.

— T'as raison, Marilou. J'ai bien le droit de décompresser un peu.

— C'est pas moi qui vais te juger certain. Avec la job de fous que t'as…

— Je suis pas tout seul à travailler fort.

— Peut-être, mais c'est sur le plan émotif que ça doit pas être facile.

Ça, je choisis de ne pas trop y penser. Sinon je serais incapable d'exercer ma profession. C'est pour cette raison que, lorsque j'aborde un nouveau cas, je ne le personnalise jamais. J'évite autant que possible de nommer la partie adverse et j'utilise plutôt le numéro de dossier. Et je ne m'attarde jamais à son histoire de vie. Je suis engagé pour faire un boulot et c'est ce que je fais. Point à la ligne.

— Tu t'inquiètes trop pour moi, Marilou. Tout va bien.

— Si tu le dis…

Mon téléphone vibre. Justine me confirme avoir supprimé la photo et me demande si je suis libre demain, ce qui me laisse croire que la soirée ne s'est pas mal terminée.

Je me souviens vaguement d'avoir quitté le bar pour me rendre à mon *penthouse* à pied. Et je suis convaincu que j'étais seul. Mais je n'ai aucune idée de ce qui s'est passé avant mon départ. Qu'est-ce que j'ai bien pu lui raconter ? Quels gestes ai-je faits pour qu'elle veuille à ce point me revoir ? Rien de compromettant, j'espère !

Il serait peut-être utile de la rencontrer de nouveau. Et puis, elle n'était pas si mal, avec ses longues jambes et sa taille fine.

« OK pour demain soir »

« Génial. On soupe au resto ? À 20 h ? »

Je m'apprête à accepter, mais j'ai une hésitation. Suis-je libre ? Je consulte mon calendrier sur mon cellulaire et je constate que j'ai un rendez-vous à 20 heures… dont je me passerais bien. Mais comme j'ai promis à ma fille d'y être, je ne peux pas me défiler.

«21 h 15»

«OK, super. À demain ☺»

Pendant que l'assistante du salon me masse la tête avec douceur au lavabo, j'essaie de trouver une solution pour faire faux bond à ma fille sans qu'elle m'en veuille. Une fois de plus.

✳

La salle de conférences du trente-septième étage est beaucoup trop vaste pour accueillir mes trois interlocuteurs. Assis devant moi, à la table qui peut loger plus de vingt personnes, ils me semblent tout petits. Et j'espère que c'est comme ça qu'ils se sentent. Pas question de les mettre en confiance en les recevant dans un local à dimension humaine. Ils sont sur *mon* territoire.

Depuis plusieurs minutes, l'avocat de la partie adverse énonce ses arguments pour me convaincre que ses clients ont droit à une compensation plus avantageuse que celle que nous leur offrons. Je l'écoute d'une oreille distraite, préférant observer au loin les couleurs éclatantes de l'automne sur le mont Royal.

À mes côtés se trouvent trois des techniciens juridiques du bureau. Mes détracteurs sont au nombre de trois, nous sommes quatre. Parmi les employés du cabinet, il y a William, mon plus fidèle collaborateur depuis cinq ans. Un gars excessivement rigoureux, à qui rien n'échappe et qui m'a sauvé la peau à quelques reprises. Je lui dois beaucoup.

Il ne l'a jamais exprimé tel quel, mais je sais que William aurait souhaité que je le remercie en nature. Dès son embauche, j'ai compris qu'on ne jouait pas dans la même équipe. Rien n'a été dit, mais je l'ai senti, tout simplement. Et ce n'est pas son physique qui aurait pu me mettre sur la piste. William n'a rien, mais rien d'efféminé. Avec sa carrure impressionnante, sa mâchoire bien carrée et son langage corporel masculin, il transpire l'homme, comme on dit. Plus que moi à la limite.

Mon technicien n'a jamais eu de commentaires ou de gestes déplacés à mon endroit, mais je sentais que je lui plaisais. Et je trouvais la situation bien inconfortable.

Je ne comprenais pas pourquoi il croyait que je pouvais être gai ou bisexuel. Il n'y a pas plus hétéro que moi! J'aurais pu demander qu'il soit muté avec un autre *senior*, mais sa grande compétence m'est indispensable. J'ai donc décidé de jouer cartes sur table. À ma manière.

Un soir que nous célébrions une victoire cruciale pour le cabinet, à coups de bouteilles de champagne, dans cette même salle, je lui ai proposé de m'accompagner dans un bar. J'ai choisi un endroit où j'ai la cote auprès des femmes. Et je lui ai fait la démonstration qu'il n'y avait qu'elles qui m'intéressaient sur le plan physique. William a compris le message, et ses sentiments à mon égard se sont estompés peu à peu. Nous formons maintenant un duo d'enfer.

— Maître Rousseau? Vous me suivez? s'enquiert le juriste.

Je sors de mes pensées et je retrouve aussitôt mon aplomb.

— Absolument. Mais comme vous le savez, notre offre est finale. C'est à prendre ou à laisser.

Mon interlocuteur me dévisage avec mépris. Je détourne les yeux, conscient que la compagnie pharmaceutique qui m'a embauché pour la défendre contre cette action collective pourrait être plus généreuse. Les effets secondaires de la prise du médicament controversé ont été bien réels pour de nombreux citoyens... Mais qu'est-ce qui m'arrive? Pourquoi est-ce que je pense de cette façon? J'ai la fâcheuse impression de ramollir depuis quelque temps. Il faut que ça cesse !

Je me lève avec assurance et j'empoigne mon dossier. Mes collègues m'imitent.

— Je comprends qu'on se reverra au tribunal, dis-je, sans toutefois l'espérer.

C'est plutôt une tactique pour les faire plier. Et en général, ça fonctionne.

— Exactement, me répond l'avocat en ne me lâchant pas des yeux.

S'il croit m'intimider, celui-là, il a tort. En plus de quinze ans de carrière, j'en ai vu d'autres !

Je tourne les talons et je sors de la pièce, accompagné de William. Mes deux autres collègues s'occupent de reconduire nos invités à la réception.

— T'as été parfait, LP. Ils vont céder, je suis certain.

— Merci, mais faut présumer de rien, tu le sais bien.

William se renfrogne comme toujours quand je brise son enthousiasme débordant. Je sais qu'il me trouve cynique et rabat-joie, mais je préfère avoir les deux pieds sur terre plutôt que de vivre dans un monde de licornes, comme dirait ma fille. Rien n'est acquis dans ce milieu, surtout pas dans le domaine de la justice qui porte parfois bien mal son nom.

En arrivant devant le bureau de mon collaborateur, je constate qu'un immense bouquet de fleurs y trône. *Fuck !* Serait-ce son anniversaire ? Je ne peux pas croire que j'ai oublié ça !

— Des fleurs ? Ah ben ! lance-t-il, surpris.

Il attrape la carte, pendant que j'entre dans mon bureau. Je ferme la porte derrière moi et j'observe William qui lit le petit mot. Est-ce un amoureux ? Sa mère ? Un ami ? Je sais bien peu de choses sur la vie privée de William et vice-versa. Nous sommes collègues, pas amis.

J'appelle Léa, notre réceptionniste, et je lui demande si c'est bien l'anniversaire de William.

— Oui. Il a trente ans aujourd'hui.

Trente ans… neuf ans de moins que moi. Je ne me le cache pas : je reviendrais bien à cet âge. La trentaine, la décennie de tous les possibles, de tous les espoirs. Même si la mienne a été marquée par une séparation, elle m'a comblé du point de vue professionnel et financier. Je suis maintenant là où j'ai toujours voulu être : associé dans un des plus grands bureaux d'avocats de Montréal, propriétaire d'un *penthouse* de deux mille pieds carrés dans Griffintown et d'une résidence secondaire en Floride. Très loin de l'enfance de merde que j'ai connue…

— Est-ce que tu peux lui commander des boutons de manchette chez Harry Rosen ?

— Euh… lesquels ?

— Je te laisse choisir. Pas plus de trois cents dollars.

— C'est un peu vague comme demande.

— Je te fais confiance.

— Bon…

— Merci, Léa. Tu peux les faire livrer d'ici la fin de la journée, s'il te plaît ?

Je l'entends soupirer au bout du fil. Ce n'est pas la première fois qu'elle pallie mes oublis personnels. De ce côté-là, je manque clairement d'organisation.

— OK, LP. Mais la liste de mes airs lousses s'allonge de plus en plus.

— J'en prends note.

Je raccroche et je m'absorbe dans le dossier de la compagnie pharmaceutique. Je sais que je n'ai pas le droit à l'erreur et que je dois gagner. C'est la seule issue possible. La tonne de pression que je ressens sur mes épaules me donne envie de me servir un gin, mais l'heure à laquelle je m'autorise à consommer de l'alcool est encore loin. J'engouffre plutôt un caramel que j'ai attrapé sur le bureau de Léa tout à l'heure et je laisse le sucre créer son effet apaisant… qui ne dure que quelques minutes.

✳

— Merci, LP, ils sont vraiment *nice*!

William a reçu mon cadeau juste à temps. Il enfilait sa veste au moment où le livreur est arrivé.

— Tant mieux s'ils te plaisent.

— C'est sûr que…

— Que quoi?

Il semble embarrassé et j'ignore pourquoi. Ah non! J'espère qu'il ne me prête pas des intentions que je n'ai pas! Peut-être que j'ai trop mis le paquet.

— En fait, j'ai jamais porté de boutons de manchette.

— Ah, OK. Il est pas trop tard pour commencer.

Soulagé, je replonge dans mon document, mais William reste stoïque à se balancer d'un pied à l'autre, devant mon bureau. Je relève la tête, je l'observe quelques instants et je comprends.

— Veux-tu les échanger?

— Ça te dérange pas trop?

— Non… à moins que tu penses que c'est juste pour les vieux, dis-je, mi-moqueur, mi-sérieux, en retroussant la manche de mon veston pour lui montrer mes attaches en argent massif.

— Euh, non, non. Mais comme j'ai besoin de nouvelles cravates…

— C'est ta fête, Will, pas la mienne. C'est Léa qui a la facture.

— OK, merci.

Il s'éloigne vers la sortie de mon bureau et me demande s'il doit fermer la porte.

— S'il te plaît, oui. Je vais rester tard.

Je regrette aussitôt de lui avoir donné cette précision. Tel que je le connais, William va se sentir coupable de ne pas demeurer à mes côtés. Et son visage trahit justement cette émotion.

— Envoye, va fêter! J'imagine que t'es attendu.

— Ouais, on se ramasse une gang au Renard… Si tu veux venir nous rejoindre, ne te gêne pas.

Étrange proposition que celle-ci. Jusqu'à ce jour, William ne m'a jamais ouvert les portes de sa vie personnelle. Et c'est mieux comme ça.

— C'est fin, mais je vais vous laisser entre chums.

— Comme tu veux. Essaie de finir avant minuit, t'as les traits tirés, je trouve.

— Inquiète-toi pas. Amuse-toi bien.

— À demain, LP.

Il quitte la pièce et un grand vide m'envahit. Je secoue la tête et je me concentre sur la déclaration de mon client.

∗

— Ça fait vingt-sept dollars et trente-cinq.

Je tends ma carte de crédit au livreur de sushis. Le cabinet est maintenant plongé dans la pénombre et je semble être le seul à y travailler ce soir. J'apporte mon repas à mon bureau, mais, en passant devant la salle de conférences, j'entends un bruit suspect. Je m'arrête et je constate qu'un filet de lumière traverse le seuil de la porte. Une réunion tardive?

Intrigué, je tends l'oreille. Je ne distingue aucune parole, mais plutôt des sons étranges comme un frottement ou un objet qui cogne sur un autre. Pas besoin d'être perspicace pour deviner ce qui se déroule derrière la porte. La question, c'est: qui avec qui?

Et j'imagine que, pour le savoir, il va falloir que j'attende qu'ils sortent de la pièce. À moins que… Je tâte la poignée. Ils sont vraiment imbéciles: ils ont laissé la porte déverrouillée.

J'entrouvre avec précaution, et la scène qui s'offre à moi m'excite aussitôt. Une baise intense entre Léa, à moitié dévêtue, et Antoine, un avocat spécialisé en droit immobilier, qui vient de se joindre à nous. Ça n'a pas été trop long! Ils ont dû boire un verre au bar en bas de l'édifice pour ensuite remonter, croyant le bureau vide. Ici, les aventures entre collègues sont assez courantes. Le besoin de décompresser, je suppose.

Je me rince l'œil quelques instants. Je me doutais bien qu'elle avait de beaux seins, mais là, c'est carrément au-dessus de mes attentes. Et ils semblent naturels, en plus. Je reste encore un moment, sachant que ce sera pour moi la seule occasion de la contempler dans toute sa splendeur. Je ne ferai jamais d'avances à notre réceptionniste. C'est une question de principe. Je ne couche pas avec mes subalternes, même si j'en ai très envie. Je crains trop que ça crée des conflits et des situations gênantes.

Au bureau, l'unique aventure que je me suis autorisée a été avec Évelyne, une associée. Une histoire de cul qui a duré quelques mois, alors qu'elle était mariée, et moi, séparé. Une liaison purement sexuelle qui nous a comblés tous les deux… jusqu'à ce que son mari, un juge, la découvre. Depuis notre rupture, survenue l'année dernière, je m'assure de ne jamais plaider devant lui.

— TABARNAK!

Je sursaute en entendant la voix d'Antoine, qui vient de m'apercevoir. *Fuck!* J'aurais dû être plus discret. Étendue sur la table, la jupe remontée sur ses cuisses, Léa regarde dans ma direction et s'empresse de cacher sa poitrine. Elle tourne son visage vers le mur, visiblement très embarrassée par la situation. Je murmure des excuses et je referme la porte.

En m'éloignant vers mon bureau, je m'en veux à mort d'avoir été trop curieux. Comment vais-je faire maintenant pour la saluer chaque matin sans avoir en tête ces images suggestives qui me troublent de désir?

2

— Ça commence bien !

— Désolé, ma puce.

— J'haïs ça quand tu m'appelles de même. J'ai plus trois ans.

Je prends place à côté de ma fille, sur une petite chaise rembourrée de la salle d'attente. Romy est de mauvaise humeur. Pour dix malheureuses minutes de retard.

— Je suis resté coincé dans le trafic.

— Ben là ! T'aurais pu venir à pied. On est pas loin de ton bureau.

— T'as raison. Prochaine fois.

Depuis quelques années, je ne sais plus trop comment agir avec ma fille. Avant, chaque fois qu'on se revoyait, je lui faisais la bise ou bien je lui donnais un câlin. Mais maintenant qu'elle m'a dit qu'elle trouvait ça nul, je n'ose plus tenter de rapprochement physique. Et c'est moi qui trouve ça nul.

J'avoue que Romy a parfois le don de me paralyser et de me faire douter de moi-même comme parent. À l'entendre, je suis un père «complètement incompétent». J'estime que c'est exagéré. Absent, oui. Et j'aimerais bien me reprendre. À condition qu'elle me laisse une vraie chance.

J'aurais préféré qu'elle choisisse un autre moyen pour rebâtir notre relation, comme jouer au tennis ensemble ou aller skier l'hiver prochain, mais elle souhaite une approche plus intime. Et je m'y prête. De mauvaise grâce, mais j'accepte d'être ici.

— Romy? Monsieur Rousseau?

La psychologue Louise Tanguay se présente, nous serre chaleureusement la main et nous invite à la suivre dans son bureau. Je fais signe à Romy de me précéder et je lui offre de porter son sac à dos qui a l'air assez lourd. Elle refuse et le colle contre elle. Un geste qui m'indique qu'elle n'est pas prête à s'ouvrir à moi. La séance sera longue...

La psy nous invite à nous asseoir dans deux fauteuils confortables.

— Merci d'être là tous les deux. On a un peu de retard, je...

— Ouin, c'est de sa faute aussi, m'accuse Romy.

Je ferme les yeux un instant pour encaisser les reproches.

— Euh, Romy? C'est plutôt moi. Comme je te l'ai dit plus tôt, j'ai dû répondre à un appel urgent, je suis désolée. Vous êtes mes derniers clients de la soirée, je vous propose de continuer jusqu'à 21 h 10, d'accord?

Ça m'irrite profondément de constater que Romy est prête à dire n'importe quoi pour me blâmer, me prendre en défaut. Mais je respire un grand coup pour éviter de dire quelque chose que je regretterais.

— Bon, alors, si j'ai bien compris, c'est toi, Romy, qui désirais une consultation?

— Ouais, c'est une de mes amies qui m'a parlé de toi.

— De vous.

Mon intervention ne plaît pas à ma fille. Elle me fusille du regard. Mais je ne me laisse pas intimider. S'il y a une chose dont je suis fier, c'est que sa mère et moi, nous lui avons appris les bonnes manières. Ce n'est pas vrai qu'elle les perdra parce qu'elle a quinze ans.

— De *vous*, d'abord.

La psychologue sourit avec politesse.

— Et vous, monsieur Rousseau, comme vous avez appelé pour prendre le rendez-vous, je suppose que vous êtes d'accord avec la démarche de votre fille?

— Euh, oui, oui.

— Pas trop, non.

— Romy, s'il te plaît.

— Avoue-le donc que tu voulais rien savoir.

— J'ai jamais dit ça. Je suis resté surpris par ta demande, mais…

— *Bullshit!*

Mme Tanguay se racle la gorge.

— Romy, ce serait important d'entendre ton père jusqu'au bout.

Elle hausse les épaules comme si elle s'en foutait, mais ce n'est pas le cas. J'ai beau ne pas être très proche d'elle, je sais que ma fille joue à l'insensible. Elle ne l'est pas, tout au contraire.

— C'est vrai que venir en thérapie, c'est pas mon premier choix. Mais je suis prêt à essayer.

La psychologue approuve du regard.

— Pourquoi tu nous dis pas, Romy, ce que tu attends de nos rencontres?

— Je sais pas trop.

Mme Tanguay tente d'en savoir plus sur l'objectif de sa cliente, mais elle n'obtient pas plus de précisions. Machinalement, je jette un œil sur ma montre.

— T'es déjà tanné? Ç'a pas été long!

— Je suis désolé.

— C'est ça, le problème, avec lui. Même quand il est là, il est pas là.

— Je pense ici qu'on a un bon point de départ. Romy, est-ce que tu considères que ton père a été un père absent ?

— *Damn yes !* Pis j'en ai pas mal à dire sur le sujet.

— Je t'écoute.

Et voilà que ma fille commence mon procès. Celui d'un père qui n'a jamais pris soin d'elle. Même si j'ai déjà entendu son discours à plusieurs reprises, il me crève le cœur chaque fois.

3

— Café ?

C'est par pure politesse que j'offre un espresso à Justine, qui a passé la nuit ici, après une soirée interminable au resto, hier. Je l'ai écoutée d'une oreille distraite me parler de sa vie ; je repensais aux propos de ma fille, que j'avais entendus un peu plus tôt. Avec la psychologue, Romy a mis ses tripes sur la table comme elle ne l'a jamais fait.

J'ai même appris qu'elle avait dressé une liste de mes qualités et de mes défauts. Dans la première, il n'y avait qu'un seul élément : « Encore pas pire beau pour son âge. » Quant à l'énumération de mes points faibles, elle comprenait les mots « égocentrique », « matérialiste »... et « macho ». Celle-là, elle est bonne ! Romy est bien la première à penser que je me crois supérieur aux femmes.

— S'il te plaît.

Je lui sers un café bien serré. Justine le regarde avec peu d'intérêt.

— J'ai pas grand-chose pour déjeuner, désolé.

— Tu manges pas le matin?

— Oui, mais au bureau, après le gym.

— Ah… OK. Tu t'entraînes tous les jours?

— La semaine, oui. C'est juste en bas de l'immeuble.

— Ouin, t'es un gars discipliné.

— Pas le choix.

Je constate qu'elle n'a pas touché à son café. De plus, elle est encore vêtue de mon t-shirt et ses affaires ne sont pas ramassées. C'est clair qu'elle n'est pas aussi pressée que moi. Il est presque 7 heures. Généralement, à cette heure-ci, je termine mes vingt-cinq minutes de tapis roulant. Je crois bien que je devrai laisser tomber ma séance d'exercice aujourd'hui.

— Je brise ta routine, hein, LP?

Je réalise que je montre trop mon impatience. Un peu de politesse s'impose.

— Non, non, c'est correct. Je dois avoir du pain au congélateur. Des toasts, ça te va?

— C'est parfait. Et si t'avais un peu de lait pour mon café, ce serait génial.

— Ça m'étonnerait.

Je regarde dans le frigo, j'écarte les bouteilles de blanc et de champagne que je garde bien au froid, et je déniche un contenant de lait de soya. Il date de la dernière visite de Romy, il y a deux semaines.

En théorie, ma fille est avec moi un week-end sur deux, mais, depuis quelque temps, c'est aléatoire et ça dépend de ses envies. J'essaie de me plier à ses horaires, mais je n'arrive pas toujours à me libérer du boulot quand elle est ici. De toute façon, elle ne tient pas à ce que je sois disponible. Par contre, pendant la période des fêtes, j'exige qu'elle respecte l'entente que j'ai avec sa mère. Une année sur deux, nous sommes ensemble.

Justine semble satisfaite du lait de soya et de ses rôties au beurre d'amandes, un autre aliment grano de Romy. Je m'assois avec elle à l'îlot, un *shake* de protéines devant moi. Justine me regarde avec curiosité.

— Ta vie est réglée au quart de tour, je me trompe ?

— Pas tant que ça.

— En tout cas, ton appart, c'est celui d'un gars très organisé.

— Pourquoi tu dis ça ?

— La façon dont tu classes tes vêtements dans ton *walk-in*, par exemple.

Son commentaire m'irrite.

— T'as fouillé dans mes affaires ?

— Ben non. La porte était ouverte, c'est tout. Pas de panique.

— Excuse-moi.

— T'as la mèche courte. Ça fait longtemps que t'as vécu avec quelqu'un, hein ?

Je hausse les épaules en guise de réponse, n'ayant pas envie de rentrer dans les détails de ma séparation, qui date d'il y a six ans. Je lui demande plutôt des précisions sur le rangement de mes vêtements.

— Les habits de la même couleur d'un côté, les chemises blanches ensemble… Même les bas et les bobettes sont triés par couleur.

— T'as pas pu voir ça sans ouvrir les tiroirs. C'est ce que t'as fait ?

— Juste un petit peu.

Son comportement me rend perplexe. Une fille qui fouille dans les vêtements d'un gars, le premier soir qu'elle va chez lui en plus, n'annonce rien de bon.

— T'es spéciale, toi, dis-je, me retenant d'aller plus loin.

— Ah, écoute, c'est juste du linge, j'étais curieuse, c'est tout.

— Quand même.

— J'aurais jamais regardé tes papiers, promis. C'est juste que ton *walk-in*, il est impressionnant. Moi, je rêverais d'en avoir un comme ça.

Je termine ma boisson et je me lève.

— Bon, va falloir qu'on y aille. Est-ce que je te dépose quelque part? T'habites où?

— Rosemont, mais je vais prendre le métro.

— Non, non, je vais aller te reconduire. Faudrait se dépêcher, par contre.

Je n'ai aucune envie de me taper un détour ce matin, mais je ne suis pas à l'aise de la laisser partir en transport en commun.

— À moins que je reste ici un peu? Le temps de me laver, de relaxer… T'as juste à me dire comment barrer la porte.

Non, mais quelle effrontée! Comme si j'allais laisser une quasi étrangère seule chez moi. Je tente de cacher mon exaspération.

— Une autre fois, peut-être.

— OK, je vais aller m'habiller.

Elle s'éloigne vers ma chambre pendant que je range la cuisine. Je vérifie ensuite si j'ai tous les documents dont j'ai besoin aujourd'hui dans ma mallette. Mon horaire est assez chargé avec deux réunions et une conférence téléphonique. D'ailleurs, où ai-je mis mon cellulaire? Je ne le vois nulle part. Je me dirige vers la chambre et j'aperçois Justine, étendue sur mon lit, dos à moi… et pas encore prête!

— Justine, s'il te plaît. Je vais être en retard si ça continue.

Comme elle ne répond pas, je m'approche et je constate qu'elle tente de cacher quelque chose sous mon t-shirt, qu'elle porte toujours. Non, ce n'est pas ce que je pense!

— T'es pas en train de fouiller dans mon cellulaire?

— Non, non…

Je ne la crois pas une seconde.

— Donne-le-moi.

Piteuse, elle s'exécute.

— De toute façon, t'as un mot de passe.

— Quand même! Ça se fait pas.

— Je sais, excuse-moi. C'est plus fort que moi.

— C'est maladif, ton affaire.

Je suis éberlué par son insouciance. Son comportement est révoltant, rien de moins.

— C'est qui, Romy Mathieu?

Je regarde l'écran de mon téléphone et j'aperçois un texto de ma fille, à qui nous avons donné le nom de famille de sa mère.

«Je veux plus continuer nos séances, ça sert à rien. Annule la prochaine.»

Bon, un autre caprice! Comment peut-elle dire que c'est inutile? On vient à peine de commencer. Au fond, son désir pourrait me soulager, puisque je n'ai jamais eu envie de cette thérapie. Mais ce serait contre mes principes de renoncer une fois que j'ai plongé. Et ça montrerait le mauvais exemple à Romy. Je crois en la persévérance, pas en l'abandon.

— En tout cas, elle a pas l'air contente. Elle parle de quoi? Des séances de yoga?

Je n'ai pas l'impression que la femme que j'ai devant moi est dans la fin vingtaine… On dirait une ado en manque d'attention. Il me faut peut-être agir en conséquence.

— Bon, Justine, je te le dirai pas de nouveau, faut qu'on parte. *Now!*

— OK, OK, j'ai compris.

Elle retire mon chandail, exposant sa magnifique poitrine, et me brave avec un regard coquin. Malgré mon exaspération, je ne peux m'empêcher de lui sourire. Je lui lance gentiment son soutien-gorge noir et son chemisier à pois.

— Une autre fois.

Je n'en pense rien et je trouverai bien une façon de me défiler quand elle me rappellera. Parce que je suis convaincu qu'elle le fera.

Elle me tourne le dos pour s'habiller en silence. Je reste là quelques instants à contempler la courbe de ses hanches et ses fesses bien musclées, résistant à la tentation d'envoyer un texto à William pour l'avertir de retarder ma première réunion.

*

— Je t'ai déjà dit que j'aimais mieux que tu me textes.

— Je sais, Romy, mais je suis au volant. Tu voudrais quand même pas que j'aie un accident?

Silence radio au bout du fil.

— Romy, réponds-moi.

— Ben non, voyons. Je suis pas une *fucking evil*.

Elle est donc ben *drama queen*, ma fille! Bon, passons, je n'ai guère beaucoup de temps avant qu'elle entre en classe. J'aurais bien voulu lui lâcher un coup de fil plus tôt, mais la présence de Justine dans ma voiture m'invitait à la réserve. D'autant plus qu'elle n'a pas cessé de me questionner sur cette Romy, jusqu'à ce que je la dépose chez elle. J'ignore pourquoi, mais je n'avais pas envie de lui confier que je suis papa. Je l'ai donc laissée imaginer mille et un scénarios.

— Je veux te parler de ta décision de ne plus aller en thérapie.

— C'est mon droit. Tu peux pas m'obliger.

— Je le sais, mais je comprends pas pourquoi tu veux pas continuer.

— Parce que tu prends pas ça au sérieux.

— Comment ça, je prends pas ça au sérieux? C'est totalement injustifié comme commentaire.

— Arrête de faire ton avocat. T'as pas dit un mot de toute la séance. C'est clair que ça t'intéresse pas.

— Parce que t'aurais préféré que je t'écoute pas et que je passe mon temps à t'interrompre?

Je sais que Romy déteste que je lui réponde du tac au tac, «comme si j'étais en cour», me reproche-t-elle souvent. Mais c'est parfois nécessaire. Et là, je crois bien avoir marqué un point. Son mutisme est éloquent.

— Romy?

— Faut que j'y aille. La cloche vient de sonner.

Je n'ai rien entendu… Voilà un petit mensonge que je lui pardonne.

— Deux secondes. J'ai une proposition à te faire.

— Oui, *maître Rousseau*.

— *Come on*, Romy. Je suis de bonne foi, là.

— OKKKKKK…

— Bon. On va prendre un autre rendez-vous et là, vraiment, si t'es pas à l'aise, on annulera tout. *Deal?*

Elle met quelques instants à me répondre. J'attends en regardant les gens se presser aux feux pour piétons, rue Peel. Malgré le soleil éclatant de ce matin d'octobre, rares sont les passants qui sourient.

— *Deal*. Mais à une condition.

— Laquelle?

— On change de thérapeute. Je l'aime pas, elle.

— Je te rappelle que c'est toi qui l'as choisie.

— Ouin, mais elle fait pas la job.

— Au contraire, moi, je la trouve très bien. Assume tes choix, Romy.

— Ahhh, t'es gossant, des fois.

— Oui, et c'est mon rôle de l'être.

— Justement, concernant ton rôle, faudrait que tu me textes ton numéro de carte de crédit.

— Je suis ton père, Romy, pas ton guichet automatique. Il n'est pas question que je t'autorise à utiliser ma carte de crédit.

— Ben là, j'en ai besoin pour commander quelque chose.

Si jamais elle veut encore s'acheter une nouvelle paire de souliers, je l'étripe. Romy en fait une véritable obsession, en particulier pour les espadrilles *fashion*, les bottillons et les sandales à talons plats. Elle est comme sa mère qui, de son côté, collectionne surtout les escarpins. À deux, je crois qu'elles possèdent plus de deux cents paires de chaussures. Amélie a même fait aménager deux armoires pour loger tout ça.

— Quoi donc?

— Un super *cute* t-shirt.

— Un autre? Romy, en as-tu vraiment besoin?

— P'pa, le jour où t'appliqueras toi-même les conseils de Pierre-Yves McSween, tu pourras me la sortir, celle-là. En attendant, je veux ce chandail-là, il est trop *nice*.

Je souris devant le sens de la répartie aiguisé de ma fille… qui ne lui vient pas des voisins. Elle a bien raison, qui suis-je pour lui faire la morale sur ses achats? N'empêche que je ne peux pas céder à chacun de ces caprices.

— En quoi il est différent des autres que tu as déjà?

— Y a l'inscription «Ma robe de princesse est au lavage». Ça va trop faire parler!

— Bon, OK, j'avoue que c'est *cool*. Envoie-moi le site de la boutique et je vais m'en occuper.

— Ben là. Je voulais le faire moi-même.

— C'est ça ou c'est rien.

— OK, d'abord. Bye!

— Euh… Merci, papa, peut-être?

— Merci, p'pa.

— Est-ce qu'on se voit en fin de semaine?

— Je sais pas, je te texte.

Romy raccroche sans plus de façon, me laissant dans la noirceur, une fois de plus. Au moment où j'entre dans le stationnement souterrain du bureau, je me demande si le jour viendra où je pourrai parler avec ma fille sans qu'il y ait un affrontement. J'en doute, mais je ne perds pas espoir. Cette pensée m'habite tout le long de ma montée en ascenseur vers le trente-septième étage.

En ouvrant la lourde porte de la réception, je me sens embarrassé. Léa est là, devant moi, son casque d'écoute sur les oreilles. La dernière fois que je l'ai vue, elle était à demi vêtue, en pleine partie de jambes en l'air. Est-ce que son absence d'hier a un lien avec cet événement? Pas trop mon genre de la questionner à ce sujet. Je fais donc comme si rien ne s'était passé.

— Bonjour, Léa.

— Bonjour, répond-elle sans même me regarder et sans sa chaleur habituelle.

Oups… Je pense bien que le malaise vient juste de commencer. Est-ce qu'elle croit que je la juge ? J'espère que cet incident ne nuira pas à notre relation professionnelle.

Tout comme William, notre réceptionniste m'est indispensable. Elle a toujours le mot parfait pour faire patienter un adversaire qui cherche à me joindre et elle excelle dans l'art d'inventer des excuses plausibles pour justifier mes retards, qui ne sont toutefois pas légion. Je ne peux pas me passer d'elle.

— Tu vas bien, Léa ?

— Oui.

C'est clair que je devrai trouver une façon de ramener l'harmonie entre nous. Mais ça devra attendre puisque Will souhaite me parler.

— Bonne journée, dis-je d'un ton faussement enthousiaste.

Dès que je m'approche de mon technicien, il me bombarde de nouvelles informations sur le dossier de la compagnie pharmaceutique.

— Ils veulent une rencontre en vidéoconférence le plus tôt possible. Ça sent le règlement, LP !

— Emballe-toi pas trop vite, Will. Qu'est-ce qui te fait dire ça ?

— J'ai su qu'ils avaient présenté une évaluation des coûts d'un éventuel procès à leurs clients. Paraît qu'ils ont trouvé ça trop élevé !

— Hein ? Tu tiens ça d'où ?

— Ah, motus et bouche cousue. Je fais comme les journalistes, je protège mes sources.

Ce n'est pas la première fois que mon collègue a recours à des espions internes dans d'autres boîtes. J'ignore comment il se débrouille, mais il parvient de temps à autre à obtenir des informations privilégiées. Et ça fait bien mon affaire !

— T'es fort !

— En tout cas, si c'est ce que je pense, on va sabler le champagne ce soir. J'espère que t'as rien de prévu ?

— Non, mais attendons encore un peu avant de se réjouir. Reviens-moi quand la vidéoconférence sera confirmée.

— Parfait.

Il s'éloigne et je prends place dernière mon ordinateur, réfléchissant à la façon de désamorcer la situation avec Léa. Si je laisse ça traîner, la gêne va augmenter. Je crois qu'il faut aborder le sujet, et c'est à moi de le faire. Je songe à lui écrire un courriel, mais je rejette aussitôt cette idée qui laisse des traces. La bonne vieille méthode d'une note manuscrite me semble appropriée. Mais je lui écris quoi au juste ? Puisque l'intention, c'est de la déculpabiliser, je devrais commencer par des excuses.

Léa,

Je suis désolé pour mon indiscrétion l'autre soir, mais sache que ça ne change rien à mon opinion sur toi. Ce que tu fais dans ta vie privée ne me regarde pas et je ne voudrais pas que ça nuise à notre bonne entente professionnelle. Donc, on oublie tout ça et on recommence à zéro, d'accord ?

LP

P.-S. La prochaine fois, si tu veux verrouiller la porte, le code est le 4352…

Je plie la feuille et je retourne à la réception. Alors que Léa termine un appel, je dépose mon mot sur son bureau et je lui fais un sourire complice. Elle me regarde, intriguée, et je m'éloigne en silence.

Quelques minutes plus tard, elle m'envoie un texto.

« Merci, LP. T'es vraiment le meilleur boss au monde. Pour le code, je savais, je me suis trompée de chiffres… »

Son message me rassure. Au moins, elle n'est pas complètement inconsciente. Elle m'en écrit un deuxième :

« Ah oui, et c'est toi qui as des airs lousses maintenant. 😉 »

Je décide de profiter de son offre et je lui transfère les coordonnées de la boutique que m'a envoyées ma fille pour l'achat de son t-shirt. Le problème, c'est qu'elle n'a pas précisé la couleur ni la taille, et je n'ai pas vraiment le temps de gérer ça. Comme elle et Léa se connaissent, je me dis qu'elles pourront régler ça entre elles.

Je m'attaque ensuite à ma journée de travail, en entamant la lecture d'un jugement qui a fait jurisprudence dans une cause similaire à celle qui m'attend la semaine prochaine. Au boulot, je ne peux me permettre d'étudier un seul cas à la fois. Je dois travailler en amont, pour être certain de toujours avoir un dossier en facturation. Je me concentre sur mon document quand Léa m'envoie un autre texto.

« Ta fille veut quinze t-shirts, c'est bien ça ? »

La ratoureuse ! Elle souhaite se faire du capital de sympathie sur mon dos, en distribuant des chandails à toutes les filles de sa classe ou quoi ? Je m'apprête à répondre à Léa qu'elle a droit à un seul article quand une image me vient en tête : celle de moi, ado, qui marche seul dans les couloirs de la poly parce que les autres me rejettent. À cette époque, j'aurais tout donné pour avoir des sous et faire partie de la gang. Si ces t-shirts peuvent la rendre encore plus populaire auprès de ses amies, pourquoi pas ? J'écris :

« Oui, merci »

Je ne suis pas certain que mon comportement serait approuvé par les spécialistes des relations parents-enfants, mais je m'en fous. Une fois n'est pas coutume. Et si ça peut me rapprocher de Romy, tant mieux.

Je prends toutefois la précaution de lui envoyer un message.

« D'accord pour tes chandails, mais on garde ça entre nous. Et pas de requêtes comme celle-là trop souvent. »

Un émoji de bonhomme sourire suit. C'est mieux que rien. Avant de me replonger dans la lecture ardue du jugement, je consulte mes courriels et l'un d'entre eux attire mon attention. Il provient d'Évelyne. Elle me demande de passer la voir quand j'aurai un moment. Elle ne mentionne pas le dossier dont elle veut discuter, ce qui est plutôt inhabituel. Je me dirige immédiatement vers son bureau.

Souhaite-t-elle me parler d'un truc personnel ? Ça me semble plausible, puisque nous sommes restés très proches, même si on ne couche plus ensemble. Évelyne est quelqu'un pour qui j'ai une profonde admiration.

À travers la vitre, je la vois occupée au téléphone. Elle me fait signe d'entrer et de m'asseoir. Pendant qu'elle termine son appel, je l'observe. Élégante dans son tailleur marine, chaussée d'escarpins noirs Louboutin, Évelyne a l'assurance d'une femme qui vient d'une bonne famille. Ce qui est le cas.

Son père a été ambassadeur dans plusieurs pays et elle a eu accès aux meilleures écoles, en plus d'étudier à la faculté de droit de l'Université d'Oxford en Angleterre. Elle est devenue associée en même temps que moi, il y a cinq ans, alors qu'elle n'avait que trente-trois ans. Une nomination amplement méritée.

Si, de mon côté, j'ai travaillé d'arrache-pied pour arriver où je suis, je sais qu'elle a dû s'investir encore plus. Juste parce qu'elle est une femme. Une iniquité qui ne change pas assez vite à mon goût dans mon milieu.

Elle raccroche et m'offre son plus beau sourire. Je remarque toutefois que son regard est inquiet, qu'il n'a pas la même confiance que d'habitude.

— Ça va ?

— Euh, oui… et non.

— Ah bon, qu'est-ce qui se passe?

Avant de répondre, elle se lève pour fermer les stores et nous plonger dans l'intimité. Intrigué, j'attends patiemment.

— Tu me jures que tu peux garder un secret?

— Promis.

— Je suis enceinte.

— Ohhh… C'était prévu?

— Non, pas du tout.

— T'es contente?

— Oui, mais tu sais ce que ça veut dire…

Du temps où nous étions amants, Évelyne m'a confié à quel point il était difficile dans sa vie professionnelle de se tailler une place, comment certains collègues et juges insinuaient qu'elle ne faisait pas le poids… en plus de raconter qu'elle obtenait certains mandats parce qu'elle couchait avec ses clients. Oui, tout ça de nos jours…

L'arrivée d'un bébé dans le quotidien d'une associée dans un grand cabinet comme le nôtre n'est pas encore bien vue par tous. Surtout que quelques têtes fortes du bureau sont de la vieille école. Elle n'a pas fini d'en baver.

— Écoute, peut-être que ce sera pas si pire que ça. Y a quand même des gens qui ont l'esprit ouvert, ici.

— Tu crois vraiment ça, LP? Que ceux qui sont d'accord pour accommoder les futures mamans vont le dire à ceux à qui on pense?

— Pourquoi pas?

— Et risquer de se les mettre à dos?

— Il faut que ça change, Évelyne. T'es très appréciée ici, peut-être que ça va être différent parce que c'est toi.

— Tu rêves en couleurs. Ils vont faire comme si c'était correct, mais quand le bébé va être malade, ils vont me regarder de travers parce que je travaille de la maison ou que je pars en catastrophe pour aller à la garderie.

— En tout cas, tu vas avoir l'occasion de les tester.

Un moment de silence suit mon commentaire. Évelyne est perdue dans ses pensées... qui semblent plutôt sombres. Non, je ne peux pas croire qu'elle envisage l'avortement. Elle m'a toujours dit qu'elle aimait les enfants, même si elle ne voyait pas trop comment les inclure dans sa vie.

— Fais pas ça, Évelyne.

— Je sais pas si j'ai le courage de mener cette bataille-là.

— Tu seras pas toute seule.

Je me lève, je contourne son bureau, je pose mes mains sur ses épaules et je les masse doucement. Elle pousse un long soupir.

— Tu ferais ça pour moi? Prendre mon bord?

— Pour toi, oui. Mais aussi parce qu'il est temps que ça évolue. C'est insensé que ça arrive encore aujourd'hui.

— Tu sais à quoi tu t'exposes, LP?

— J'en ai vu d'autres, t'inquiète pas.

— T'es fin, LP. Mais là, t'arrêtes de me masser. Ça me rappelle trop de bons souvenirs.

Je souris, heureux de constater que je lui fais toujours de l'effet. Mais je ne l'écoute pas et je continue d'appuyer mes pouces le long de sa nuque.

— Laisse-toi aller un peu, je te sens tellement stressée.

— Peut-être, oui. D'autant plus que...

Elle ne termine pas sa phrase et elle écarte mes mains de son cou.

— J'ai du travail, faut que tu files.

— D'autant plus que quoi, Évelyne?

Je me retourne pour lui faire face. Ses grands yeux verts aux longs cils sont remplis d'eau.

— Ben voyons! Qu'est-ce qui se passe?

— Y a juste à toi que je peux dire ça.

— Quoi?

— Je sais pas c'est qui le père...

— T'es sérieuse ? C'est pas ton mari ?

Elle hoche la tête, découragée.

— Je suis pas certaine. Et l'autre, tu le connais.

— Quelqu'un du bureau ?

— Hum, hum…

— Oufff… c'est pas évident comme situation.

— C'est surtout pour ça que je songe à avorter.

— C'est précipité, non ? Lui, il le sait que t'es enceinte ?

— NON ! Personne est au courant à part toi. Faut vraiment que tu gardes ça pour toi, LP.

— Oui, oui… Mais, je croyais que tu t'étais assagie après nous deux.

— Ç'a l'air que c'est la seule façon que je trouve pour décompresser.

— T'as pas pensé à te mettre au yoga ? C'est moins dangereux, dis-je, moqueur.

— Ouin, mais pas mal plus plate, si tu veux mon avis.

Je la quitte en lui faisant un clin d'œil et en lui rappelant qu'elle peut compter sur moi pour aller prendre un verre… d'eau minérale.

4

— Encore une grande victoire pour O'Brien, Johnson, Lepage et Rousseau ! Bravo, LP !

Marty O'Brien, dont la famille a fondé le cabinet il y a plusieurs années, lève sa flûte de champagne en mon honneur. Je fais de même et j'ajoute que le dossier de la compagnie pharmaceutique n'aurait pas pu se clore sans la complicité de mon équipe, et particulièrement celle de William. Je vois O'Brien tiquer en entendant le nom de mon technicien. L'associé principal du bureau a sans doute compris que celui-ci est gai, et c'est évident que ça le dérange.

Peut-être est-ce à cause des muffins aux bleuets qu'il nous apporte à l'occasion le matin. Ou des *cupcakes* qu'il prend plaisir à offrir à l'équipe le vendredi après-midi. C'est vrai que ça fait fille, mais, moi, je lui en suis reconnaissant. Will est un excellent cuisinier, comme en témoignent ses lunchs qu'il partage parfois avec moi. Je pense qu'il a pitié de me voir souvent manger un fade sandwich du petit café d'en bas. C'est certain qu'en comparaison de son tagine au lapin et au citron confit…

Presque tous les collaborateurs du cabinet sont présents pour un six à huit, comme nous en organisons chaque fois que nous gagnons une cause. Les bulles coulent à flots et les bouchées sophistiquées de notre traiteur disparaissent dans le temps de le dire.

Léa discute avec Antoine. Je me demande quelle est la nature exacte de leur relation. Mais au fond, ça ne me regarde pas. Un peu plus loin, Évelyne trempe ses lèvres dans sa coupe en écoutant distraitement les propos d'O'Brien, qui commente la nomination d'un nouveau juge à la Cour suprême. Avec notre associé principal, il est presque impossible de parler d'autre chose que de droit… Ça devient lassant à la fin. Et tout seul dans son coin, William consulte son iPhone, peut-être à la recherche d'une date sur Grindr. Le portrait habituel de ces rassemblements!

Je me concentre sur la conversation, ou plutôt devrais-je dire sur le monologue, mené par O'Brien. Comme toujours, il fait du *name dropping*, affirmant bien connaître le juge en question, qu'il a jadis affronté en cour. Hypocrite, je l'écoute avec un faux intérêt.

Quand je me retrouve dans une situation comme celle-là, il m'arrive de me demander si j'ai fait le bon choix de cabinet en m'associant avec lui et Johnson, qui sont un peu trop rétrogrades à mon goût. Mais l'offre était alléchante et, par bonheur, je peux compter sur d'autres collègues plus évolués. Par contre, je ne dois pas oublier que ce sont eux, les patrons.

— Je suis la nouvelle copine de LP.

Hein? Qui est-ce que je viens d'entendre, derrière moi? Je me retourne et j'aperçois nulle autre que Justine, qui serre la main d'Antoine. *Fuck!* Qu'est-ce qu'elle fabrique ici? Et qui l'a laissée entrer? Peut-être Léa, qui est à ses côtés. J'ai l'impression de me retrouver dans *Fatal Attraction*, avec une amoureuse au comportement obsessionnel qui me pourchasse. Heureusement, ma fille n'a pas de lapin… Mécontent, je me dirige vers eux.

— Allô, LP, j'ai voulu te faire une surprise, me dit Justine avec un ton aguichant.

— C'en est toute une, oui.

— Je savais pas que t'étais en couple, lance Léa. Quand Justine m'a dit tout à l'heure que vous étiez ensemble depuis trois mois, j'en revenais pas. Petit cachottier, va.

Trois mois ! Non, mais elle mythomane ou quoi ?

— Euh… Justine, tu veux bien me suivre ?

— Je prendrais plutôt un peu de champagne.

Ça ne fait pas mon affaire, mais je vais lui chercher un verre de bulles, voulant éviter une scène. Cette femme est imprévisible. Ce n'est pas sans crainte que je la laisse seule avec mes collègues quelques instants. Et quand Johnson m'intercepte pour me demander les détails de ma négociation d'aujourd'hui, je trépigne d'impatience. Je surveille Justine du coin de l'œil, m'interrogeant sur ce qu'elle peut bien raconter à William, qui s'est joint au petit groupe. Lorsque j'y retourne, la conversation porte maintenant sur… Romy.

— En tout cas, pour une ado, elle est super sage, lance Justine.

Je suis carrément dépassé par la situation. Qui a mis le sujet de ma fille sur le tapis ? Comment a-t-elle su que j'étais père ? Non, mais quel cauchemar !

— Ça me fait penser, y a longtemps qu'on l'a pas vue au bureau. Avant, elle venait de temps en temps, mais ça ne l'intéresse plus ? me demande Léa.

— Non, non, c'est juste qu'elle est occupée avec ses trucs. Tu sais, l'adolescence.

— C'est sûr que son implication avec Équiterre est exigeante, précise Justine.

Elle connaît les activités de Romy ? C'est assez ! Je ne fais ni une ni deux, et j'empoigne Justine par le poignet. Elle grimace et je la lâche aussitôt. Je ne dois pas perdre le contrôle, une folle comme elle est prête à tout.

— Viens, je veux te montrer quelque chose.

Je la dirige vers mon bureau, pendant que les autres nous observent, perplexes. Malgré ses nombreuses questions, je garde le silence jusqu'à ce que j'aie fermé la porte de mon bureau. Discrètement, j'active la caméra cachée dans l'étagère. Ce n'est pas vrai que je vais me laisser piéger comme un novice et me retrouver dans la liste des harceleurs de #moiaussi. Sans témoin ou sans vidéo, elle pourrait inventer n'importe quoi.

— À quoi tu joues, Justine ?

— Mais à rien, voyons !

— Arrête ta *game* tout de suite et dis-moi pourquoi tu racontes qu'on est ensemble depuis trois mois.

— Parce que sinon la réceptionniste m'aurait pas laissée entrer. C'est un tout petit mensonge. C'est pas grave.

— Ça fait quatre jours qu'on se connaît !

— Oui, mais dans trois mois, ça va faire trois mois qu'on sort ensemble. Tu vois, c'est pas si loin de la réalité.

Là, j'ai besoin de réfléchir. Visiblement, cette femme est très perturbée et je dois penser à un plan pour éviter que ça dégénère encore plus. Je ne peux rien laisser au hasard. Je prends place à la petite table de conférence et j'invite Justine à m'imiter.

— Ah oui, LP, je voulais te dire que j'ai fait une demande d'amitié Facebook à ta fille.

Je ferme les yeux un instant pour digérer cette nouvelle information qui me confirme à quel point elle est déséquilibrée.

— Et comment t'as su pour Romy ?

— Ben là ! On trouve tout sur Internet.

— Je comprends pas pourquoi tu enquêtes de même sur moi. En plus, tu fais comme si tu connaissais ma fille. Ça marche pas, Justine.

— Je veux juste en savoir plus sur le gars avec qui je suis.

— On va mettre quelque chose au clair : on est pas ensemble.

— Ah oui ? Et la nuit dernière, c'était quoi dans ce cas-là ? Ça voulait rien dire pour toi ?

— La nuit dernière, c'était très agréable, mais...

— Bon, tu vois, on est faits pour être ensemble.

— Mais c'était juste pour le cul, Justine. Rien de plus.

— Pff, je suis certaine que c'est plus que ça. Je l'ai senti, y a un courant qui passe entre nous deux. Tu peux pas le nier.

— Tu t'imagines des choses. On a eu du plaisir, mais, là, on retourne chacun de notre bord et on oublie tout ça, OK ?

Elle reste silencieuse pendant un moment et affiche un air résigné. À mon immense soulagement, j'ai l'impression que je viens de lui faire entendre raison.

— Si t'es pas libre, je peux attendre, tu sais. Ça me dérange pas. J'aurais juste aimé que tu me le dises, par contre.

— TABARNAK ! Tu veux rien comprendre !

Je m'en veux de m'être emporté. Garde ton calme, Rousseau, garde ton calme. Je prends une grande respiration.

— T'es pas gentil, là, me répond-elle, toute triste.

Ah non, elle ne me manipulera pas avec des larmes !

— Excuse-moi, je me suis emporté, mais faut vraiment que...

Je suis interrompu par deux coups frappés à la porte de mon bureau. J'ouvre et j'aperçois Évelyne, inquiète.

— Je t'ai entendu, LP. Ça va ?

— Oui, oui, Évelyne. Un petit éclaircissement avec... euh... une amie.

Ma collègue ne semble pas rassurée. Justine s'approche et lui jette un regard de feu.

— C'est elle, lance Justine d'un ton accusateur.

— Quoi?

— Fais pas l'innocent, LP. C'est elle, ta blonde.

— Pas du tout. J'ai pas de blonde, pis j'en veux pas!

— Je te crois pas!

Justine est maintenant très agitée, elle a le visage crispé et elle crie après Évelyne. Elle semble en pleine crise d'hystérie. Comment la calmer? Je cherche une réponse dans les yeux de mon associée, qui est moins désemparée que moi.

— Je suis une collègue de LP, c'est tout. Écoutez, je pense que ça va pas, là. Vous devriez vous reposer un peu.

— Je suis correcte.

Avec douceur, Évelyne prend Justine par le bras pour l'inciter à s'asseoir sur une chaise, mais elle la repousse brusquement.

— OK, ça suffit! Évelyne, retourne au *party*, je m'en occupe.

Pas question d'exposer ma collègue, enceinte de surcroît, à cette femme perturbée.

— Tu vas voir, c'est moi qu'il va choisir, *bitch*!

Évelyne ne relève pas et s'en va prestement, non sans m'avoir fait signe qu'elle appellera une ambulance.

Je passe les prochaines minutes à tenter de calmer Justine, pour qui j'éprouve, au final, beaucoup de pitié. Comment peut-on être déconnecté à ce point?

Je la serre dans mes bras pendant qu'elle pleure à chaudes larmes. Mes mots rassurants semblent produire leur effet, et elle respire un peu mieux. J'ai réussi à l'apaiser, sans pour autant m'engager à quoi que ce soit. Ce qui me soulage énormément. Je n'aurais pas été à l'aise de lui faire des promesses que je ne veux pas tenir.

L'arrivée des ambulanciers sème l'émoi et attire l'attention de mes collègues. Plusieurs viennent s'enquérir de la situation, et d'autres m'observent d'un air suspicieux. Je vais entendre parler longtemps de ce six à huit…

Quand les ambulanciers installent Justine sur la civière, elle n'oppose aucune résistance, épuisée par sa crise. Je la regarde partir en me demandant comment il se fait que je n'aie rien pressenti ? Que je n'aie pas vu qu'elle avait une personnalité obsessive ?

Une grande lassitude m'envahit. Tout ça ne se produirait pas si je cessais d'avoir des aventures à gauche et à droite. Peut-être que le temps est venu de passer à autre chose ? Après six ans de ce régime, est-ce que je devrais songer à avoir une relation plus stable ? Ou plus de relation du tout…

C'est ce qu'on appelle rêver en couleurs.

5

En entrant dans mon condo, les bras remplis de sacs d'épicerie, je trébuche sur les espadrilles de Romy. Nous sommes samedi après-midi et je ne m'attendais pas à la voir aujourd'hui, puisqu'elle m'a confirmé un peu plus tôt qu'elle ne viendrait pas ce week-end. C'est une heureuse surprise, d'autant plus que Marguerite débarque ce soir et qu'elle avait très envie de jaser avec sa petite-fille.

— Romy?

Comme elle ne répond pas, je présume que, comme toujours, elle a ses écouteurs sur la tête et qu'elle regarde des vidéos sur YouTube. Je range mes provisions, en espérant que ma mère n'apportera pas le souper cette fois-ci. Je l'ai informée que je cuisinais mes fameuses pâtes aux fruits de mer, un des seuls plats que je réussis aisément. Je dois admettre que c'est assez simple, puisque c'est le traiteur qui prépare la sauce rosée, mais c'est moi qui fais le reste.

Je me dirige vers la chambre de ma fille et je frappe à la porte.

— Romy, je peux entrer ?

Pas de réponse.

Je lui envoie un texto avec la même requête. J'attends quelques instants, puis elle ouvre la porte. Ses longs cheveux châtains sont ébouriffés, son visage est rouge, ses pupilles dilatées et son chemisier à carreaux boutonné en jaloux. Visiblement, elle n'est pas seule.

Je savais qu'un jour Romy amènerait un garçon dans sa chambre. À quinze ans, il est normal qu'elle ait une vie sexuelle. Mais je ne pensais pas que ce serait aujourd'hui. Je ne sais pas trop comment aborder le sujet, d'autant plus que sa mère et moi n'avons jamais statué sur la chose. Je ne savais même pas qu'elle avait un chum… mais peut-être qu'elle n'en a pas, non plus, et qu'il s'agit d'un *fuckfriend*. Délicate situation s'il en est une…

— T'étais pas censé travailler au bureau ?

— Bonjour quand même.

— Salut, p'pa.

— Je suis revenu plus tôt. Je t'ai dit que Marguerite venait passer quelques jours.

— Ouin, mais je sais pas si je vais rester.

— Elle serait contente que tu sois là. Elle fait cinq heures de route pour venir nous voir.

— Hum, hum… Bon, c'est tout ?

— Euh… qu'est-ce que tu fais ?

— Rien. Pourquoi ?

Je soupire d'exaspération.

— Romy, je suis pas cave.

— Qu'est-ce que ça veut dire, ça ?

— Ça veut dire que le gars qui est dans ta chambre, ce serait mieux qu'il sorte.

— Y a personne ici.

— Ah non ? Donc, je peux aller voir ?

— Tu me fais pas confiance ?

Là, je me sens coincé. Si je lui réponds non, ça n'améliorera guère notre relation.

— OK, j'ai rien dit. Tu viens me tenir compagnie ?

— Plus tard, peut-être, dit-elle en refermant sa porte.

Je m'éloigne en songeant que le garçon caché dans la chambre devra faire preuve de beaucoup d'imagination pour en sortir sans que je m'en aperçoive. Je finirai bien par connaître le fond de l'histoire.

✳

— Bonjour, mon lapineau.

— Marguerite, tu sais que je déteste que tu m'appelles comme ça !

— Ah, je te l'ai déjà dit : tant que tu m'appelleras pas maman, tu seras mon lapineau.

Je lève les yeux au ciel, sachant la partie perdue d'avance. Ma mère m'embrasse chaleureusement sur les deux joues et elle me pince le « gras de bedon », selon ses propres termes.

— Ah ! T'es moins mince que la dernière fois, c'est bien, ça !

— C'est pas vrai, j'ai pas pris un kilo depuis cet été.

— Un peu quand même, là, là.

Je sais que c'est faux puisque je me pèse toutes les semaines. Le jour où je me laisserai aller et que je cesserai d'entretenir mon corps à coups de tapis roulant et de poids et haltères est loin d'être venu.

Elle me tend une petite glacière avec un grand sourire de satisfaction.

— Tiens, j'ai apporté une tourtière et une tarte aux bleuets. Pour pas que tu t'ennuies trop du Lac.

— J'ai tout ce qu'il faut pour souper. Je te l'ai dit.

— Ben, on la mangera demain ! Je l'ai faite avec la viande de gibier que m'a donnée Lucien. Tu sais, Lucien, mon troisième voisin. Il est revenu de la chasse la semaine dernière.

Et voilà qu'elle se lance dans une longue description de la vie de ce Lucien, que je ne connais ni d'Ève ni d'Adam. Retraité de la Ville de Roberval, récemment divorcé, propriétaire d'un chien « comme ceux de Mira ».

Je vide la glacière et je découvre qu'en plus des deux plats annoncés il y a des fèves au lard, que je déteste, de la soupe aux gourganes, que j'ai encore plus en horreur, et du fromage en grains Perron. Ça, j'aime bien, par contre.

— Il me semble que ça te ferait du bien d'avoir un chien, mon lapineau? Tu serais moins seul, qu'est-ce que t'en penses?

— J'ai pas le droit d'avoir des animaux ici.

— Cette idée aussi d'habiter dans une tour! Ça manque de chaleur. Je préférais ta maison avec Amélie.

Marguerite ne m'a jamais pardonné d'avoir laissé la mère de Romy. Je sais d'ailleurs qu'elles s'écrivent régulièrement et je la soupçonne de tenter de convaincre mon ex de me reconquérir. C'est peine perdue. J'ai beaucoup aimé Amélie, mais, au fil des ans, nous avons emprunté des directions opposées et nous n'avons plus grand-chose en commun. À part notre enfant.

— Est-ce que Romy est là?

— Oui, dans sa chambre.

— Super!

Elle se précipite vers le fond de l'appartement et, comme je la connais, elle ne prendra pas la précaution de cogner.

— Marguerite, attends!

Trop tard! Elle ouvre tout grand la porte. *Shit!* J'espère qu'elle ne tombera pas nez à nez avec l'ado qui ne s'est pas montré le bout du nez depuis quelques heures maintenant. Pauvre gars qui a peut-être envie de pisser…

— Salut, ma cocotte!

— Grand-maman!

Je suis étonné de constater à quel point Romy est heureuse de voir Marguerite, elle qui semblait n'en avoir rien à foutre tout à l'heure. Parfois, je pense qu'elle dit certaines choses juste pour me contrarier.

J'inspecte discrètement sa chambre du regard. Aucun ado à l'horizon. Il y a deux possibilités : ou bien il est caché dans le *walk-in*, ou bien je me crée des scénarios de papa inquiet.

Ma mère pose les questions habituelles à ma fille, en commençant par l'interroger sur son année scolaire. Alors qu'avec moi Romy est impatiente dès que je lui parle d'école, elle est plutôt aimable avec ma mère. Il faut préciser que Marguerite n'est pas du genre à *challenger* sa petite-fille sur quoi que ce soit. Elle est en admiration devant Romy et gobe tout ce que ma fille dit comme si c'était parole d'évangile.

— Il me reste juste un travail de français à finir, pis je vous rejoins, OK ?

— C'est parfait, chère.

Nous retournons à la cuisine et je demande à Marguerite si elle souhaite boire un cocktail.

— Oui ! Le *drink* bleu que préparait Amélie !

Encore une petite pointe à mon ancienne vie. Décidément, c'est une obsession de sa part.

— Désolé, je peux pas te préparer de Blue lagoon, j'ai pas de curaçao. J'ai jamais aimé ça de toute façon.

— Ah. Je savais pas ça.

— M'as-tu déjà vu en prendre un ?

— Ben oui. Un soir que tu faisais du barbecue dans votre cour. Eille, elle était-tu assez belle, cette cour-là ? Tu te souviens des iris mauves qu'on avait…

— Marguerite ! Arrête de me parler d'Amélie. C'est fini et on reviendra pas ensemble. *That's it, that's all.*

Elle reste silencieuse et, pendant un moment, je crains de l'avoir peinée. Mais je la connais assez pour savoir qu'il lui en faut beaucoup plus pour la déstabiliser.

— C'est bien dommage, ça. Parce qu'on peut pas dire que ta vie amoureuse est très glorieuse ces dernières années.

— Peut-être, mais c'est la mienne. Bon, un *drink* rose, ça te convient ?

— Ben oui.

Je lui compose un Cosmo, pendant qu'elle observe la nouvelle toile de Riopelle que j'ai achetée il y a quelques semaines. Une huile abstraite aux couleurs vives que j'aime contempler pendant de longues minutes.

— T'as peut-être pas de chance en amour, mais t'as du goût. Cette œuvre me fascine.

Marguerite adore l'art visuel. Quand j'étais petit et que nous n'avions pas une cenne, elle empruntait des livres à la bibliothèque et m'initiait aux plus grands peintres du monde. Ensemble, nous regardions les images des tableaux de Monet, Picasso, Renoir, de Vinci, etc. C'est elle aussi qui m'a fait connaître Riopelle, Suzor-Coté et Fortin, entre autres.

Je me rappelle très bien les soirées passées collé contre elle dans son lit, à feuilleter ces ouvrages. Marguerite me promettait qu'un jour nous irions voir ces œuvres en « vrai », dans un musée. Mais ses horaires de fous de serveuse ne lui donnaient pas beaucoup de liberté pour faire un voyage, ne serait-ce qu'à Québec. Et ce n'est pas à Roberval que nous avions accès à une grande culture.

Pendant des années, ma mère a travaillé sans relâche à servir des œufs-bacon et des clubs sandwichs à des clients désagréables pour nous faire vivre, tous les deux. Je l'observais quitter notre petit trois et demie à l'aube, me laissant le soin de partir seul pour l'école. Et quand je rentrais en fin d'après-midi, elle était là. Épuisée, mais présente. Même si c'était moins payant, Marguerite a choisi les quarts du matin et du midi pour pouvoir être à mes côtés après les classes. Elle s'est débrouillée toute seule et n'a jamais rien demandé à mon géniteur. Cet homme qui l'a quittée quand il a su qu'elle était enceinte. Cet étranger que je n'ai jamais cherché à rencontrer.

J'ai vu ma mère se sacrifier pendant toute mon enfance et mon adolescence. C'est là qu'a germé en moi l'idée de gagner de l'argent. Beaucoup d'argent. D'abord, pour que je ne sois plus jamais ridiculisé parce que je portais des vêtements de seconde main. Ensuite, parce que je voulais que Marguerite ait une vie décente. Aujourd'hui, c'est à mon tour de prendre soin d'elle. Au début, elle s'opposait farouchement à ce que je l'aide, mais j'ai fait à ma tête. J'ai commencé par lui acheter un condo avec une vue sur le lac Saint-Jean et une voiture neuve.

Elle refuse que je lui donne de l'argent liquide, mais elle accepte volontiers les billets d'avion pour la Floride que je lui offre chaque année pour aller passer quelques semaines dans ma maison. Mon souhait serait maintenant qu'elle trouve un gentil retraité avec qui s'y rendre. Mais Marguerite semble avoir fait une croix sur l'amour depuis que mon père l'a abandonnée.

Je me verse un verre de blanc et nous trinquons à sa visite. Mon regard se tourne vers la porte de la chambre de ma fille, toujours close.

— Je suis pas certaine qu'elle fait des travaux d'école.

— Pourquoi tu dis ça?

Je lui raconte ce que j'ai vu quand je suis arrivé un peu plus tôt. Les cheveux en bataille et tout le reste.

— Ben là! Tu penses que le p'tit gars est avec elle dans sa chambre depuis… depuis combien d'heures?

— Au moins trois heures.

— Ç'a pas de sens! Va ben falloir qu'il sorte un jour!

— Je t'avoue que je sais pas trop quoi faire avec ça. Est-ce que je devrais aller la voir, lui dire que ça ne me dérange pas qu'elle soit avec quelqu'un?

— On les aurait entendus, il me semble. Ça se tient pas, ton histoire.

— Je suis pas fou, je sais reconnaître les signes de… ben… tu sais quoi !

J'attends sa réaction, mais Marguerite est absorbée dans la dégustation d'un blini à la crème et aux œufs de truite, que j'ai déposé devant elle. Encore un de mes classiques qui ne nécessitent que de l'assemblage.

— Mon lapineau, je pense que t'es pas vite, vite, là.

— Je comprends pas.

— Ben là ! Qu'est-ce que tu faisais tout seul dans ta chambre à quinze ans, la porte fermée avec des *posters* de chanteuse sexy au plafond ?

Je suis un peu embarrassé par sa question et je baisse la tête. Elle agit comme si c'était la chose la plus normale du monde qu'une mère parle à son fils de ses séances de masturbation. Marguerite s'en est toujours trop permis avec moi, sans doute parce que je suis le centre de son univers et le seul homme de sa vie depuis trente-neuf ans. C'est parfois lourd à porter, mais je connais son hypersensibilité et son grand cœur. Donc, je lui pardonne beaucoup de choses que je ne permettrais jamais à quelqu'un d'autre. Elle fait fi de mon malaise et poursuit.

— Ça m'apparaît pas mal plus logique que de s'imaginer qu'elle cache un amoureux dans le placard. Franchement !

— Ouais, t'as peut-être raison.

Je suis soulagée à l'idée de ne pas devoir discuter avec Romy de ses fréquentations sous mon toit, mais j'éprouve aussi une certaine nostalgie. Ma fille est vraiment en train de devenir une femme… Dire que je ne l'ai presque pas vue grandir !

*

— C'est qui, ça, Justine Landry ?

La question de ma fille me fait avaler mes linguines de travers.

— Euh… une connaissance. Pourquoi ?

— Elle est vraiment *weird*. Elle m'a fait une demande d'amitié sur Facebook, elle me suit sur Gram, elle m'envoie ses *stories*.

— C'est étrange, ça. C'est qui, cette femme-là ? m'interroge Marguerite.

— C'est un peu compliqué.

— Pourquoi elle est dans tes amis Facebook, d'abord ? me questionne Romy.

La vérité, c'est que je n'ai pas eu le courage de retirer Justine de ma liste, de peur qu'elle saute une autre coche. Depuis qu'elle a fait une crise d'hystérie au bureau, il y a quelques jours, je marche sur des œufs avec elle. À la suggestion d'Évelyne, je n'ai pas coupé complètement le lien avec elle. Je lui envoie un texto une fois par jour pour prendre de ses nouvelles, mais c'est tout. Je ne réponds pas à ses nombreux appels, ce dont je l'ai avisée. Elle n'a pas eu de réaction violente ou démesurée, mais son acharnement à vouloir s'approcher de ma fille me rend paranoïaque. Vais-je devoir recourir à une injonction pour l'empêcher d'entrer en communication avec Romy ? Je n'hésiterai pas une seconde si c'est nécessaire.

— Ma puce, je veux pas que tu t'inquiètes avec ça, d'accord ? Je m'en occupe.

— C'est quoi ? Tu vas lui envoyer un *subpoena* ?

— Pas un *subpoena*. Ça, c'est pour citer quelqu'un à comparaître. Mais s'il faut entamer une procédure légale, je le ferai. En attendant, ne lui réponds pas.

Je note que Romy ne m'a pas critiqué cette fois-ci pour lui avoir donné un surnom affectueux... Et ça me ravit.

— Mais d'où elle sort, celle-là ? me relance Marguerite.

— Ça doit être une des *chicks* avec qui il couche !

— Romy ! Un peu de respect à mon égard, s'il te plaît.

— Ben quoi ! C'est vrai pareil.

— Ma vie privée te regarde pas. Et puis, quand est-ce que t'as rencontré une femme ici ?

Ma fille garde le silence. Elle sait bien que j'ai raison. Jamais je ne me permettrais d'avoir une aventure quand elle est à la maison. Oui, parfois, je rentre tard. Mais toujours seul. Marguerite se mêle de la conversation.

— Tout ça serait pas arrivé si...

Je comprends immédiatement qu'elle souhaite revenir sur ma rupture avec Amélie.

— Marguerite! Qu'est-ce que j'ai dit à ce sujet-là?

— Quoi? Quel sujet?

— Tu sais, ma cocotte, j'ai jamais su pourquoi ça marchait plus entre tes parents.

— Ah non? Ben, je vais te le dire, moi.

— Ma puce, tu peux pas parler pour nous deux. On s'entendait plus, c'est tout.

— Pantoute. La vraie raison, grand-maman, c'est que p'pa a trompé maman à tour de bras.

— QUOI?

— Avoue-le donc. C'est elle qui me l'a confirmé.

Je suis sous le choc. Certes, je suis loin d'être parfait, mais, pendant les onze années que j'ai passées avec Amélie, j'ai été fidèle. Totalement. Ces jours-ci, on dirait que les femmes qui m'entourent se sont donné le mot pour me rendre la vie infernale! Si je n'étais pas aussi cartésien, je crierais au complot.

Le silence s'installe autour de la table. Je suis perplexe devant l'affirmation de Romy. Pourquoi est-ce que sa mère aurait inventé pareille histoire? Ça ne lui ressemble pas. Nous nous sommes quittés d'un commun accord, parce qu'on ne voyait plus l'avenir de la même façon. Pendant que je bossais comme un malade pour atteindre mes buts, Amélie aspirait à une vie plus axée sur le bien-être et la spiritualité. Pour moi, il n'était pas question de laisser tomber mes objectifs, alors que j'en étais si près.

— Romy, t'es certaine de ce que tu avances? lui demande sa grand-mère à mon étonnement.

Je m'attendais plutôt à ce qu'elle achète la version de ma fille et me fasse la morale. Faut croire que l'étiquette de gros méchant ne colle pas!

— Oui, pourquoi?

— Je suis restée assez proche de ta mère et elle m'a jamais confié ça.

Là, c'est moi qui interviens, excédé:

— Elle t'en a jamais parlé parce que c'est jamais arrivé! Romy, tu racontes n'importe quoi.

— Je pense que ton père a raison, ma cocotte.

— Ça m'étonnerait. Tout le monde sait que p'pa a une réputation de courailleux.

Non, mais d'où ça sort, ça? Je n'étale pas ma vie privée devant ma fille. Qui lui a tracé ce portrait de moi?

— Je veux pas être méchante, Romy, mais les histoires d'amour de ton père, c'est ses affaires… même si on souhaiterait que ce soit différent.

— Romy, je t'assure que je n'ai pas trompé ta mère. J'ignore pourquoi elle a dit ça, mais c'est faux.

Ma fille reste muette. Je sens bien le dilemme moral qui l'habite. Elle est déchirée entre ses deux parents et leurs versions contradictoires. Marguerite pose tendrement sa main sur celle de Romy.

— Peut-être qu'inconsciemment t'as besoin de trouver un coupable pour la séparation. Parfois, on vit une épreuve et c'est juste des années plus tard qu'on mesure toute la souffrance que ça nous a apportée.

Peu à peu, le visage de Romy, qui affichait un air de révolte, se transforme pour laisser la place à un sentiment d'impuissance. J'ai rarement vu ma fille aussi vulnérable. Marguerite poursuit sur un ton affectueux, et j'écoute d'une oreille attentive.

— Je pense, ma cocotte, que t'as besoin de croire que c'est ton père, le responsable, hein?

Les yeux de Romy se remplissent d'eau. J'ai envie de la serrer dans mes bras et de la bercer comme quand elle était toute petite, mais je ne veux pas briser la complicité entre les deux femmes que j'aime le plus au monde. Je compte sur Marguerite pour que ma fille s'ouvre enfin à nous.

— Sinon tu penses que c'est de ta faute à toi si tes parents se sont séparés, hein?

Romy hoche la tête et laisse aller les larmes qu'elle retient depuis trop longtemps. Elle enfouit son visage dans le creux de l'épaule de Marguerite, qui lui caresse les cheveux avec douceur. Je les observe, complètement à l'envers.

6

— Prends-moi en *selfie* avec Justin Trudeau !

Ma mère a le don de me demander des trucs qui me mettent mal à l'aise.

— Je sais pas si on a le droit de prendre des photos ici, Marguerite.

— Ben oui, ben oui. Allez, vas-y. Moi, avec le beau Justin.

— Bon, premièrement, si tu veux que ce soit un *selfie*, faut que tu le prennes toi-même. Deuxièmement, c'est pas le vrai, c'est sa statue de cire. Et elle n'est pas très réussie.

— Toujours aussi rabat-joie, hein ?

En ce dimanche midi, après nous avoir cuisiné des crêpes au Nutella comme quand j'étais enfant, ma mère nous a traînés au musée Grévin. Tout comme moi, Romy est « enchantée » par cette sortie.

— OK, c'est beau. Place-toi à côté de la statue.

Tout excitée comme si elle était près du vrai Justin Trudeau, Marguerite sourit à pleines dents.

— Eh, que je l'aime ce Justin-là! C'est le meilleur qu'on a eu depuis des années.

Je lui indique de cesser de bouger, mais elle ne m'écoute pas. Rien n'y fait. Elle s'apprête même à flatter le bras de la statue.

— Marguerite, non!

D'une main solide, je l'attrape par le coude pour l'empêcher de gaffer. Romy nous regarde. J'ai l'impression qu'elle préférerait être six pieds sous terre.

— C'est interdit de toucher!

— J'allais pas le faire, inquiète-toi pas. Bon, montre-moi la photo.

— J'ai pas réussi à la prendre.

— Toi, fais-la, d'abord, ordonne-t-elle à Romy en m'arrachant son cellulaire pour le lui donner.

— T'es ben que trop énervée, grand-maman. Il te fait donc ben de l'effet, ce politicien-là!

— Tu le trouves pas *hot*, toi?

— Grand-maman, tu dis pas le mot « *hot* », OK? Ça sonne bizarre dans ta bouche.

— *Hot, hot, hot!!!* C'est pas parce que j'ai soixante-quatre ans que je peux pas employer des expressions à la mode.

— OK, t'as gagné.

— Bon, j'y retourne et tu me fais une belle photo.

Maintenant plus calme, Marguerite se tient fière à côté du faux premier ministre. Elle affiche un air coquin, ce qui met Romy encore plus mal à l'aise. Je lui lance un regard complice. Elle me sourit et prend le fameux cliché. Et un autre, à la demande de Marguerite. Puis trois. Et quatre.

— OK, j'ai assez joué au paparazzi.

— En effet, t'as été pas mal patiente, dis-je à ma fille d'un ton amusé.

— On jurerait que c'est elle, l'ado.

— Et qu'elle est en admiration devant Drake.

Romy me lance un regard plein de tendresse, heureuse de constater que je connais ses goûts musicaux.

Peut-être qu'un jour viendra où elle me trouvera moins nul comme père. Je me risque à poser ma main sur son épaule et je lui caresse doucement le haut du dos. À ma grande joie, elle ne s'éloigne pas et me laisse faire. Hier, après qu'elle a avoué se sentir responsable de ma séparation d'avec sa mère, j'ai tenté de la rassurer en lui expliquant les raisons de la fin de notre relation. Je lui ai présenté des arguments logiques et rationnels, comme quand je plaide en cour. Elle m'a écouté, mais n'a pas soufflé mot. Je me promets d'aborder de nouveau ce sujet lors de notre prochaine séance de thérapie pour connaître le fond de sa pensée.

Marguerite revient à nos côtés et nous observe un moment.

— Je suis contente de voir que mes niaiseries ont servi à quelque chose.

Et elle s'éloigne, satisfaite, comme si elle venait de réussir le coup fumant de sa vie. Je la regarde trottiner vers une autre de ses fausses idoles. Même si Marguerite me fait parfois honte, je ne l'échangerais pas pour tout l'or du monde.

$*$

— Un latté, un thé chai… Et pour toi, Romy?
— Un latté aussi, mais au lait d'amandes.
— Euh… OK.

Je retourne à la serveuse pour compléter la commande, perplexe devant le choix de ma fille. Elle boit du café? À quinze ans? Je suis peut-être vieux jeu, mais j'ai l'impression que c'est un peu jeune pour consommer de la caféine.

Je ne veux pas la questionner et mettre en péril la trêve qui s'est installée entre nous pendant la visite du musée. Nous nous assoyons devant nos boissons, tout près de la fenêtre d'où nous observons les passants dans la rue Sainte-Catherine.

— Ma vue sur la mer est beaucoup mieux que ça !

— Le lac, Marguerite, le lac.

— Pour moi, c'est la mer. Pis pour toi aussi quand t'étais petit. Les plages de sable, l'eau à perte de vue, les vagues, c'est pareil comme la Floride.

— Euh… sauf que l'eau est pas mal moins chaude, grand-maman.

— Bah… on s'habitue, tu sais. D'ailleurs, ça fait longtemps que t'es pas venue me voir, Romy. Et toi aussi, mon lapineau.

— C'est vrai. À moins qu'on y aille à Noël, hein, Romy ? Avant de partir pour la Floride.

En théorie, Romy passe les fêtes avec moi cette année, et nous avons prévu un séjour d'une semaine au soleil.

— Euh… oui, oui.

— C'est effrayant comment ça te fait plaisir ! lance sa grand-mère.

— Non, non, c'est juste qu'à Noël je sais pas si je vais pouvoir être avec vous autres.

— Ah bon ? Dis-moi pas que t'as un petit chum ? lui demande Marguerite.

— Ben non. Pas rapport. C'est maman.

— Qu'est-ce qu'elle a, Amélie ? Elle n'est plus d'accord avec notre arrangement ?

Je m'étonne que mon ex songe à apporter des changements à notre entente, elle qui l'a toujours respectée.

— Elle aimerait faire une exception.

— Pourquoi ? Quelque chose de spécial ?

— Oui.

Elle ne poursuit pas son explication. Je l'interroge du regard, ne comprenant pas ce qui la gêne.

— Maman va se fiancer à Noël.

— Ah ben, tu parles ! laisse échapper Marguerite, dans toute sa splendeur.

De mon côté, j'avoue que je suis légèrement sous le choc. Je savais que mon ex avait un homme dans sa vie, mais j'ignorais que la relation était sérieuse à ce point. J'éprouve des sentiments contradictoires; tout en étant heureux pour elle, je suis un peu jaloux… comme si Amélie « m'appartenait » encore. Ça n'a aucun sens, c'est quoi, ces conneries-là?

Je reçois aussi cette nouvelle comme un échec; c'est un autre homme qui va lui offrir ce qu'elle désirait tant: un mariage. Combien de fois m'a-t-elle confié qu'elle souhaitait officialiser notre union? Et j'ai toujours refusé, sans que je sache réellement pourquoi. Une décision instinctive, qui la chagrinait beaucoup.

— Mon lapineau, tu l'as perdue à jamais.

— Marguerite, arrête avec ça, s'il te plaît.

— OK, OK… Mais toi, Romy, comment tu prends ça? Est-ce que tu l'aimes, lui? Et c'est qui, cet homme-là? Elle m'en a jamais parlé!

— Je pense pas que Romy ait envie de répondre à toutes ces questions, hein, ma puce? Ton café est bon?

— Pourquoi tu détournes la conversation comme ça? me relance ma mère.

— Pour rien.

— Laisse-la parler, alors!

Je les laisse faire. De toute façon, c'est moi que je voulais protéger en changeant de sujet. Pas Romy.

— Donc ce mystérieux amoureux, c'est qui?

— Il s'appelle Kevin, il fait je-sais-pas-quoi dans la vie, pis je l'aime pas pantoute!

Je reçois cette nouvelle comme une tonne de briques. Et si je me fie à l'air de Marguerite, elle n'est pas plus rassurée que moi.

7

J'entre dans le bureau d'Évelyne avec deux assiettes dans les mains et le reste du souper de la veille.

— As-tu dîné ?

— Pas encore, ça sent bon.

— La seule et unique tourtière de Marguerite !

— Ah ! Ça va me rappeler de beaux souvenirs.

Évelyne fait référence à ces soirées où elle venait à la maison après le boulot et qu'on baisait comme des malades. Ensuite, je nous réchauffais un truc au micro-ondes, et c'était souvent le plat national du Lac-Saint-Jean, que ma mère me fournit toujours en quantité industrielle.

Je nous sers deux bonnes portions pendant qu'elle sort des bouteilles d'eau minérale de son petit réfrigérateur.

— T'as eu de la visite en fin de semaine ou c'était dans ton congélateur ?

— Marguerite est descendue, en effet.

— Ça s'est bien passé?

— Très bien. Romy était avec nous aussi.

— Ah oui! Avez-vous fait quelque chose de particulier?

Je lui raconte notre journée au musée Grévin et comment ma fille et moi avons eu honte de sa grand-mère en amour avec la statue de Justin Trudeau. Ça fait beaucoup rire Évelyne, qui a ce petit quelque chose de lumineux qu'on trouve parfois chez les femmes enceintes. Elle en est d'autant plus attirante.

— T'es venu en consultation privée ou juste pour le plaisir? me demande Évelyne, se doutant bien que je veux discuter de quelque chose avec elle.

— En consultation privée, mais toi d'abord. T'as réfléchi à ce que tu allais décider pour le bébé?

— LP, il y a seulement quelques jours qu'on s'est parlé. Je veux prendre le temps de bien y penser. Pour être honnête, j'aimerais savoir c'est qui, le père. Ça m'aiderait à faire mon choix.

— De le garder ou pas?

— Hum, hum. Parce que, si c'est l'autre, ça pose problème.

— *Indeed!*

— Pas juste parce que ça mettrait fin à mon couple. C'est pas le genre de père que je souhaiterais pour mon enfant.

— Ah bon? Il est si pire que ça?

— Très immature dans ses relations personnelles… et très jaloux.

J'essaie de deviner qui ça peut bien être, mais comme je ne connais pas intimement tous mes collègues, c'est difficile.

— Et au boulot?

— Impeccable. Tu jurerais qu'il est équilibré.

— C'est quoi? T'as une liaison avec lui ou c'est juste une histoire de cul?

— Pour moi, c'est seulement du sexe. Mais pour lui, c'est plus que ça.

— Oh, oh… Problèmes à l'horizon.

Nous terminons notre lunch en silence. Évelyne semble angoissée et j'aimerais l'aider. Je poursuis ma réflexion sur son dilemme et, soudain, j'ai une idée.

— En fait, ce qu'il faudrait, c'est un test de paternité prénatal.

— D'accord, mais comment je fais ça ? Eille, Chose, ouvre ta bouche que je prenne un échantillon buccal avec mon coton-tige ? Pas trop subtil…

— J'avoue. Mais je suis convaincu qu'il y a d'autres moyens.

Je repousse mon assiette vide et je sors mon téléphone de la poche de mon veston. Une recherche sur Google me permet de constater qu'il existe en effet d'autres méthodes de prélèvement.

— On peut faire un test d'ADN avec du sang, du sperme, de la cire d'oreille, des os…

— Des os ? Faudrait qu'il soit mort pour ça !

— T'as raison. Tuer l'amant… une des options.

— Pouahhhhh !

Je suis ravi de voir Évelyne retrouver sa bonne humeur. J'ai toujours aimé faire rire les femmes, ça me donne un sentiment de satisfaction assez incroyable. C'est mon arme de séduction préférée et elle est en général assez efficace. Quand ça arrive, je me sens l'homme le plus heureux du monde… et totalement invincible.

— Y a plus simple si tu veux : brosse à dents, cheveux, gomme, paille. Mais les résultats sont moins fiables. Soixante-dix pour cent.

— Ça m'avance pas plus tout ça. Je vois pas comment je pourrais lui faire passer un test à son insu.

— Sois pas si défaitiste. On se donne la journée pour y penser et on s'en reparle demain, OK ?

— OK, mais pas demain. Je suis à la cour.

— Après ? On va boire un verre au bar en bas vers 18 heures ?

— Je bois pas, LP.

— Pas grave, tu prendras un *mocktail*.

Le silence s'installe dans la pièce et je ressens son malaise. Est-ce que je suis trop insistant ? Est-ce qu'elle sent, comme moi, le désir qui renaît entre nous deux ?

— Écoute, LP, ma vie est assez compliquée comme ça, je…

Je lève la main pour stopper son explication.

— C'est beau, Évelyne, t'as pas à te justifier.

— Prends-le pas mal.

— C'est pas le cas, je t'assure.

J'empoigne les deux assiettes sales sur son bureau.

— Laisse, je m'en occupe, me dit-elle.

Je ne l'écoute pas et je fais un pas vers la sortie.

— Attends, tu voulais pas me parler de quelque chose, LP ?

Elle a raison. Depuis que j'ai appris que Romy détestait le nouveau chum d'Amélie, ça m'inquiète et j'aurais aimé avoir son avis sur ma façon d'agir avec mon ex. D'autant plus que ma fille n'a pas été claire sur la cause de ses sentiments envers Kevin.

— Rien d'important. Oublie ça.

Je referme la porte du bureau de ma collègue et je croise son regard à travers la vitre. Il est triste et perplexe. Un grand vide m'envahit. Une interrogation surgit dans ma tête : est-ce qu'avec Évelyne c'était vraiment juste une histoire de cul ? Un peu tard pour te poser la question, hein, *buddy* ?

8

— Pis? As-tu parlé à Amélie?

C'est la deuxième fois aujourd'hui que Marguerite m'appelle. Tout d'abord, en fin d'après-midi lorsqu'elle a mis les pieds dans son condo. Et puis là, juste avant qu'elle aille se coucher.

— Pas plus que tantôt.

— Ben là! Quand est-ce que tu vas lui parler?

— Quand je vais savoir comment aborder le sujet. Je ferai pas ça sur un coup de tête. Et je voudrais avoir plus d'informations avant de l'interroger sur son chum.

— Ah oui! Demande à ton bureau d'enquêter sur lui. Y en ont les moyens.

— C'est déjà commencé et c'est moi qui la fais. Je veux pas mêler mes collègues à ça.

— Pis, qu'est-ce que t'as découvert? C'est-tu un tueur en série? Un pédophile?

— Décidément, Marguerite, tu regardes trop la télé.

Ma mère est une grande passionnée d'émissions criminelles. Il lui arrive parfois de me téléphoner pour me raconter de long en large l'intrigue qu'elle vient de voir au petit écran. Et de me faire part de son analyse toute personnelle. « Le meurtrier, c'est lui ! »

À ses habitudes télévisuelles, ajoutons les fictions qui se déroulent dans le milieu judiciaire. Et là, quand elle me lâche un coup de fil, c'est pour savoir si « ça se passe comme ça pour vrai, la vie des avocats ».

— On n'est jamais trop prudents.

— Franchement, tu prends ça au sérieux !

— En tout cas, j'ai hâte d'en savoir plus.

— Je te tiens au courant, promis. Maintenant, je peux aller travailler tranquille ou tu vas me rappeler dans vingt minutes ?

— À cette heure-ci, mon lapineau, tu devrais être en train d'écouter les informations chez vous, avec une femme et un chien. Ça devrait être ça, ta vie.

Et la voilà qui raccroche sans plus de façon. Bon débarras ! Je replonge le nez dans la déclaration de sinistre de la partie adverse de mon prochain combat, mais je suis interrompu par William qui frappe à ma porte. Je lui fais signe d'entrer.

— Je pense que tu vas être content !

Il me tend un document et je lis le paragraphe surligné. Mon visage s'illumine. William vient de trouver un élément crucial pour nous aider à gagner notre cause. Un argument qui permettra peut-être à la compagnie d'assurances qui nous a engagés d'éviter de payer pour l'incendie qui a rasé le petit centre commercial de son client. Encore une belle victoire à l'horizon.

— *Yessss !*

Je lui donne un *high five* et il s'assoit devant moi, tout heureux de sa découverte. Je ferme prestement l'écran de mon ordi.

— Assez pour ce soir, Will. Gin ?

— Euhh…

— Trop fort pour toi, c'est vrai. Vin blanc?

— *Yep!*

Je nous sers nos consommations et j'allume ma minichaîne audio pour faire jouer l'album folk de Rosie Valland. Nous l'écoutons en silence quelques instants.

Je devrais sceller ma peau contre les tempêtes
Contre l'eau qui use
Contre le temps qui gruge
Mon corps est un chemin que les hommes prennent encore[1]

— *My God!* C'est ben déprimant cette musique-là!

— Pas du tout! Y a pas juste le techno dans la vie, Will.

— Peut-être, mais c'est pas mon genre.

— Ouvre ton esprit. Donne une chance à autre chose.

Je devrais brûler mon corps, en faire un flambeau
Un flambeau qui distinguerait le ciel de la mer

— C'est *dark* pas à peu près.

— Faut que tu comprennes le sous-texte. C'est poétique.

Mon collègue me lance un regard surpris et il prend une longue gorgée de vin.

— Tu m'étonnes, LP.

— Pourquoi?

— Je pensais pas que t'écoutais ce genre de musique là. C'est pas compatible avec ce que je connais de toi.

Son commentaire m'amuse. Comme si une personne pouvait être unidimensionnelle.

— Et quelle musique irait bien avec ma personnalité?

— Quelque chose de… de moins…

— De moins quoi?

— De moins tendre. Comme du gros classique tonitruant.

---

1. *Nucléaire*, Rosie Valland, 2015.

— Du quoi?

— Ahhh! Tu sais ce que je veux dire.

— Non, pas du tout.

— Ben oui, Mozart, par exemple.

— Mozart, c'est tonitruant?

— Un peu, non? Certains passages, en tout cas.

— Comme?

Je ne lâcherai pas le morceau si vite. Si quelque chose m'irrite particulièrement, c'est quand quelqu'un ne sait pas de quoi il parle… Et que c'est flagrant. En tant qu'avocat, je suis excellent pour faire comme si je maîtrisais toujours à la perfection ce que j'avance, même quand ce n'est pas le cas.

— Son *Requiem*, entre autres.

— Là, tu parles d'une œuvre majeure, solennelle, avec des accents très forts. C'est ça que tu appelles tonitruant?

— Tout ce qui est pompeux.

— Parce que tu trouves que je suis pompeux?

Je prends plaisir à narguer William, mais, en même temps, je lui fais un peu la leçon. Quand on commence à critiquer quelque chose ou quelqu'un, on doit s'assurer d'avoir tous les arguments en main. Et surtout, de prévoir la réaction des autres pour bien y répondre.

— Non, non, je voulais pas dire ça.

— Qu'est-ce que tu voulais dire, alors?

Mes répliques du tac au tac ne semblent pas le déconcerter. C'est sécurisant. S'il continue dans cette voie, je pourrai un jour lui donner plus de responsabilités.

— Que tu fais plus sérieux, plus pragmatique que ce qu'on écoute là! C'est tout.

J'aime sa réponse. C'est clair et ça apporte un point final à la discussion.

— *Fair enough.*

William est soulagé que je cesse de m'acharner. Il finit son verre d'un trait. Je tiens à le rassurer.

— Tu te débrouilles de mieux en mieux en joute verbale.

— C'est pas l'impression que j'ai eue.

— Will, dis-toi une chose : les autres vont se charger de te diminuer. Fais-le pas toi-même.

Il acquiesce de la tête. Je lui offre de nouveau du vin.

— Tu conduis pas, hein ?

— Non, mais toi ? s'informe-t-il en montrant mon verre vide du doigt.

— Je vais prendre un taxi.

Et je me ressers un gin, que j'accompagne d'un verre d'eau. Histoire d'éviter le mal de bloc demain matin. Faut quand même que je me lève aux aurores.

— J'ai une question pour toi, Will.

— Vas-y !

— Ici, au bureau, tu connais pas mal tout le monde.

— Ouais, mais toi aussi, non ?

— Oui, mais je parle plus de leur vie privée.

— Ça dépend qui.

Je sais que William et les autres techniciens ont l'habitude de luncher ensemble à l'extérieur du cabinet une ou deux fois par semaine. Et j'ai entendu dire que les potins allaient bon train. Ce n'est pas fréquent que je m'intéresse à ce genre de truc, mais, là, c'est plus fort que moi.

— Selon toi, qui pourrait correspondre à cette définition : immature dans ses relations personnelles et jaloux.

— Un homme ?

— Oui. Et pas un des *seniors*, à mon avis.

— Il est marié ? Des enfants ?

— Aucune idée. Mais impeccable dans son travail, semble-t-il.

— Ouin, c'est pas évident. Pourquoi tu veux savoir ça, LP ?

— Euh, pour rien. Laisse tomber.

William me lance un regard sceptique.

— Si tu m'en disais plus, je pourrais t'aider…

— Il aurait une relation avec une de nos collègues.

— Qui ?

— Je préférerais garder ça pour moi.

— Alors le dossier est clos.

— *Come on !* Force-toi un peu, Will.

— On est quarante, ici, LP. Comment veux-tu que je sache qui est immature ? On l'est tous un peu pour faire cette job de fous.

— Je suis pas d'accord.

— Parce que tu trouves ça mature, toi, de bosser comme un malade, de négliger sa famille, de toujours vouloir posséder un plus gros char, une plus grosse maison… pis de finir par l'habiter tout seul comme un chien parce que l'autre a crissé le camp ! C'est sain, ça, tu penses ?

Je suis sonné par ses paroles. Je l'ai rarement vu s'emporter de la sorte. Comme s'il disait tout haut ce qu'il pense tout bas depuis longtemps. Je suis aussi étonné qu'il me parle comme si je n'étais pas son patron, mais je ne lui en tiens pas rigueur.

— J'ignorais que t'en avais contre le milieu comme ça. Pourtant, tu savais dans quoi tu t'embarquais quand je t'ai embauché.

Du coup, William réalise qu'il est peut-être allé trop loin, et je sens le malaise s'installer.

— Oups, excuse-moi, LP. Je pense que je suis fatigué.

— C'est plus que ça à mon avis.

— Non, non. Pis j'ai peut-être bu trop de vin.

— Un verre et demi, c'est pas censé t'affecter autant. Non, tu le penses vraiment. Et ça m'inquiète.

William détourne le regard et boit une longue gorgée. J'attends…

— C'est que… j'ai rencontré quelqu'un.

— Ah bon ? C'est sérieux ?

Même si cette nouvelle est réjouissante, je suis convaincu qu'elle n'annonce rien de bon pour moi.

Avant, je choisissais des techniciennes. De un, parce qu'elles sont hypercompétentes et de deux, parce que j'aime la compagnie des femmes. Mais le problème, c'est qu'elles n'acceptaient pas toujours de travailler tard le soir. Combien d'entre elles ont démissionné après quelques mois de ce qu'elles considéraient comme de l'esclavage ? Celles qui sont restées sont aujourd'hui avocates. Tant qu'à ne pas avoir de vie, autant bosser pour leur propre profit. Je ne pouvais pas leur en vouloir.

— C'est assez sérieux, en effet.

— Et il voudrait que tu sois plus disponible ?

— Euh… Ouin, c'est ça.

William n'est pas seulement embarrassé par le fait qu'il m'apprend qu'il désire avoir plus de temps libre, mais aussi parce que c'est la première fois que son orientation sexuelle est évoquée entre nous de façon claire.

Je ne sais pas trop comment réagir. Il n'y a rien dans la loi qui me permet d'exiger que William reste tard ici le soir. Il s'agit plutôt d'une entente tacite. Je pourrais lui dire qu'il n'y a pas de problème, mais je serais alors obligé de me tourner vers les autres associés pour embaucher un second technicien à temps partiel. C'est possible, mais ça ferait mal paraître William au sein du cabinet, et ça pourrait lui causer des soucis. J'ai besoin de penser à la façon dont je vais gérer la situation.

— Il travaille dans quel secteur, ton nouveau chum ?

Ma question le laisse pantois. Il n'a pas l'habitude que je m'intéresse à sa vie privée. Mais plus j'en sais, mieux je serai équipé pour faire face à la musique.

— Ben là ! Tu veux vraiment savoir ça ?

— Ben oui !

— Denis est tatoueur.

Je suis interloqué. Non pas par son métier, mais par son prénom. Quel gars dans la trentaine s'appelle Denis de nos jours ?

— Ah ben.

— Il a son salon depuis… depuis un moment, là.

— Ah, OK. Où ça?

— Ben, en ville.

— C'est un peu imprécis, ça. Au centre-ville? Dans le Mile-End? Me semble qu'il y en a plusieurs dans ce coin-là, avec tous les hipsters qui veulent avoir des *tattoos*.

— Est-ce que tu méprises les gens avec des tatouages, LP?

— C'est pas du mépris. Je trouve ça laid, c'est tout.

Récemment, Romy m'a supplié de lui permettre de se faire dessiner une plume à l'intérieur de son avant-bras et un attrape-rêves sur l'autre. «*WHAT?*» lui ai-je répondu, prenant son langage à elle. Bien entendu, elle avait essuyé un refus d'Amélie et elle tentait le coup avec moi.

Même si les images qu'elle avait choisies étaient de bon goût, il n'était pas question de la laisser abîmer son corps à quinze ans! Même si aucune loi n'encadre la pratique du tatouage, plusieurs personnes qui exercent ce métier ne le font pas sur des jeunes qui ont moins de dix-huit ans. Ce qui m'a rassuré.

— Je suis d'accord avec toi que c'est pas toujours beau. Mais Denis, il en fait des assez *cool*.

— Peut-être, mais ça me donne pas plus envie d'en avoir. J'ai pas besoin de ça pour avoir ma propre identité.

Nous terminons notre verre en silence, et William se lève.

— Bon, j'y vais. LP, tu vas réfléchir à ce que je t'ai demandé?

— Quoi exactement? Réduire tes heures?

— Hum, hum…

— Je te promets rien, Will, mais je vais faire mon possible.

— OK, merci.

Il se dirige vers la porte et, à la dernière minute, il se retourne.

— Tu sais, LP, si tantôt tu voulais connaître le nom de l'amant d'Évelyne, t'avais juste à me le demander.

Comment a-t-il deviné? William n'est pas seulement intuitif au boulot. Par contre, ça veut dire que mes sentiments pour ma collègue sont visibles, ce qui m'inquiète. Reprends ton *poker face*, Rousseau, ça presse!

— Euh…

— Avoue-le donc!

— Bon, OK. C'est qui?

— Tu croiras jamais ça!

Intrigué, j'attends la suite.

— C'est O'Brien.

— Pardon?

— T'as bien compris.

Je suis sous le choc. C'est impossible! Évelyne ne peut pas avoir une liaison avec ce quinquagénaire rondelet aux idées plutôt traditionnelles.

— T'es certain de ce que tu affirmes?

— À cent pour cent!

Je me laisse choir contre le dossier de ma chaise et j'encaisse le coup. Il y a quelque chose qui ne colle pas dans cette histoire. Pourquoi Évelyne coucherait-elle avec un homme qui a le *sex-appeal* d'un maringouin? Certes, il a du pouvoir, de l'argent, mais c'est tout. En plus, elle se place dans une situation intenable. C'est son *fucking* patron!

William referme la porte, me laissant seul avec mes interrogations. Je ne peux pas croire qu'après moi ma collègue s'est tournée vers ce laideron. J'espère qu'elle n'estime pas avoir trouvé mieux auprès de lui!

9

Je devrais partir, mais je n'arrive pas à quitter le bureau. Et ce, même si j'ai un rendez-vous chez mon tailleur à Outremont pour les retouches à mes trois nouveaux complets. La raison en est fort simple : j'ai besoin de voir Évelyne.

Depuis que j'ai appris sa liaison avec notre patron, je suis perturbé. Ça m'a même tenu éveillé une partie de la nuit. Je dois comprendre. « *What the fuck ?* » aurais-je envie de lui lancer par la tête. Mais je ne le ferai pas. J'ignore encore comment je vais l'aborder. L'affronter n'est pas une option, elle va se fermer. Le mieux, ce serait de l'amener à se confier d'elle-même. Mais comment ? En plus, je ne peux même pas la faire boire.

Je regarde ma montre Cartier, celle qui produit toujours son effet sur mes adversaires. J'ai vite compris que les marques de luxe, ça impressionne la plupart des gens. C'est pourquoi je porte uniquement des vêtements griffés.

Il est 17 h 30. Évelyne n'est pas de retour du palais de justice, où elle plaidait aujourd'hui. En théorie, je devrais être chez mon tailleur dans dix minutes, mais c'est impensable, trop de trafic. Voilà l'excuse parfaite pour remettre ma rencontre avec Sylvio. Je lui envoie un texto, disant que je suis désolé, mais que je passerai demain. Celui-ci m'écrit qu'il n'y a aucun souci. Sylvio a toujours été avenant… Pas étonnant quand je calcule les milliers de dollars dépensés chez lui.

— As-tu encore besoin de moi ? me demande William, son blouson sur le dos.

Difficile de lui répondre oui.

— C'est bon, Will.

Il me salue, mais je l'interpelle à la dernière minute.

— Si jamais t'as le temps plus tard de lire la déclaration du témoin qu'on vient de recevoir, tu pourrais m'en faire un résumé demain matin.

Il bronche un peu, mais je l'ignore. Je ne veux pas lui laisser entendre que sa demande de limiter ses heures de travail est acceptée sans aucun compromis. Parce que ça ne pourra pas être le cas.

— OK, c'est bon, je vais lire ça avant de me coucher, répond-il d'un ton las.

Je le remercie et il sort de mon bureau en silence. Je suis conscient que je suis dur envers lui, mais le milieu l'est aussi. Et il n'y a pas dix mille façons de réussir : le travail, le travail et encore le travail. Ce sera à Will de choisir.

Je jette un nouveau coup d'œil vers le couloir qui mène au bureau d'Évelyne… toujours rien. J'appelle sa technicienne, qui me répond qu'elle attend sa patronne d'une minute à l'autre. Je patiente en consultant des dossiers, mais j'ai du mal à me concentrer. Je ne comprends pas ce qui m'arrive. Cette pointe de jalousie qui me ronge et ce sentiment d'être passé à côté de quelque chose d'important avec elle… De majeur, même, dans ma vie. Pourquoi est-ce que je ressens tout ça ? Plus d'un an après notre rupture ? Alors que je croyais que notre histoire était bel et bien terminée et que j'étais en paix avec ça. Rien à y comprendre!

J'aperçois enfin Évelyne qui marche d'un pas rapide dans le corridor. J'ai tout juste le temps de voir l'inquiétude qui ronge son visage. Visiblement, ça s'est mal déroulé au tribunal. Je me précipite derrière elle, mais elle s'engouffre dans les toilettes des femmes.

Je n'ose pas rester là à l'attendre et à attirer les soupçons de mes collègues. Je me rends donc dans la salle de conférences située juste en face. Je fais comme si je parlais au téléphone, en ne quittant pas la porte des toilettes des yeux. Quelques minutes s'écoulent, qui me semblent être une éternité. Après un quart d'heure, je trouve ça étrange, mais je ne peux pas aller la rejoindre.

Je me dirige vers sa technicienne, très concentrée sur son cellulaire.

— Lili?

La jeune femme sursaute et cache son appareil sous une pile de dossiers. J'ai tout juste le temps d'apercevoir les icônes de Candy Crush sur son écran.

— Oui, maître Rousseau?

— Est-ce qu'Évelyne est de retour?

— Non, pas encore. Pourtant, son audience est terminée depuis un bout. Peut-être qu'elle est coincée dans le trafic.

— Peut-être. C'est bizarre, je croyais l'avoir vue entrer dans les toilettes tout à l'heure.

— Ah bon?

Lili ne cesse de fixer le document sous lequel se trouve son iPhone. L'issue de sa partie la préoccupe plus que le sort de sa patronne, c'est évident.

— Ça fait déjà un moment de ça.

— De quoi, maître Rousseau?

Je pousse un soupir d'exaspération. Je ne comprends pas comment ma collègue réussit à l'endurer. Cette jeune femme manque vraiment de concentration.

— Écoute, pourrais-tu aller voir dans les toilettes ? J'ai l'impression qu'Évelyne y est encore.

— Oui, oui, j'y vais dans deux.

— Non, maintenant.

Mon ton autoritaire l'incite à agir et à oublier sa partie de Candy Crush. Enfin ! Ce n'est pas normal de passer autant de temps dans les toilettes et ça m'inquiète sérieusement.

Je la suis jusqu'à la porte. Quelques secondes plus tard, Lili sort de là, paniquée.

— Appelez l'ambulance !

Je reste figé quelques instants, sous le choc. Qu'est-ce qui est arrivé à Évelyne ?

— Vite !

Je sors de ma torpeur et je compose le 911. La préposée me demande quelle est la nature de mon appel.

— Je sais pas. C'est ma collègue.

— Elle est blessée ?

— Aucune idée. Elle est dans les toilettes des femmes.

— J'envoie l'ambulance tout de suite, mais j'ai besoin de plus d'informations. Êtes-vous à ses côtés ?

— Non.

— Allez-y.

Maintenant que j'ai une justification, je n'hésite pas à me rendre auprès d'Évelyne. Elle est assise par terre, le dos contre le mur, pliée de douleur et blanche comme un drap. Sa jupe ivoire est tachée de sang. Lili est tellement affolée qu'elle m'empêche d'entendre la répartitrice.

— Lili, sors !

Je la sens soulagée de quitter la pièce. Si elle était ma collaboratrice, elle serait virée sur-le-champ. Son rôle est de veiller sur Évelyne et elle n'est même pas foutue de le faire !

Au téléphone, la femme me presse de lui décrire ce que je vois et elle me demande d'essayer d'interroger Évelyne.

— Qu'est-ce qui se passe?

Ma collègue pleure à chaudes larmes, incapable de prononcer un mot. Je lui prends la main et je la serre très fort. Je regarde autour de moi avant de retourner vers mon interlocutrice.

— Ce que je peux vous dire, c'est qu'elle est enceinte.

— Bon, on a peut-être affaire à une fausse couche. Savez-vous à combien de semaines de grossesse elle est?

— Non.

— Demandez-lui, monsieur.

Ma question demeure sans réponse. Évelyne suffoque presque dans ses larmes.

— Ça fait pas très longtemps, ça paraissait même pas.

— OK. Vous allez rester auprès d'elle jusqu'à ce que les ambulanciers soient sur place. Assurez-vous qu'il y a quelqu'un à l'entrée pour les diriger, ils vont être là dans trois minutes.

— Évelyne, je vais aller voir Lili deux secondes, je reviens.

Elle serre ma main encore plus fort et ça me brise le cœur de devoir la retirer, mais je n'ai pas le choix. Heureusement, sa technicienne se trouve tout juste de l'autre côté de la porte.

— Va en avant, les ambulanciers arrivent.

Elle file comme l'éclair, ce que ne manquent pas de remarquer mes collègues, dont Antoine. Il m'interpelle.

— LP, qu'est-ce qui se passe?

— Euh, c'est Évelyne.

— Qu'est-ce qu'elle a?

— Plus tard. Il faut que je retourne auprès d'elle.

Je m'engouffre dans les toilettes sans lui laisser le temps de me questionner davantage. Avant d'avancer quoi que ce soit, je dois m'entendre avec ma collègue. Quelle version veut-elle donner à l'histoire? Dès que je la vois, je constate qu'elle est plus paisible.

— Ça va mieux?

Elle hésite quelques secondes, puis sa voix se fait toute petite et faible.

— Je l'ai perdu, LP.

— Je suis désolé.

— Pas autant que moi.

Je cherche les mots pour la rassurer, mais je ne les trouve pas. Je reste là, à tenir sa main très fort pendant qu'elle évacue sa peine. Je ne saisis pas toute l'ampleur du drame qu'elle traverse. Pour moi, perdre quelqu'un qu'on n'a jamais connu, c'est abstrait. Mais j'imagine que porter un enfant et le voir disparaître en quelques minutes, on le vit autrement. Et je respecte ça. Je lui caresse les cheveux et, tout doucement, ses pleurs s'estompent.

— J'étais inquiet quand j'ai vu que tu sortais pas des toilettes. Pourquoi t'es pas venue demander de l'aide?

— Ça servait à rien, c'était déjà trop tard.

— Oui, mais y a peut-être des complications.

— Je crois pas, non.

— Comment peux-tu en être sûre?

— C'est pas la première fois.

— Ah bon? Tu m'avais jamais dit ça.

Elle hausse les épaules et se dégage de mon étreinte.

— Les douleurs sont passées, je vais être correcte.

— N'empêche. C'était pas prudent.

— Tu comprends rien! J'étais quand même pas pour me montrer avec la jupe toute tachée!

— OK, chut, chut… calme-toi, les ambulanciers s'en viennent.

— Je veux pas partir en ambulance, lance-t-elle en tentant de se lever.

— Voyons, Évelyne, sois raisonnable.

Je pose fermement ma main sur son bras pour qu'elle reste assise.

— Il est pas question que tu partes d'ici sur tes deux pieds.

— Trouve quelque chose. Faut que personne sache que c'est une fausse couche.

— Promis.

Mon ton est confiant, même si je ne le suis pas. Je ne connais pas grand-chose aux problèmes de santé qui nécessitent un transport en ambulance… La porte s'ouvre sur Lili, suivie d'une équipe de secouristes.

Pendant qu'ils préparent Évelyne, je me dis que le scénario se répète. J'ai vécu la même situation il y a quelques jours avec Justine. À croire que je porte la poisse aux femmes de mon entourage…

Ma collègue discute avec les techniciens, les priant de l'emmitoufler de façon qu'on ne voie pas le sang qu'elle a perdu. L'ambulancière, qui semble avoir compris qu'Évelyne ne souhaite pas étaler sa vie privée au bureau, s'y engage.

— Vous l'emmenez où?

L'ambulancière m'indique qu'elle ira à l'hôpital le plus proche. Je rassure Évelyne d'un regard. Tout va bien aller. Au moment où ils partent, je prends Lili à part.

— Écoute, Lili, je vais te demander quelque chose de super important.

— OK… me répond-elle avec suspicion.

— Je veux pas t'entendre dire que t'as vu du sang, d'accord?

— Pourquoi?

— Parce que c'est comme ça. Tu dis qu'Évelyne a perdu connaissance, mais tu sais rien de plus.

— Oui, oui. Vous avez pas à vous en faire avec moi, maître Rousseau. Je suis capable de garder un secret.

C'est fou comme je ne la crois pas.

— Je suis sérieux. Et si tu sais tenir ta langue, je vais faire de même.

— Concernant quoi?

— Candy Crush.

Lili baisse les yeux, honteuse que je connaisse ses faiblesses.

— On a un *deal*?

— Oui, maître Rousseau.

— OK, je m'en vais à l'hôpital. Toi, dis à tout le monde ce sur quoi on s'est entendus. Je vais t'appeler plus tard pour donner des nouvelles.

En conduisant vers l'hôpital, je suis bien conscient qu'Évelyne ne m'a jamais demandé de l'accompagner, mais c'est plus fort que moi. Je dois savoir comment elle va. Pour rendre la situation crédible auprès de nos collègues, je vais lui proposer de dire qu'elle a eu un malaise vagal, ce qui est assez commun.

Je stationne ma Tesla et je me précipite à l'urgence, en espérant que le malaise d'Évelyne ne sera pas venu aux oreilles de son mari. Je ne serais pas surpris qu'un de mes collègues l'ait informé, question d'être dans les bonnes grâces de monsieur le juge.

10

Mon pied droit ne cesse de taper sur le sol. Ça agace mon voisin dans la salle d'attente de l'urgence. Je me concentre pour retrouver mon calme. Je suis anxieux comme je l'ai rarement été dans ma vie et je ne m'explique pas pourquoi.

Évelyne passe des tests et on dirait que j'envisage le pire. Ce n'est pas rationnel et, surtout, ce n'est pas dans mes habitudes. Qu'est-ce qui m'arrive ? Je perds le contrôle de mes émotions, je dramatise la situation... Bref, je ne suis pas moi-même.

La seule autre fois où j'ai eu une réaction aussi disproportionnée, c'est quand Amélie a fait une chute à vélo et qu'elle a été transportée à l'hôpital. Avisé par sa copine qui l'accompagnait, je suis accouru sur place, m'étant créé les pires scénarios. Au final, elle a eu une fracture du poignet et quelques éraflures. Quel soulagement ! C'était le début de notre relation et j'étais follement amoureux d'elle... Comme je le suis maintenant d'Évelyne? Est-ce possible? Non, il ne peut pas en être ainsi. C'est impensable.

— Louis-Philippe, qu'est-ce que tu fais là?

Je lève les yeux et j'aperçois Ludovic, le mari d'Évelyne, qui me regarde avec suspicion. Il n'est pas heureux de me rencontrer ici.

— J'attends des nouvelles pour informer les gens au bureau.

— Je suis là, maintenant. Je te tiendrai au courant, t'as pas besoin de rester.

La situation est embêtante. Je ne peux pas partir avant d'avoir vu Évelyne et qu'on se soit mis d'accord sur la version du malaise vagal. Et ce, pour tout le monde. Y compris pour son conjoint. Mais il demeure inflexible, me regardant avec mépris. Je me lève pour être à sa hauteur et le toiser, moi aussi.

— Je compte sur toi, Ludovic.

— J'écrirai à Lili dès que j'en sais plus.

Je m'éloigne sans le saluer, cherchant une façon de joindre Évelyne à son insu. Je dois agir vite. Le connaissant, il ne fera pas le pied de grue bien longtemps. Je me retourne discrètement et je le vois se rendre à l'accueil pour discuter avec l'infirmière. Je m'assure qu'il me tourne bien le dos et je me faufile dans le couloir, à la recherche d'Évelyne. Je regarde à gauche et à droite dans les salles, mais je ne parviens pas à distinguer quel patient y est. Un peu embêtant comme situation, je ne veux pas entrer dans la vie privée des gens…

Je tends l'oreille, en espérant que la voix de ma collègue me guidera. Les bruits ambiants sont trop présents. Je redoute de me faire apostropher par un membre du personnel de l'urgence, mais ils sont tous trop occupés pour prêter attention à moi. J'arrive dans un espace où les malades sont cordés dans le corridor, avec un rideau qui protège leur intimité.

— Vous allez pouvoir sortir bientôt, madame Lepage. Tout va bien.

En entendant la voix du médecin, j'éprouve un vif soulagement. D'un, je viens de retracer ma collègue. De deux, il ne semble pas y avoir eu de complications.

— Évelyne ? Je peux te voir ?

Le professionnel ouvre le rideau et je suis encore plus rassuré. Évelyne a retrouvé un peu de couleurs et elle est calme.

— Deux minutes seulement, il faut qu'elle se repose, m'indique le médecin.

— Compris.

Il se dirige vers l'accueil et, d'un coup sec, je rabats le rideau. Évelyne n'est pas contente.

— Qu'est-ce que tu fais ?

— Ludovic est ici.

— Pas vrai ? Comment ça ?

— Quelqu'un du bureau a dû l'aviser. Mais là, faut qu'on se mette d'accord sur notre version des faits.

— Tu proposes quoi ?

— Malaise vagal.

— Parfait.

Évelyne jette un coup d'œil au sac de plastique qui traîne à ses pieds.

— Merde ! Ma jupe tachée.

Voilà une pièce à conviction qu'il faut faire disparaître.

— Je m'en occupe !

— Mais comment justifier que j'ai perdu mes vêtements ? Qu'est-ce que je vais raconter à mon mari ?

— Euh… tu mettras ça sur le dos de l'hôpital. Tu lui demanderas d'aller t'en chercher.

— C'est pas très professionnel, ça. Ils ont été tellement gentils. Et Ludovic risque de leur passer un savon.

— Est-ce qu'on a le choix ?

— Pas vraiment, non.

— Bon, je te laisse avant qu'il arrive.

Évelyne saisit ma main et me jette un regard rempli de tendresse. Je me sens fondre comme un adolescent de quinze ans en amour avec sa première blonde.

— LP, merci. Du fond du cœur.

Je serre sa main un peu plus fort.

— De rien, tu sais que tu comptes beaucoup pour moi.

— Je sais, oui. Bon, *go* !

Je lui fais un dernier sourire encourageant et j'ouvre le rideau… Pour me retrouver face à Ludovic, le regard plus noir que jamais.

||

— Vous semblez absent, monsieur Rousseau. Je me trompe?

La voix de la psychologue me tire de la lune. À mes côtés, Romy est d'accord avec elle.

— Il est comme ça depuis quelque temps. Toujours la tête ailleurs.

Exceptionnellement, ma fille séjourne chez moi ces jours-ci, puisque sa mère a engagé des ouvriers pour rénover le sous-sol et qu'ils se pointent tôt le matin, l'empêchant de dormir. Et ça me fait une bonne diversion.

Depuis que j'ai accompagné Évelyne à l'hôpital, il y a près de deux semaines, je ne suis plus le même. Ce soir-là, j'ai compris qu'elle aurait pu être la femme de ma vie. Si seulement j'avais vu clair dans mes sentiments envers elle, j'aurais pu lui en parler. Peut-être aurait-elle décidé de quitter Ludovic? C'est évident qu'entre eux ce n'est plus l'amour fou... Peut-être même plus l'amour du tout.

Comment agir maintenant? Est-il trop tard? Devrais-je tout avouer à Évelyne? Je ne la sens pas indifférente, mais j'ignore ce qu'elle éprouve réellement pour moi. Et il y a toute cette histoire de liaison avec O'Brien qui me fait grincer des dents juste à y penser. J'ai besoin d'en savoir plus, mais je n'ai pas osé aborder ce point avec Évelyne, ni aucun autre sujet, depuis son retour au bureau en pleine forme et bien remise de son « malaise vagal ».

— Désolé, je suis un peu fatigué, je crois.

— Pff... je suis sûre que c'est une de tes *chicks* qui t'occupe l'esprit.

— Romy! Je te permets pas!

— Je te connais, p'pa... À moins que ce soit à cause de maman qui se fiance?

— Mais non, voyons. Je suis très content pour Amélie... c'est toi qui ne l'es pas! C'est de ça qu'on devrait parler, d'ailleurs.

Romy reste silencieuse, pendant que Mme Tanguay l'interroge du regard. Comme elle demeure muette, j'expose les faits à la psychologue.

— J'ignore pourquoi, mais Romy nous a confié, à sa grand-mère et à moi, qu'elle n'aime pas le nouveau chum de sa mère.

— Ah bon? Tu veux nous en parler, Romy?

— Bof, ça changera rien de toute façon. Elle va le fiancer pareil!

— Faut que tu le dises s'il n'agit pas correctement. Tu sais que t'as des droits et que...

— Tu vas me représenter comme avocat, c'est ça? ironise-t-elle.

— Y est pas question de ça, mais s'il faut que je lui parle, je vais le faire.

— C'est pas avec moi qu'il est pas fin.

— Ah... OK. Veux-tu développer ta pensée un peu?

— On est pas ici pour parler de maman !

— Tu as raison, Romy, approuve la psychologue. Mais si toi, ça te tracasse, tu peux nous en faire part.

— Je suis d'accord. Tu vas quand même habiter avec cet homme-là.

— Je le *truste* pas. Je suis certaine qu'il la trompe. Ou tout au moins qu'il fait du *micro-cheating*.

— Qu'est-ce qui te fait dire ça ?

— Juste à voir l'air qu'il a quand il texte quelqu'un.

— Excusez-moi, intervient Mme Tanguay. C'est quoi, le *micro-cheating* ?

Je lui explique qu'il s'agit d'une relation émotionnelle avec une autre personne, sans qu'il y ait de sexualité pour autant.

— Ça se passe virtuellement, complète Romy. Et c'est quand tu penses plus souvent à l'autre qu'à ton chum ou ta blonde. Y en a plein à l'école.

— Mais là, t'as pas de preuves, ma puce. Ça reste au stade des impressions.

— C'est plus que ça. Je sais c'est qui, la fille.

— Comment ça ?

— Je l'ai *stalké* sur Facebook, pis j'ai vu qu'il *likait* tous les statuts d'une certaine Sarah-Jeanne. En plus, il les commente presque tout le temps, avec un ton téteux. Et il ajoute des émojis quétaines, genre le bonhomme avec deux cœurs à la place des yeux.

— Pourquoi il t'a acceptée comme amie Facebook s'il a des choses à cacher ?

— Je suis pas conne, p'pa. C'est pas moi qui lui ai fait une demande, c'est Raffie.

— Il a répondu oui à la demande de ton amie ? Une fille de quinze ans qu'il connaît pas ?

— *Yep !*

— C'est pas très rassurant, je trouve.

Par contre, j'aime autant être au courant de la situation. Je suis assez fier de ma Romy. Elle s'est fiée à son instinct et elle a poussé ses recherches. Excellente attitude.

— En plus, son statut indique qu'il est célibataire !

— C'est un vrai trou de cul !

Louise Tanguay me lance un regard désapprobateur. Je lui présente mes excuses pour mon langage offensant, mais je n'en pense pas moins. Elle s'adresse maintenant à ma fille.

— Qu'est-ce que tu ressens à l'idée que ta mère pourrait vivre une relation amoureuse difficile ?

Est-ce que j'ai bien entendu ? « Pourrait vivre une relation amoureuse difficile ? » C'est bien plus que ça ! Amélie est carrément en train de se faire avoir. Un gars qui cache qu'il est en couple, sur le point de se fiancer de surcroît, est capable d'avoir plein d'autres secrets… Ça ne m'étonnerait pas qu'il soit un profiteur. Même si elle n'est pas matérialiste, mon ex est à l'abri du besoin avec sa maison payée, la généreuse pension que je lui verse chaque mois et son salaire de massothérapeute. Je serais bien curieux de connaître sa situation financière à lui.

— Ça me fait chier, répond Romy.

— Écoute, il faut aviser ta mère.

— Comment veux-tu lui dire ça ? « Eille, m'man, ton futur mari, c'est un trou de cul ! »

— Romy !

— Quoi ? Tu l'as bien dit, toi.

— Je suis pas un bon exemple.

— Ouin, t'as ben raison.

Son ton moqueur me fait douter de son intention. Le croit-elle vraiment ou elle me nargue ? Ah ! Les profondeurs de l'âme des adolescents… Elles ne sont pas toujours faciles à cerner.

— C'est décidé, je parle à Amélie le plus tôt possible.

— OKKKKK. De toute façon, quand tu as quelque chose en tête, tu l'as pas dans les pieds.

— Je fais ça pour toi aussi, ma puce. T'as pas à être mêlée à nos histoires d'adultes.

— Je suis quand même plus un bébé.

J'approuve et je lui souris d'une façon que je veux complice… mais j'ignore si c'est comme ça qu'elle le reçoit. Elle affiche un air énigmatique qui me déstabilise de nouveau. Le silence s'installe quelques instants, puis Mme Tanguay nous relance:

— Bon, est-ce que le dossier est clos pour vous deux?

— Oui, dis-je avec fermeté. Maintenant, j'aimerais qu'on revienne sur quelque chose qu'a dit Romy récemment.

— Quoi ça? lance Romy, déjà sur la défensive.

Est-ce que je devais continuer? Après tout, c'est elle qui a demandé de venir en thérapie, peut-être que je devrais lui laisser le choix des sujets. Mais le regard d'encouragement de la psychologue m'incite à exposer mes inquiétudes.

— Est-ce que tu crois vraiment que ma séparation d'avec Amélie est de ta faute?

Romy ne réagit pas. Je la fixe avec insistance.

— On a déjà parlé de ça, dit-elle.

— Non, c'est moi qui ai parlé. Toi, t'as pas ouvert la bouche.

— C'est parce que ça me tentait pas, pis ça me tente pas plus aujourd'hui.

— Ce n'est pas une réponse valable, ça. J'attends plus de ta part.

— Euh… monsieur Rousseau, on va permettre à Romy de s'exprimer sans la juger ni lui mettre de pression.

— Ouin, fais donc ça. Pour une fois…

Je pousse un soupir qui témoigne à la fois de mon exaspération et de mon découragement. Avec ma fille, j'ai l'impression de danser le tango: un pas en avant, deux pas en arrière.

— Désolé. Mais je trouve ça important de savoir ce qu'il en est.

— Bof, je le pensais pas tant que ça.

— Précise ta pensée.

— Monsieur Rousseau, s'il vous plaît. Romy, si tu veux bien poursuivre.

— C'est que… que je me suis toujours demandé si t'en voulais des enfants. Si c'était pas juste pour faire plaisir à maman.

Ses paroles me donnent l'effet d'un coup de poing au ventre. J'aurais tant voulu qu'elle ne s'interroge jamais là-dessus. Parce qu'elle a raison. La famille, c'était plus le désir d'Amélie que le mien. Mais depuis que Romy est là, je ne regrette pas une seule seconde de l'avoir eue.

Je réfléchis quelques instants, me demandant si je dois être honnête ou pas. Est-ce qu'elle est capable de m'entendre ou est-ce que je dois la protéger en mentant?

— Ton silence en dit long.

Je ne peux pas me résoudre à lui faire encore plus de peine, mais je ne souhaite pas non plus que notre relation soit construite sur un leurre.

— Écoute, ma puce, y a du vrai dans ce que tu dis.

— Je le savais!

Furieuse, Romy se lève d'un bond.

— Romy, ce serait bien que tu écoutes ton père.

Elle reste debout, les bras croisés, mais, au moins, elle ne s'en va pas. Je me lève de mon siège pour lui faire face.

— Au départ, c'était pas dans mes plans d'avoir un enfant. Mais oui, ça venait d'Amélie.

— Ça, c'est évident. C'est pas pour rien que t'as été absent.

— Faut pas tout mélanger, Romy. Ce que je tiens à te dire, c'est que, dès que t'es arrivée dans notre vie, je t'ai aimée. Ça, je veux jamais que tu en doutes.

Ma fille demeure pensive quelques instants, les yeux cloués au sol. Je tente d'accrocher son regard. Peine perdue. J'attends… et j'espère. Puis elle relève la tête et m'observe longuement, comme si elle testait ma sincérité.

— Je te jure que c'est vrai. Dès que je t'ai vue, avec ta petite fossette sur la joue gauche, ton toupet qui pointait dans les airs et ta petite bouche en cœur, j'ai été conquis.

Romy semble s'attendrir, puis, contre toute attente, elle attrape son sac à dos et se dirige vers la porte. Je ne trouve pas les mots pour la retenir, mais la psychologue essaie.

— Romy, t'es certaine que tu veux pas nous dire ce que tu ressens?

Elle s'arrête un instant, sans toutefois se retourner.

— J'ai juste besoin d'un peu de temps pour décanter. On en reparlera la semaine prochaine.

Elle sort précipitamment. Je m'écrase sur un fauteuil, et un grand sentiment d'échec m'envahit.

— J'aurais jamais dû lui dire ça.

— Selon moi, elle ne vous aurait pas cru si vous ne lui aviez pas dit la vérité.

— Elle n'aurait pas pu en être certaine. Là, je lui ai confirmé tous ses doutes. Estie que je m'en veux!

Soudain, tout me pèse. Ma relation compliquée avec Romy, la promesse que j'ai faite d'informer Amélie des agissements suspects de son conjoint, le texto que j'envoie encore à Justine tous les jours pour m'assurer qu'elle tient le coup... comme si les femmes qui m'entourent ne me donnaient pas la chance de me concentrer sur celle qui habite mes pensées jour et nuit.

Quel con j'ai été d'accepter de mettre fin à ma liaison avec Évelyne quand son mari a appris qu'elle était infidèle! Si j'avais réfléchi deux secondes, j'aurais compris que je ne laissais pas partir qu'une amante. Évelyne et moi avons tout pour être heureux ensemble. On partage la passion du droit, on connaît l'exigence de ce travail et on ne reproche pas à l'autre de bosser de longues heures, on fréquente le gym assidûment, on aime les films d'action et on adore le champagne et le foie gras, et le sexe est incroyable. Que me faut-il de plus?

Est-ce que c'est l'orgueil ou la peur de m'investir avec quelqu'un qui m'a retenu, l'an dernier ? Aujourd'hui, cette crainte de l'engagement me semble bien loin. Est-ce que l'approche de la quarantaine me pousse à penser à l'avenir ? Est-ce que je vais butiner de femme en femme pour les dix, vingt, trente prochaines années ? C'est ça que je veux dans ma vie ? Ça fait six ans que je m'envoie en l'air avec à peu près toutes celles que je désire… je ne suis plus certain que tout ça m'allume encore. J'ai l'impression d'agir comme un automate.

— Monsieur Rousseau, est-ce que vous m'écoutez ?

Oups… je l'avais complètement oubliée, celle-là.

— Désolé, madame Tanguay. Vous disiez ?

— Je pense qu'on va arrêter ça là. Vous semblez avoir besoin de réfléchir à autre chose. De toute façon, la rencontre se termine dans quelques minutes et je préfère qu'on reprenne la discussion avec votre fille.

J'éprouve un vif soulagement à l'idée de quitter cette pièce… tout en me sentant coupable de ne pas concentrer mon énergie sur Romy. Mais c'est plus fort que moi, je dois aller au bout de mon histoire avec Évelyne.

Je salue la psychologue en sortant. Aussitôt dans le couloir, j'écris un texto à Évelyne, lui proposant un verre pour le lendemain, après le boulot. Je cherche un émoji à ajouter, mais je crains que ça ne fasse quétaine. Je l'envoie donc sans plus de flaflas.

Sa réponse ne tarde pas.

« On a rien à se dire. Texte-moi plus jamais. »

Je lis le message à deux reprises pour être sûr de l'avoir bien compris… et je n'en reviens tout simplement pas. Qu'est-ce qui s'est passé ? Est-ce que je lui ai fait quelque chose pour qu'elle soit aussi sèche ? Mon cœur se serre très fort. Je me sens plus seul que jamais.

12

— De quoi tu te mêles, Louis-Philippe Rousseau ? C'est pas tes affaires !

J'ai rarement vu mon ex aussi furieuse ! Elle n'accepte pas du tout que je lui pose des questions sur son futur mari. Je n'ai rien dit encore de ce que m'a confié ma fille, mais mes interrogations générales lui déplaisent royalement.

— T'as tort. Ça me regarde parce que Romy va habiter avec lui.

— Pff… Depuis quand le sort de ta fille t'intéresse autant ?

— *Cheap shot*, ça, Amélie.

Mon commentaire semble la calmer un peu et elle se rassoit face à moi. Pendant qu'elle boit une gorgée de cette affreuse tisane qu'elle nous a servie, j'observe le salon dans lequel j'ai vécu pendant plusieurs années. Il n'a pas changé tant que ça depuis mon départ, il y a six ans. Les meubles sont les mêmes, seuls quelques accessoires ont été remplacés, passant de l'orangé au mauve.

Je me rappelle très bien quand nous avons emménagé ici, rue Prieur, à deux pas de la promenade Fleury. Nous avions décidé de renouveler notre intérieur de A à Z. D'autant plus que le couple qui avait acheté notre première maison, celle que nous avions eue à Rosemère, la voulait meublée.

À l'époque du déménagement, Romy entrait à la maternelle, ce qui permettait à Amélie de reprendre la massothérapie à temps partiel. De mon côté, je travaillais comme un malade pour pouvoir accéder au statut d'associé, et elle trouvait mes absences de plus en plus difficiles.

Ces fameux sofas en cuir ont été la source d'un conflit qui témoignait de l'éloignement que nous commencions à vivre tous les deux. Amélie et moi avions convenu de magasiner ensemble, un soir de semaine. J'avais annulé une fois. Puis une autre, puis encore une autre. Je n'arrivais pas à me libérer, trop pris par un procès dans lequel je défendais les dirigeants d'une importante usine de peinture industrielle, accusés par les citoyens du secteur de ne pas respecter les normes environnementales. Une cause extrêmement complexe, qui m'occupait jusqu'à dix-huit heures par jour.

Amélie, quant à elle, voyait venir la date du déménagement avec appréhension, craignant de se retrouver dans une résidence vide, sans même un matelas pour sa fille. Elle était donc allée seule dans les boutiques, et elle avait choisi des meubles à des prix exorbitants. J'ai payé les factures sans rechigner.

L'installation de notre famille dans cette belle et grande demeure aurait dû être un événement heureux, mais je l'ai gâché. Une fois de plus. Et me voilà ici, à lui faire la leçon sur le choix de son partenaire amoureux. Je peux comprendre qu'elle ne veuille pas m'écouter.

— Je vois pas ce qui t'inquiète, LP. Tu connais même pas Kevin.

Pour gagner un peu de temps, je trempe mes lèvres dans ma tasse et je grimace aussitôt. Non, décidément, les boissons qui goûtent le foin, très peu pour moi. Je lui demanderais bien un martini, mais il est trop tôt pour ça. J'ai pris mon heure de lunch pour visiter Amélie et profiter du fait que notre fille est en classe.

— Bon, je vais être plus direct. C'est Romy qui n'est pas à l'aise.

— N'importe quoi. Elle me l'aurait dit, tu sais qu'on est très proches.

Ça, c'est ce qu'elle répète toujours. Et c'est vrai que ma fille a longtemps eu une relation assez étroite avec sa mère. Mais j'ai l'impression qu'elle prend ses distances. Peut-être qu'elle veut s'affranchir, comme l'adolescente normale qu'elle est. Mais je suis loin d'être convaincu qu'Amélie soit réceptive à cette réalité. Mon ex est la championne du port de lunettes roses.

À ce stade-ci de la conversation, je sais que je dois enfiler des gants blancs si je ne veux pas que ça se termine en queue de poisson. Depuis notre séparation, je sens malheureusement qu'Amélie est en compétition parentale avec moi. Pas question de l'inquiéter en lui donnant l'impression que Romy se confie plus à moi qu'à elle.

— Écoute, Amélie. Romy n'a pas voulu t'en parler parce qu'elle a peur de te faire de la peine. Et ç'a tout pris pour qu'elle s'ouvre à ce sujet à Marguerite et moi.

Amélie encaisse le coup, et je vois ses grands yeux devenir tristes. Je sais à quel point elle est sensible quand on discute de Romy. Il m'arrive de trouver que c'est trop d'émotions, et je souhaiterais qu'on puisse avoir des discussions plus rationnelles. En même temps, la belle humanité d'Amélie est l'une des raisons pour lesquelles je suis tombé amoureux d'elle. Pour un gars pragmatique comme moi, avoir une personne de cœur à mes côtés me rendait plus empathique. Quelque chose que je semble avoir perdu depuis qu'on s'est quittés.

Le sexe aussi nous réunissait. En particulier au début, et tout juste avant l'éclatement de notre couple, alors que nous avons vécu une sorte de renouveau… qui n'a toutefois pas duré.

Amélie était au lit comme elle est dans la vie : généreuse et attentive à l'autre. À un point tel que, parfois, elle s'occupait de moi de longues minutes, exigeant que je me laisse faire, sans rien attendre en retour. Et j'avoue que j'en profitais bien. Mais je me faisais un devoir de le lui rendre la fois suivante. Pas question qu'elle croie que je n'en avais que pour mon plaisir. Combien de soirs l'ai-je prise sur le sofa sur lequel elle est assise en ce moment même, alors que Romy dormait en haut ? Nous fermions les portes françaises du salon, les rideaux et bang ! Des souvenirs qui me donnent envie de recommencer. Là, tout de suite. Mais ça ne semble pas être dans les plans de mon ex, qui se ronge les ongles intensément.

— Depuis quand t'as repris cette mauvaise habitude ?

Elle élude la question d'un geste impatient de la main.

— Dis-moi plutôt ce que Romy t'a confié.

— En fait, elle s'inquiète pour toi.

— Pour moi ? Y a pas de raison. Tout va bien avec Kevin.

Qu'est-ce qui m'a pris de vouloir à tout prix qu'Amélie sache la vérité sur son amoureux ? Un sentiment de protection toujours présent envers elle ? Ou bien ai-je des pensées tordues au point de bousiller son futur mariage ? Ce serait très égocentrique… mais pas impossible de ma part.

— Amélie, est-ce que tu es certaine de la fidélité de Kevin ?

— Ben oui. Pourquoi ?

— Romy soupçonne qu'il a quelqu'un d'autre.

— C'est n'importe quoi ! Franchement !

— Ce serait peut-être pas une liaison physique, mais tout au moins…

— OK, j'en ai assez entendu, m'interrompt-elle.

Elle se lève pour me signifier de prendre congé. Je ne bouge pas.

— Attends. Tu veux pas savoir ce qu'elle a vu?

Même si Amélie est méfiante, sa curiosité l'emporte et elle se rassoit. Je lui raconte ma conversation avec notre fille. Plus j'avance, plus son visage se décompose. Je lui assène le coup de grâce quand je l'informe que le statut Facebook de son chum indique qu'il est célibataire. Comme Amélie a toujours refusé d'étaler sa vie sur les réseaux sociaux, elle ne pouvait pas le savoir.

— T'es sérieux, là?

Je hoche la tête avec compassion.

— Et cette femme-là, elle a l'air de quoi?

Comme j'ai fait ma propre recherche sur Kevin et cette Sarah-Jeanne, je suis en mesure de lui montrer quelques photos. J'ouvre mon onglet Facebook sur mon cellulaire et j'atteins la page de la fille en question.

— Je t'avoue que je comprends pas, dis-je en lui tendant mon téléphone.

Intriguée, Amélie scanne une à une les images de Sarah-Jeanne. Tout comme moi, elle a une réaction de surprise chaque fois.

— Ben voyons donc! Toi aussi, tu trouves que...

— Qu'elle est très ordinaire, oui!

— Il me semble que je suis un peu mieux qu'elle, non?

— Un peu mieux qu'elle? Tu me niaises, Amélie. T'as rien à voir avec cette fille-là! Elle t'arrive pas à la cheville.

Malgré les informations troublantes qu'elle vient de découvrir sur son futur mari, elle ne peut s'empêcher d'être flattée par mon compliment. Elle me regarde avec notre complicité d'autrefois.

Amélie sait que je suis sincère. J'ai toujours trouvé qu'elle est hyperséduisante, avec son corps mince, ses grands yeux d'un brun profond, son sourire à couper le souffle et ses longs cils qui lui donnent un air romantique.

Tout en réfléchissant, Amélie approche sa tasse de sa bouche. Soudain, elle la repousse d'un geste brusque.

— Ça me prend quelque chose de plus fort.

Et la voilà qui s'éloigne vers la cuisine. Inquiet, je la suis. S'il y a une chose que je n'ai jamais vu faire Amélie, c'est bien consommer de l'alcool en plein cœur d'une journée de semaine. Elle doit être réellement troublée.

Elle ouvre une grande armoire et je me rends compte qu'elle contient à peu près les mêmes boissons qu'à l'époque : tequila, vodka, Baileys, triple sec (pour les Cosmo des soirées de filles) scotch, Ricard (pour les apéros d'été), ouzo (pour se souvenir de notre magnifique voyage dans les îles grecques), curaçao (pour les Blue lagoon) et, bien sûr, quelques bons gins.

Elle attrape la bouteille de vodka, s'en verse un *shooter* et fait cul sec. Je suis abasourdi.

— En veux-tu un ?

— Amé, tu devrais pas boire comme ça. Tu sais que tu tombes cocktail rapidement.

— Qui ça dérange ? J'ai pas de clients cet après-midi. Envoye, accompagne-moi.

— Non. J'ai des clients, moi.

Elle remplit de nouveau son verre, l'avale cul-sec et s'en verse un autre. À ce rythme-là, je crains qu'elle ne soit malade. Je m'approche d'elle et je saisis son *shooter* avant qu'elle ait eu le temps de le boire d'un trait.

— On va préparer du café à la place, OK ?

— Redonne-moi ça.

— Non.

— Eille, tu viendras pas me dire quoi faire dans ma maison !

Cette arrogance non plus ne lui ressemble pas, et je l'attribue à une grande peine qu'elle tente de dissimuler. Je jette l'alcool dans l'évier et Amélie en profite pour boire au goulot. Là, c'est certain, ce n'est pas la femme que j'ai connue.

— Ça sert à rien de te soûler comme ça.

Elle continue, comme si elle était incapable de s'arrêter. Impuissant, je la regarde terminer une longue gorgée. Je pourrais lui arracher la bouteille, mais est-ce que j'ai envie de me battre avec elle ? Non.

— Tu sais ce qui sert à rien, LP ?

— Non. Quoi donc ?

— Mes relations avec les hommes.

— T'exagères, Amélie. Oui, t'es tombée sur un trou de cul, mais, au moins, t'es pas encore fiancée.

— C'est toujours comme ça avec mes chums.

— Il me semble que t'as eu des gars corrects, non, depuis qu'on s'est séparés ?

— Ah oui ? Et pourquoi ils sont plus dans ma vie, d'abord ? Hein ?

— Je sais pas, moi. Je connais pas les détails.

Et je préférerais qu'elle les garde pour elle. Amélie continue de boire. Ça m'inquiète de plus en plus.

— Arrête, s'il te plaît. En plus, tu dois avoir l'estomac vide. Tu veux que je te fasse un sandwich au thon ? Avec des olives noires, comme tu aimes ?

Elle ignore mon offre et poursuit sur ses relations amoureuses qui semblent avoir été désastreuses. Elle me décrit les relations décevantes qu'elle a eues au fil des ans, s'attardant à celle avec un optométriste, qui a duré deux ans, tout juste avant Kevin. Elle me raconte comment elle a découvert qu'il fréquentait des salons de massages érotiques.

Je ne veux pas l'encourager à poursuivre la conversation. D'abord, ce n'est pas de mes affaires et ça me met mal à l'aise et, de plus, je crains que parler ne l'incite à boire davantage. Je fouille dans le garde-manger, à la recherche d'une boîte de thon.

— Au début, je pensais qu'il allait voir des femmes. Mais à force de le questionner, il a tout avoué. Il se faisait faire des pipes par des gars !

— Ton pain est au congélateur ?

— Oublie le sandwich, pis écoute-moi ! Tu me dois bien ça !

J'ignore comment interpréter ce commentaire un peu manipulateur, mais je m'assois à l'îlot où elle a pris place. Elle soupire de soulagement.

— En m'avouant qu'il me trompait avec des hommes, il croyait que je le prendrais mieux. Il m'a dit que c'était pas une «vraie compétition», que je n'avais pas à me sentir menacée.

— Un peu simpliste comme raisonnement.

— En effet. Moi, c'est toute ma féminité que j'ai remise en question, se confie-t-elle sur un ton maintenant plus triste.

Elle s'apprête à boire une nouvelle gorgée, mais je lui enlève délicatement la vodka des mains.

— On arrête ça, d'accord?

Un peu ivre, Amélie acquiesce de la tête. Je la sens vaciller sur son tabouret.

— Tu devrais t'étendre.

— Pourquoi ça marche jamais avec les gars, hein?

— Je te l'assure. Le prochain va être le bon. Viens, on va retourner au salon pour que tu te reposes.

Je me lève et je l'aide à faire de même. Elle s'appuie sur moi pour se rendre dans l'autre pièce. Puis elle s'arrête devant l'escalier.

— Je veux aller dans ma chambre.

— Ce serait plus simple de t'allonger sur le sofa, non?

— Dans ma chambre, répète-t-elle.

Je sens sa main glisser dans le bas de mon dos, tirer ma chemise de mon pantalon et me caresser intensément à l'endroit exact où j'aime qu'on le fasse.

— Amé, qu'est-ce que tu fais?

Elle me regarde d'un air coquin.

— Ça fait longtemps, mais je suis sûr que tu te rappelles comment c'était bon, nous deux.

Ses doigts se font de plus en plus insistants, ils contournent ma taille, s'attardent sur mon ventre et se logent dans mon *boxer*. Je ferme les yeux et je savoure l'instant présent. Même soûle, Amélie sait parfaitement comment me donner une érection. Ses gestes précis me font tout oublier et je l'embrasse avec fougue pendant qu'elle détache mon pantalon pour me masturber. Je frôle ses seins déjà durs et elle gémit de plaisir.

Elle se dégage de mon étreinte et monte l'escalier, me prenant par la main. Tout en assurant ses arrières, je la suis jusqu'à ce qui a été notre chambre. Ici, tout a changé, par contre. Ce n'est plus la même pièce que celle où nous avons baisé tant de fois.

Et c'est là que ça me frappe de plein fouet. Qu'est-ce que je suis en train de faire? De profiter de mon ex qui est ivre, en plein choc amoureux? De céder à mes pulsions sexuelles et de bousiller la bonne entente que j'ai avec la mère de ma fille? Pense plus loin que ta queue, Rousseau!

Amélie est couchée sur le lit et elle déboutonne sensuellement son chemisier, réanimant mon envie de lui sauter dessus... mais le bon sens l'emporte. Je prends sur moi et je remonte ma fermeture éclair. Le visage de mon ex s'assombrit.

— Tu vas pas me faire ça!

— On le regretterait tous les deux, Amélie.

— Juste une fois, comme à nos débuts. J'attends rien d'autre, promis.

Elle envoie valser ses chaussures au sol et poursuit son manège de séduction. Je reste inflexible.

— Je suis certaine que t'en as envie autant que moi.

— Oui, mais c'est pas une raison.

Comprenant qu'il ne se passera rien, Amélie s'assoit, frustrée.

— T'es plate...

— Peut-être, mais quand tu vas dessoûler, tu vas me remercier.

Sans me jeter un regard, elle me fait signe de partir et elle se rallonge en me tournant le dos. Je n'ose pas insister, mais ça me tracasse de la laisser seule. Je fais donc semblant de quitter la maison, mais je m'installe dans l'escalier, à l'affût d'un quelconque problème. Si elle vomit ou si elle pleure, je pourrai intervenir.

En consultant mes messages sur mon cellulaire, je constate que William me cherche depuis plusieurs minutes. Il a même utilisé la mention urgent, mais ça ne me rend pas nerveux. Pour lui, tout est une question de vie ou de mort.

J'attends encore quelques instants. C'est toujours silence radio du côté de la chambre d'Amélie, et ça me rassure. Elle s'est sans doute endormie. Je marche sur la pointe des pieds jusqu'à la porte d'entrée. Au moment où je m'assois dans ma voiture, je songe que je n'ai pas fait ça souvent : refuser les avances d'une femme… et je suis loin d'être persuadé que je l'ai fait seulement pour ne pas mêler les cartes avec la mère de ma fille.

Je crois que, si je me suis enfui, c'est aussi parce que l'image d'Évelyne m'est venue en tête. Et que, si j'avais succombé aux charmes d'Amélie, j'aurais eu l'impression de trahir celle que j'aime, même si nous ne sommes pas en couple… C'est *fucké*, ton affaire, Rousseau… ben *fucké* !

13

— J'espère qu'Amélie va annuler leurs fiançailles, maintenant qu'elle sait que Kevin est un malotru.

— Marguerite, y a personne qui dit ça, malotru. Et il est bien plus qu'un personnage grossier, c'est un crosseur!

— Je t'ai pas appris à parler comme ça!

— N'empêche que c'est vrai.

J'attends sa réplique en continuant à rouler sur l'autoroute 20, mais c'est le silence au bout du fil. À un point tel que je me demande si la communication n'a pas été coupée.

— Marguerite?

— Je suis là, je réfléchissais.

Je pense plutôt qu'elle est encore sous le choc des révélations que je viens de lui faire. Marguerite n'a pas une once de méchanceté, et il lui est difficile de comprendre que des gens puissent être malveillants.

— De toute façon, il faut que je te laisse. J'arrive bientôt à destination.

— Tu t'en vas où ?

À un endroit où je préférerais ne pas avoir à me rendre. Non pas que le lieu ne me plaise pas ; l'hôtel au bord du Richelieu est magnifique et la table n'a rien à envier à celles des plus grands restos de Montréal. Le problème, ce sont ceux que je rencontrerai. Je suis en route pour un lac-à-l'épaule avec mes trois associés. Ça signifie que je passerai la journée et la soirée avec O'Brien, Johnson… et Évelyne.

J'avoue que je ne sais pas du tout où j'en suis dans mes sentiments pour elle. Depuis son texto assassin d'il y a quelques jours, je joue l'indifférent. En fait, j'évite de la croiser, m'enfermant dans mon bureau, les stores fermés.

« On a rien à se dire. Texte-moi plus jamais. » Son message tourne en boucle dans ma tête. Je ne m'explique toujours pas pourquoi elle a été si cassante. À la limite, ça ne lui ressemble pas, et je m'interroge à savoir s'il y a du Ludovic là-dessous. Peut-être l'a-t-il obligée à ne plus m'adresser la parole, sauf pour des motifs professionnels ? Si tel était le cas, elle serait venue me voir pour me le dire. Mais non ! Elle agit comme si rien n'était arrivé et elle m'a même souri hier matin dans l'ascenseur.

L'autre élément qui me donne envie de me déclarer malade, c'est la relation extraconjugale qu'elle entretient avec Marty O'Brien. Vais-je assister à des moments d'intimité ? D'autant plus que nous passons tous la nuit sur place, chacun dans nos chambres… en théorie. Mais bon, je n'ai jamais fait semblant d'être indisposé pour me défiler de mes obligations et je ne commencerai certainement pas aujourd'hui. *Anyway*, à moins d'être hospitalisé, je ne vois pas comment on peut s'absenter du cabinet O'Brien, Johnson, Lepage et Rousseau.

— Mon lapineau ? C'est toi qui es dans la lune, maintenant.

— Excuse-moi, je cherche mon chemin.

Pieux mensonge pour éviter de subir un interrogatoire en règle. Même au téléphone et même si je fais tout pour les cacher, Marguerite décèle souvent mes états d'âme. C'est d'ailleurs pourquoi j'ai attendu quelques jours avant de l'appeler pour lui parler d'Amélie. Je ne souhaitais pas qu'elle ressente la morosité qui m'habite ces temps-ci. Je me suis dit qu'au volant ce serait moins perceptible.

— Ah non ! Tu t'en tireras pas comme ça. Qu'est-ce qui se passe ?

Je soupire d'exaspération. J'aime que Marguerite s'intéresse à moi, mais, parfois, je trouve ça lourd.

— Tout va bien, je suis un peu fatigué, c'est tout.

— Ça, c'est pas étonnant. Tu travailles trop, je te l'ai souvent reproché. Mais je suis convaincue qu'il y a autre chose.

— Mais non.

— Tu dis ça pour me ménager, mais je suis capable d'en prendre, tu sais.

— Je doute pas de tes capacités, Marguerite. Mais j'inventerai pas une histoire juste pour te faire plaisir.

J'emprunte la bretelle qui mène à la route longeant le bord de l'eau, un chemin que j'apprécie généralement. Dommage que le temps soit aussi moche. Avec toute la pluie qu'on annonce aujourd'hui, inutile de penser à aller courir une petite demi-heure sur l'heure du lunch pour remplacer la séance de gym que j'ai sautée ce matin.

J'ai préféré dormir plus tard, pour combler l'insomnie qui m'a tenu éveillé pendant deux heures. Je n'arrivais pas à stopper les mille et une questions qui surgissaient dans ma tête. Vais-je finir mes jours seul ? Est-ce que j'ai encore l'énergie pour bosser autant d'heures par semaine ? Est-ce que je suis toujours capable de subir autant de pression ? Je n'ai trouvé aucune réponse et je me suis levé de bien mauvaise humeur.

— Si seulement t'avais des amis à qui parler, aussi !

— J'en ai des amis, Marguerite.

— Des connaissances, oui. Des vrais amis, t'en as pas.

Bon, il est vrai que j'ai négligé plusieurs relations ces dernières années. Le temps m'a manqué et j'ai perdu de vu mes copains que je fréquentais à l'université. Mais je ne ressens pas le besoin de renouer avec eux. Je ne m'en ennuie pas, sauf peut-être pour les parties de poker.

— Érik, lui ? Tu pourrais pas lui faire signe ?

— Marguerite, on s'est pas vus depuis la fin du secondaire. Je vois pas l'intérêt.

— En tout cas, ses parents sont très fiers de lui. Tu sais qu'il a quatre enfants et qu'il enseigne au cégep ?

— Oui, je sais. Tu m'as déjà tout dit ça.

Marguerite fait une fixation sur le passé. Comme si elle souhaitait en secret que je redevienne son petit garçon, qui fréquente les gamins d'autrefois. Mais sincèrement, même si j'ai fait les quatre cents coups avec Érik, je n'ai plus grand-chose en commun avec lui.

— En plus, il habite tout près de Montréal.

— Rawdon, c'est pas vraiment à côté de chez moi.

— Ben voyons donc ! Depuis quand une heure de route te fait peur ?

Encore là, elle parle comme si je demeurais encore au Lac-Saint-Jean, où la circulation est à peu près nulle.

— Faut que j'y aille. Bonne journée, Marguerite.

— Bonne journée, mon lapineau. Pis quand on va se reparler, tu me diras c'est qui la femme qui te rend triste.

Elle raccroche sans plus de façon, me laissant dubitatif. Ma mère… une magicienne de l'âme.

J'arrive à l'hôtel et je stationne mon véhicule à côté de celui d'O'Brien, un rutilant VUS américain dont il n'a pas du tout besoin puisqu'il circule en ville. Je prends ma valise à roulettes, mon courage à deux mains, et j'entreprends ce qui sera peut-être une des réunions les plus pénibles de ma carrière.

✶

— Donc, on est tous d'accord sur cet objectif?

O'Brien nous regarde à tour de rôle, cherchant notre approbation. Évelyne hoche la tête et Johnson l'imite. À l'instant où il se tourne vers moi, je n'ai qu'une envie: lui en câlicer toute une. Non seulement il a été désagréable toute la journée, mais il nous oblige à majorer notre facturation de vingt pour cent au cours de la prochaine année. Vingt *fucking* pour cent!

Je pourrais m'opposer, mais ça ne servirait à rien. Comme il détient une majorité des actions et que Johnson le suit toujours dans toutes ses décisions, mon vote ne passerait pas. Et ce, même si Évelyne était de mon côté, ce que j'ignore étant donné son lien avec le *big boss*.

Depuis le début de notre réunion qui n'en finit plus de finir, j'observe ma collègue avec attention. Je n'ai remarqué aucun signe d'affection envers O'Brien. Ni de sa part. Ce qui me rend un peu sceptique. Est-ce que William est une source fiable? D'habitude, oui, mais, là, j'ai un doute. Peut-être aussi qu'Évelyne est très habile pour camoufler ses sentiments.

Juste à les imaginer ensemble, j'ai la nausée. Elle, si élégante, si belle avec ses cheveux auburn légèrement bouclés qui tombent sur ses épaules et ses grands yeux d'un vert peu commun. Qu'est-ce qu'elle trouve à ce bedonnant au teint gris? Est-ce qu'elle s'est rapprochée de lui par ambition? Pour en tirer des privilèges? Je ne peux pas croire qu'Évelyne soit de cette école…

Je donne enfin mon accord à O'Brien qui ne semble pas très heureux de mon hésitation. Je m'en sacre! Je suis bien plus préoccupé par le fait que je devrai encore augmenter mes heures de travail. Déjà que je n'ai pas beaucoup de temps libre, j'ignore quelles activités je vais devoir sacrifier. Et il y a la demande de Will qui me tracasse. Je ne pourrai pas y répondre. C'est juste mathématiquement impossible. Et je crains qu'il ne décide de me laisser tomber, ce qui serait une catastrophe.

Je me promets de l'appeler ce soir pour le prévenir avant qu'O'Brien les informe, lui et les autres membres du cabinet, de notre objectif et des lignes directrices que nous nous sommes données aujourd'hui. Nos collègues doivent nous rejoindre ici demain matin pour une séance de travail suivie d'un lunch. Ce lac-à-l'épaule fait partie de la stratégie d'O'Brien depuis toujours. Emmener ses collaborateurs dans un décor enchanteur pour mieux faire passer la pilule. Mais il n'y a personne de trop con dans notre équipe pour ne pas s'en apercevoir.

— Je pense que ça clôt la journée. On se revoit au souper, disons dans une heure? demande le patron.

Nous quittons la salle avec vue sur la rivière pour nous rendre chacun à notre chambre. Une bonne douche sera bienvenue. Après que j'aurai vérifié mes messages, question de savoir si une urgence m'attend. Heureusement, tout semble s'être bien déroulé au bureau.

J'enlève mon veston et ma chemise. Alors que je m'assois pour retirer mes chaussures, on cogne à la porte. Deux petits coups à peine perceptibles. J'enfile un t-shirt et j'ouvre. Évelyne est devant moi, une bouteille de blanc à la main. La surprise me fait perdre tous mes moyens et je reste planté là comme un poireau, en silence.

— T'as l'air content de me voir, c'est effrayant, ironise ma collègue, qui a troqué sa tenue *corporate* contre un cache-cœur sexy.

— Je m'attendais pas à ça, c'est tout.

— Tu m'invites ou je vais boire mon vin toute seule dans ma chambre?

— Euh… c'est que j'allais prendre une douche.

— Encore mieux, dit-elle en me bousculant légèrement pour entrer.

Je ne comprends plus rien à son attitude et, si je m'écoutais, je les crisserais dehors, elle et sa face d'hypocrite.

Évelyne nous verse à boire.

— À ta santé, LP.

Elle déguste une longue gorgée et je l'observe, fasciné par son aptitude à faire semblant qu'elle ne m'a pas traité comme de la merde dans un texto.

— À quoi tu joues, Évelyne?

Ma question ne la décontenance pas du tout. Elle s'assoit sur le lit et me jette un regard coquin. Celui que je connais trop bien.

— Je sais qu'on est un peu *short* pour faire ça avant le souper, mais rien nous empêche de mettre la table pour plus tard.

Elle appuie son intention en tapotant la douillette pour m'inviter à la rejoindre. J'aurai tout vu! Je laisse mon verre de côté et j'attrape mon téléphone. J'affiche son dernier texto et je le lui place sous le nez.

— Hein? C'est quoi, ça? demande-t-elle.

— Tu me prends vraiment pour un cave, hein?

— «On a rien à se dire. Texte-moi plus jamais.» LP, j'ai jamais écrit ça!

Stupéfaite, elle se lève d'un bond. Elle saisit son cellulaire dans son sac à main et vérifie quelque chose.

— Ben voyons… Comment ça se fait que j'aie aucun message de toi?

— Parce que tu les as effacés.

— Non, j'ai rien fait de ça. C'est pas mon genre d'être aussi bête, tu le sais bien!

— Y a plus rien qui m'étonne de toi, Évelyne.

— Ça veut dire quoi, ça?

Mon ex-amante est maintenant sur la défensive. Ce qui met un frein à mon idée d'aborder le sujet O'Brien avec elle. Pas envie d'avoir un double affrontement.

— Laisse tomber.

Elle retourne à mon appareil et examine à nouveau le mot.

— Attends, tu l'as reçu mercredi, à 21 h 4. Qu'est-ce que je faisais, donc, ce soir-là ?

— Ça change quoi ?

— Je vais te prouver que c'est pas moi. Quelqu'un a pris mon téléphone.

— Tu penses que c'est Ludovic ?

— C'est clair. En plus, quand je travaille dans mon bureau le soir, ça m'arrive d'oublier mon cell à la cuisine. C'est probablement ce qui s'est passé.

Sa réponse me semble logique et je m'en veux de lui avoir prêté de fausses intentions. Je me suis laissé emporter par la jalousie de sa relation avec O'Brien et j'ai manqué de discernement. Pas fort…

— Ç'a du sens.

La tension retombe entre nous deux, et nous prenons place côte à côte sur le lit. Un court silence s'installe pendant que nous buvons quelques gorgées de chenin blanc.

— Tu pensais vraiment que je t'avais écrit quelque chose d'aussi méchant ?

J'élude la question, préférant me concentrer sur ses motivations profondes. J'ai besoin de savoir à quoi m'en tenir.

— Je comprends pas ce que tu cherches, Évelyne. T'es dure à suivre.

— Arrête de tout compliquer. Je veux juste qu'on passe du bon temps ensemble… comme à l'époque.

Elle pose sa main sur ma cuisse, la glisse vers l'intérieur et remonte en pianotant. Je stoppe son geste avec douceur, mais fermeté.

— Je pensais que je te plaisais encore. Faut croire que je me suis trompée…

Son ton peiné me touche, mais il n'en reste pas moins que je me demande s'il y a une part de manipulation dans son attitude.

— C'est pas ça, tu le sais bien.

— C'est quoi alors, LP ?

— Pourquoi tu me relances un an plus tard ?

— As-tu besoin d'intellectualiser les choses à ce point ? Tu peux pas juste t'abandonner comme avant ? roucoule-t-elle.

Combien de fois me suis-je retrouvé dans une situation inverse ? C'est moi, en général, qui mets de la pression pour que l'autre laisse tomber ses scrupules. C'est évident que mes sentiments envers mon associée sont plus puissants que tout ce que j'ai ressenti ces dernières années. Sinon je ne niaiserais pas de la sorte et ça ferait un bon moment que je serais en elle.

— Tu veux vraiment savoir ce qui me dérange ?

Je n'attends pas qu'elle me réponde et je poursuis, en tentant de contenir ma contrariété. Je vais droit au but.

— En fait, j'en reviens juste pas que tu aies une relation avec O'Brien.

Évelyne affiche un air abasourdi et elle met quelques instants à réagir.

— Comment t'as appris que c'était lui ?

— C'est connu au bureau.

— Est-ce que tout le monde est au courant ? demande-t-elle, inquiète.

Je hausse les épaules comme si je n'en savais rien, mais je me doute bien que la rumeur court.

— Et puis, relation, c'est un bien grand mot, précise-t-elle. On s'est vus quelques fois, c'est tout.

Son détachement me laisse pantois. Elle parle comme si c'était normal qu'une femme de sa classe, qu'on pourrait qualifier de A, s'abaisse à coucher avec un C…

— Honnêtement, je sais pas ce que tu lui trouves.

— Il a beaucoup de charme… comme toi.

— Là, tu m'insultes.

— *My God !* T'es ben susceptible.

Elle vit sur une autre planète ou quoi ?

— T'es plus équilibré que lui, par contre, ajoute-t-elle. Toi, tu m'as jamais fait de scène de jalousie.

— Raison de plus pour te tenir loin !

— Ouais, mais tu sais, à son âge, c'est normal d'être *insécure*.

— *Insécure?* Ça paraît pas.

— Un peu, quand même.

— En tout cas, j'espère que je serai pas comme lui quand j'aurai son âge.

Évelyne tique en entendant mon commentaire.

— Attends. Tu penses à quel O'Brien, au juste ?

— Hein ? Je te suis pas là.

— Tu crois que j'ai couché avec… Marty ?

— O'Brien, c'est O'Brien.

Évelyne pouffe de rire, me déstabilisant encore plus.

— Ouache ! J'aurais jamais été capable. Je te parle de son fils, Andrew !

Là, tout s'éclaircit d'un coup. Je ressens un profond soulagement à l'idée que ma collègue ait succombé non pas à un vieil ours mal léché, mais aux charmes d'un garçon raffiné, fraîchement sorti de l'École du Barreau. Rien à voir avec son père.

Andrew est arrivé au cabinet il y a quelques mois. Je n'ai pas eu souvent l'occasion de lui parler, mais il m'a fait bonne impression. Soudain, l'infidélité d'Évelyne me semble plus légère, moins dramatique. Je connais ce *feeling* de ne pouvoir résister à la jeunesse.

— Et t'es toujours avec lui ? ne puis-je m'empêcher de lui demander.

— Non, je l'ai laissé.

— Ah bon. Comment il a pris ça ?

— Mieux que je le croyais.

Elle me raconte qu'après sa fausse couche elle a beaucoup réfléchi à ses relations extraconjugales. Elle ne souhaitait plus consacrer du temps à des «hommes qui ne le méritent pas». Elle a donc mis un terme à son aventure avec Andrew, qui, contre toute attente, a assez bien pris la nouvelle. Elle croit qu'il avait déjà rencontré une autre femme, puisqu'il était moins possessif avec elle.

— En plus, ajoute-t-elle, je craignais toujours qu'il informe Marty de notre histoire. Tu t'imagines sa réaction ? *Holy shit !* Son fils adoré avec une presque cougar, une franco de surcroît !

J'éclate de rire devant son allusion au racisme dont fait parfois preuve notre patron. À travers des sous-entendus malsains, O'Brien ne cache pas qu'il souhaite que ses descendants poursuivent la lignée anglophone. Il n'avoue pas ouvertement préférer les gens dont la première langue est celle de Shakespeare, mais c'est facile à deviner ; il méprise les souverainistes. Ce que j'ai été plus tôt dans ma vie. Maintenant, comprenant que ça n'arrivera jamais, je suis passé à autre chose.

Si O'Brien s'est associé à une Lepage et à un Rousseau, c'est simplement parce que nous étions trop forts pour qu'ils nous ignorent. Ou nous laissent partir chez la concurrence.

Évelyne termine son verre de vin, s'en verse un autre et me fixe droit dans les yeux.

— T'es rassuré, là ? Tu craignais que j'aie perdu tout jugement ?

Je n'ose pas lui avouer que je me suis comparé au grand patron, me demandant pourquoi elle préférait être avec lui plutôt que de sortir avec moi… et de finir la soirée ensemble. Mais à la façon dont elle me regarde, j'ai l'impression qu'elle sait ce que j'ai ressenti.

— T'en fais pas, LP. Tu vas toujours rester spécial pour moi.

Elle tente une nouvelle approche, me caressant les cheveux comme elle en avait souvent l'habitude après l'amour. J'ai envie de m'abandonner, de poser mes lèvres sur les siennes et de l'embrasser avec passion. Mais quelque chose me retient, comme si je n'arrivais pas à lui faire pleinement confiance.

— Pendant que tu réfléchissais, t'as pas envisagé d'être fidèle ? D'arrêter ta double vie ?

— Double vie, tu y vas fort, non? dit-elle, s'attardant maintenant sur ma nuque.

— Si je me rappelle bien, avant moi, c'était ton voisin de condo, non? Et t'as pas revu ton premier amour du secondaire, aussi?

Évelyne retire prestement sa main et me fusille du regard.

— Coudonc, tu me dépeins comme une nymphomane! Si j'étais un homme, je serais vue comme quelqu'un de super *hot*! Mais parce que je suis une femme, je suis une salope, c'est ça?

— Non! Non, non, non! J'ai jamais dit ça!

Qu'est-ce qui m'a pris de réciter son C. V. sexuel? Elle est furieuse et marche de long en large dans la chambre. Je me lève à mon tour pour tenter de la calmer.

— Évelyne, je t'en prie.

J'essaie d'attraper sa main, elle ne veut rien savoir.

— Parce que toi, t'as pas couraillé de gauche à droite, hein? ironise-t-elle.

— Je m'en fous que t'aies couché avec ces gars-là. Je me demande juste si…

— Si quoi?

Pèse tes mots, Rousseau. Pèse tes mots.

— Assieds-toi une minute, s'il te plaît.

Évelyne n'en fait qu'à sa tête. Je reprends place sur le lit, espérant qu'elle me rejoindra.

— C'est vrai que, moi aussi, j'ai butiné pas mal, pour reprendre une expression de Marguerite.

Ma tentative de la voir sourire échoue complètement. Je ne me décourage pas pour autant.

— Bon, je n'étais plus en couple, moi, mais…

Nouveau regard assassin. Je baisse la tête un instant, repentant.

— Désolé. Ce que je veux te dire, c'est que, ces derniers temps, j'ai réalisé que ça cachait autre chose. J'ai l'impression que ça remplit un vide dans ma vie. Sur le coup, ça me satisfait. Mais après, le vide revient.

Évelyne a cessé son va-et-vient et elle m'observe, plus attentive.

— Je suis plus certain de vouloir continuer comme ça, tu comprends ?

Un voile de tristesse passe dans son regard. Je suis touché par sa vulnérabilité et j'ai juste envie de la serrer dans mes bras pour lui dire qu'elle a le droit de se montrer fragile, elle aussi. Qu'elle n'a pas besoin d'être une *superwoman*.

Sans doute à cause de notre profession et du milieu majoritairement masculin dans lequel elle évolue, Évelyne s'est construit une carapace. Je souhaiterais qu'elle la laisse tomber plus souvent. J'attends qu'elle réagisse, mais elle reste stoïque. Je décide de m'ouvrir encore plus, en priant pour que ça l'incite à le faire aussi. Et peut-être que, là, nous pourrons discuter de la façon dont on voit l'avenir.

Pour moi, ça paraît de plus en plus clair : celle que je veux est devant moi. Ma méfiance a disparu au moment où elle m'a regardé avec ses grands yeux remplis de chagrin. C'est là que j'ai compris que, comme moi, Évelyne cherche un sens à sa vie. Autre que professionnel.

— En réalité, Évelyne, je suis plus certain de rien. Même pas d'être heureux.

Je fais une nouvelle pause et je la fixe, m'attendant à une confidence qui ne vient pas.

— Toi, Évelyne, es-tu heureuse ?

Une larme coule sur sa joue, elle l'essuie très vite, comme si elle souhaitait me la cacher. Puis, sans un mot, elle tourne les talons et quitte la pièce. Et même si j'aurais donné n'importe quoi pour qu'elle se réfugie dans mes bras, je vois son geste comme un pas dans la bonne direction.

14

— Elle perd son temps à vouloir devenir juge ! C'est évident qu'elle n'y arrivera jamais.

Ça fait deux heures que nous sommes à la salle à manger pour notre repas entre associés, et O'Brien a dénigré à peu près tous les membres du Barreau. Bon, j'exagère. Mais au moins tous ceux qu'il côtoie dans l'exercice de sa pratique. Ici, il discrédite une de ses adversaires les plus coriaces. Si on en croit ses paroles, quand une femme d'un autre cabinet est compétente, c'est parce qu'elle a une équipe d'avocats masculins derrière elle. Et si elle est nommée associée, c'est parce qu'elle a couché avec les patrons.

Ce soir, sa misogynie me saute aux yeux. De plus, il empire en vieillissant. Plus tôt, il nous a confié que son épouse a demandé le divorce récemment. Je suis resté assez surpris, puisque Marty O'Brien n'a pas l'habitude d'étaler sa vie privée, mais il faut croire que les martinis, le vin rouge et le cognac lui ont délié la langue. D'ailleurs, il a monopolisé la conversation presque toute la soirée, comme un roi avec ses sujets. Il m'écœure. Je me demande comment j'arrive à l'endurer depuis si longtemps.

C'est peut-être aussi mon seuil de tolérance qui s'est transformé. Le potinage sur les collègues ne m'a jamais vraiment allumé, mais il ne me dérangeait pas à ce point. J'essaie de ne pas montrer mon impatience, mais j'ai de plus en plus de difficulté à me contenir. C'est pourquoi j'ai cessé de remplir mon verre de vin, craignant que l'alcool me fasse dire des bêtises.

Je cherche à savoir si Évelyne ressent la même chose que moi, mais elle évite mon regard depuis le début du souper. Toutefois, il est facile de voir qu'elle s'emmerde puisqu'elle consulte souvent ses messages sur son téléphone. Comme maintenant.

— On te dérange, Évelyne ? lance sèchement O'Brien.

— Non, non, désolée. Je le range.

Elle place son cellulaire dans son sac à main et adresse un sourire forcé à son patron.

— C'est le juge Peignien qui s'ennuie ? lui demande-t-il, faisant référence à son mari.

Son ton méprisant me met en alerte. J'ai toujours soupçonné que la situation matrimoniale d'Évelyne avait pesé dans la balance lors de sa nomination comme associée. Je suis convaincu qu'O'Brien croit que la femme d'un magistrat, ça peut être utile dans un cabinet. Ce qui, à mon avis, est complètement dépassé.

Ma collègue reste muette et prend plutôt une bouchée de profiterole à l'érable. Je l'imite pour essayer de maîtriser la colère que je sens monter.

— Comment va-t-il, d'ailleurs, ce cher Ludovic ?

— Très bien, répond-elle froidement.

— Les rumeurs courent qu'il serait promu à la Cour suprême. C'est exact ?

— Euh… je peux rien dire.

— Mais c'est pas faux? insiste-t-il en avalant une longue gorgée de cognac.

Ma collègue détourne le regard. J'en veux à O'Brien de la placer dans une position difficile. Il est bien conscient que ces nominations doivent rester confidentielles jusqu'à ce que le premier ministre en fasse l'annonce. Mais son état d'ébriété affecte son jugement.

— Bon, je pense qu'on a notre réponse, poursuit-il. Y en a un qui va déménager à Ottawa, peut-être?

— On peut changer de sujet, s'il vous plaît? demande Évelyne.

Je la comprends de ne pas vouloir pousser la discussion, mais je serais curieux d'en savoir plus. Est-ce que Ludovic s'apprête à s'installer dans la capitale canadienne? Si oui, est-ce que sa femme va le suivre?

— En tout cas, si c'est vrai, j'espère que tu vas rester avec nous, avance Johnson qui vient d'ouvrir la bouche pour une des rares fois de la soirée.

Au sein du cabinet, Johnson est celui qui passe inaperçu. Toujours enfermé dans son bureau à préparer les causes d'O'Brien, il n'a pas l'étoffe d'un plaideur. Je n'ai jamais trop compris pourquoi le *big boss* l'a choisi comme partenaire de départ, si ce n'est que Johnson fait tout ce qu'il lui demande sans contester. Grâce à lui, O'Brien peut briller au tribunal… et nous faire chier avec des augmentations de facturation de vingt pour cent. C'est son sous-fifre qui va se taper tout le travail.

Évelyne lui sourit pour la forme. Elle regarde ensuite sa montre et annonce qu'elle monte se coucher. Je me lève pour tirer sa chaise.

— Tu nous quittes aussi? m'interroge-t-il, légèrement suspect.

En temps normal, je serais resté quelques instants, histoire de ne pas démarrer la machine à scandales. Mais mon exaspération l'emporte.

— Oui. Il est assez tard.

O'Brien y va d'un petit rire condescendant.

— Trop tard pour toi, Rousseau ? Depuis quand ?

Je regarde O'Brien avec stupéfaction. Je ne sais pas où il veut en venir avec ses commentaires déplacés, mais il me pompe l'air solide. Je l'ignore.

— Bon, ben, on se voit demain.

— Déjà ? Vous avez pas fini votre verre. C'est pas comme si vous étiez pas capable d'en prendre, hein ?

— Marty, je sais pas ce que t'insinues, mais on va arrêter ça là. Viens, Évelyne.

— J'insinue rien du tout, Rousseau. Tout le monde le sait que t'as un faible pour la bouteille.

Pour qui se prend-il pour me lancer ça à la figure ? À l'heure actuelle, c'est lui qui est soûl. Pas moi.

Je sens la main d'Évelyne se poser sur mon coude en guise d'avertissement. Elle a compris que je bouillonne et que je suis à deux doigts de commettre l'irréparable : lui casser la gueule. Je respire un grand coup et je tourne les talons, suivi de mon associée. O'Brien en remet.

— C'est ça, partez, tous les deux, pis allez donc coucher ensemble… comme vous le faites avec tout le monde au bureau.

Je me fige, ahuri par ses propos. Quel être infâme ! Je reviens vers lui et je lui lance un regard furieux.

— De quel droit tu nous parles comme ça ?

— LP, arrête, m'ordonne Évelyne.

Je lui obéis, mais je me promets de lui garder un chien de ma chienne. Il ne nous insultera pas comme ça !

— On a eu une grosse journée, tout le monde. On va dire qu'on est fatigués, ajoute Évelyne. On oublie tout ça, OK ?

Personne ne dit mot. Visiblement, aucun de nous n'est prêt à passer l'éponge.

— Une vraie garderie. Arrangez-vous donc ! lance Évelyne avant de décoller comme une fusée.

Je me penche vers le grand patron, en adoptant une posture intimidante.

— Marty, tu peux être sûr qu'on va se reparler de ça quand t'auras dessoûlé.

Je rejoins Évelyne au moment où elle déverrouille la porte de sa chambre.

— Attends. S'il te plaît.

— Non, LP. Pas de *nightcap*.

— Deux minutes.

Elle roule des yeux, mais me laisse entrer. Dès que nous sommes à l'abri des regards indiscrets, j'explose.

— Quel estie d'imbécile !

— Tu viens juste de t'en rendre compte ?

— Ben non. Mais là, il dépasse les limites.

Je tourne comme un lion en cage, déchaîné comme je l'ai rarement été.

— *My God*, LP, prends sur toi.

Pour ça, il me faudrait un verre. J'ouvre le minibar et j'attrape la première bouteille accessible. Du gin Beefeater. Ouache ! Je le remplace par de la vodka.

— Je te sers quelque chose ?

— Non. Va te coucher, LP.

J'hésite quelques instants, puis je dépose la boisson sur le meuble télé et je me dirige vers la porte.

— Si on peut même plus s'entraider, maintenant...

En prononçant ses paroles, je réalise qu'elles ont un fond de manipulation. Et je ne veux surtout pas laisser cette impression à Évelyne.

— Ah, excuse-moi. J'ai pas à me défouler sur toi.

Elle pousse un long soupir d'exaspération et s'assoit sur le lit.

— C'est bon. Tu peux rester. Mais juste le temps de te calmer.

Je la rejoins et je demeure silencieux un moment. De façon générale, je ne suis pas du genre à m'apitoyer sur mon sort ou à subir une situation que je ne souhaite plus vivre. Je suis plutôt un gars d'action et je ne niaise jamais longtemps avec la *puck*.

— Tu sais ce qu'on devrait faire, Évelyne ?

— Quoi donc ?

— Partir.

— Quitter le bureau? T'es pas sérieux?

— Très. Pour fonder notre propre cabinet. Lepage et Rousseau.

Évelyne me dévisage avec stupéfaction.

— Tu vas pas vite, un peu? C'est pas parce que tu t'es pogné avec O'Brien que vous pouvez plus être associés.

— Je veux plus rien savoir. Pour moi, c'est terminé.

— Je suis vraiment pas certaine que ce soit la bonne chose à faire.

— Tu l'as entendu aujourd'hui avec son vingt pour cent. Tu veux travailler encore plus, toi?

— J'avoue. Mais on est sous contrat.

— Y a pas un contrat qui se rachète pas. Tu le sais aussi bien que moi.

— On devrait reparler de tout ça à tête reposée.

Plus j'y pense et plus je trouve que mon idée a du sens. Côté *business* tout au moins. Et qui sait, peut-être qu'à force de travailler étroitement avec moi Évelyne prendrait conscience qu'on est faits pour être ensemble?

— Je veux que tu l'envisages sérieusement, OK?

— Écoute, je suis fatiguée et je prendrai pas une décision aussi importante sur un coup de tête, m'informe-t-elle en retirant ses escarpins.

Je la regarde et je suis sous le charme de son élégance. Dans ses moindres gestes, Évelyne dégage une grâce assez rare. Des souvenirs remontent à la surface. Je me revois lui masser les pieds, après l'amour, pendant qu'elle consultait ses messages ou qu'elle rappelait des gens. Un moment d'intimité qui ressemblait à celui de n'importe quel couple.

Quand je réfléchis à notre liaison, je me rends compte qu'elle était loin d'être purement sexuelle comme je me le suis fait croire. Nous faisions bien plus que baiser. Il est vrai que nous ne sortions pas beaucoup, craignant de tomber sur des gens du milieu. Nous aurions toujours pu justifier notre présence au resto ou dans un bar par des motifs professionnels, mais ç'aurait été risqué. Les bavardages sont courants entre collègues.

Pendant cette année où nous avons été amants, nous avons même passé deux jours complets ensemble. J'ignore pourquoi, mais j'éprouve le besoin de revenir là-dessus.

— Tu te rappelles quand t'es venue me rejoindre en Floride ?

— T'es nostalgique, maintenant ? se moque-t-elle gentiment.

— Pour vrai, là ? Ç'a été assez réussi, non ?

— Réussi ? Drôle de terme, mais, oui, on a eu beaucoup de plaisir, si c'est ça que tu veux entendre.

— Et pas seulement au lit.

— C'est vrai. On a passé une super belle journée sur ton bateau.

— Où on a baisé aussi.

— Tu vois, on en revient toujours à ça, nous deux.

Un moment de silence suit son commentaire.

— T'es certaine de ça, Évelyne ?

Elle fronce les sourcils en guise de réponse.

— Si on s'était trompés ? Si on était plus que des amants ?

Elle affiche un air surpris, mais j'ai des arguments pour la convaincre. Je lui parle de notre passion du droit, de nos goûts culinaires et culturels qui se rejoignent et de notre chimie sexuelle. Elle m'écoute avec attention.

— Avoue que j'ai raison, dis-je en terminant.

— T'es fascinant, LP.

— Euh… qu'est-ce que je dois comprendre au juste ?

— Je suis mariée. Tu l'as oublié ?

— Ah, ça… On a des collègues en droit familial qui vont te représenter pour ton divorce.

Évelyne éclate de rire. Je ne sais pas trop comment le prendre. Elle se fout de ma gueule ou elle aime mon audace ?

— T'as réponse à tout, hein ?

— *Yep.*

— Et t'es certain que je veux quitter Ludovic ? Faire un bout de chemin avec toi ?

Même si mon cœur bat à tout rompre dans ma poitrine et que je suis loin d'être aussi confiant que j'en ai l'air, je la regarde avec aplomb.

— Tu me confirmeras ça dans une heure.

Je ne lui laisse pas le temps de répondre et je l'embrasse avec toute l'intensité qui m'habite. À mon grand soulagement, elle s'abandonne… et en redemande.

15

C'est avec une certaine appréhension que j'entre dans le bureau de la directrice de l'école que fréquente ma fille. Un peu plus tôt, j'ai reçu un appel du secrétaire, m'indiquant que je devais me rendre sur-le-champ à l'établissement. Je me demande bien quelle niaiserie Romy a faite pour qu'on me convoque ainsi.

Sara Laberge se présente et je lui serre la main. Comme je ne l'ai jamais rencontrée, je suis surpris de voir qu'elle est si jeune. Et pourquoi pas, au fond? Les directrices d'école ne sont pas nécessairement des quinquagénaires à petites lunettes comme celle qui l'a précédée.

— Assoyez-vous, m'indique-t-elle.

Romy est déjà présente, un air de défi dans les yeux. Il faut croire qu'elle ne regrette pas son geste.

— Je peux savoir ce qui se passe?

— Romy, tu peux parler de ton «concours» à ton père?

Ma fille fait une moue d'impatience.

— Romy ? la relance-t-elle.

— Bon, OK. Mais c'est pas si grave, tous les gars m'ont donné leur autorisation. Pis j'ai rien mis sur Snapchat ni sur rien d'autre.

— Attends. Quels gars ? Quelles autorisations ?

Je n'ai pas un bon *feeling*. Ça sonne utilisation de photos compromettantes.

— Les gars que j'ai posés !

— Et c'était un concours de quoi au juste ?

— Du plus *hot*.

J'interroge la directrice du regard. Qu'y a-t-il de mal à mettre des ados en compétition l'un contre l'autre pour déterminer lequel est le plus beau ? Sara Laberge me fait signe que ce n'est pas terminé. Et là, j'allume ! Non ! Pas des *dicks pics* ?

— Romy ! À quoi t'as pensé ?

— Ben là ! J'ai dit qu'ils étaient d'accord.

— C'est pas une raison pour montrer leurs pénis à tout le monde.

— Hein ? Quoi ? J'ai jamais posé ça !

— Quoi d'abord ? Leur *chest* ?

— Ben non ! T'es ben nul !

— Eille ! C'est toi qui es dans le trouble. Pas moi. Parle-moi autrement.

— J'ai juste pris des photos de leurs fesses, avec leur jeans. On viendra pas fous avec ça !

— C'est vrai que c'est pas très compromettant. Vous êtes pas d'accord, madame Laberge ?

Il faudrait pas exagérer. C'est sans conséquence et rigolo à la limite.

— Romy, dis la vérité, s'il te plaît, la prie la directrice.

— Bon, y en a un ou deux qui ont baissé leur pantalon. Mais c'est eux qui voulaient. Pas moi.

— Humm ! C'est plutôt le contraire, précise la directrice. Un ou deux qui les portaient. Sur vingt.

Romy n'en est sans doute pas consciente, mais elle peut s'attirer de gros ennuis solides avec ces jeunes-là. En plus, ça lui fait une réputation de dévergondée.

— À quoi t'as pensé! Veux-tu bien me dire où t'as pris ça, ces photos-là?

— Chez un des gars. Dans le sous-sol.

— Et les parents?

— Ils étaient sortis.

Je n'en reviens pas! J'imagine ma fille avec une gang d'ados les fesses nues. Cette histoire aurait pu mal tourner.

— C'est inacceptable, dis-je simplement, avec l'intention de vider le sujet avec elle et sa mère, quand j'irai la reconduire tout à l'heure.

— Vous avez raison, monsieur Rousseau. C'est pourquoi nous imposons à Romy une suspension de deux jours et une composition de dix pages sur le respect.

— Bien mérité!

Romy s'apprête à protester, mais je lui fais signe de se taire. Je me lève et ma fille m'imite, soulagée de quitter cette pièce. Ça, c'est parce qu'elle ne sait pas ce qui l'attend.

— Merci pour votre collaboration, monsieur Rousseau. Vous allez avertir la mère de Romy à son retour de voyage?

— Euh…

Que je sache, Amélie se trouve à Ahuntsic, sans doute en pleine séance de massage. J'en déduis que Romy préférait que ce soit moi qui me présente ici. Je décide de la couvrir pour ce petit mensonge. De toute façon, Amélie sera au courant assez vite!

— Bien sûr. Je m'en occupe.

Nous prenons congé de la directrice et nous marchons en silence jusqu'à la voiture. Une fois à l'intérieur, je ne peux me retenir de la sermonner.

— Tu sais à quoi tu t'exposes en faisant ça? À ce qu'on te prenne pour une fille facile.

— Tu capotes fort, là.

— Non, pas du tout. Je sais que c'est probablement pas le message que tu voulais passer, mais le résultat est le même. Ça peut être très mal interprété. Il va falloir que tu changes de comportement, Romy. Je comprends pas ce qui t'a pris. C'est pas ton genre de faire des trucs comme ça.

— Ah ouin ? C'est quoi, mon genre ?

— T'es plus mature que ça. Tu t'impliques pour la cause environnementale, t'es sérieuse en classe… Non, ça te ressemble pas. As-tu été entraînée par quelqu'un ?

— Mais non, s'impatiente-t-elle.

— En tout cas, Amélie va penser comme moi.

— Justement… j'aimerais mieux que tu lui dises pas.

— Quoi ? Y en est pas question ! Je peux pas cacher ça à ta mère, dis-je en empruntant la rue Christophe-Colomb vers le nord.

— Elle file pas depuis sa rupture avec Kevin.

— Ah bon ? Elle l'a laissé ?

— Oui, pis je me sens un peu coupable.

— C'est pas de ta faute, voyons. C'était mieux qu'elle sache à qui elle avait affaire avant les fiançailles. Pas après.

— Ouin, mais elle prend ça dur pareil.

— Je comprends et je compatis.

— Tu compatis ? Ben voyons ! T'as jamais eu de peine d'amour de ta vie !

— Qu'est-ce que t'en sais ? Ça te regarde pas. Et puis, on parle pas de moi, mais de toi.

— Non, de maman. Elle a pleuré toute la soirée hier.

Je suis sensible au chagrin d'Amélie et au fait que Romy y soit exposée. Ce n'est jamais souhaitable qu'un enfant voie son parent en détresse. Mais ça ne change rien. Je dois aviser Amélie.

— Je vais rentrer tantôt pour lui raconter ça. Et je vais prendre des gants blancs, promis.

— Je sais pas si elle va vouloir te voir.

— Comment ça ?

— Une impression. Quand je lui ai parlé de toi, dernièrement, elle a pas été très tendre. Je pense qu'elle t'en veut de lui avoir dit pour son chum.

Et de ne pas lui avoir fait l'amour comme elle le désirait, j'imagine. Je vais devoir discuter avec elle, on ne peut pas se permettre d'être en froid.

— Quoi qu'il en soit, elle doit être mise au courant. Je me demandais aussi pourquoi tu m'avais fait appeler moi plutôt qu'elle. Ta stratégie a échoué.

— Toi pis tes formules d'avocat…

Je lui jette un regard attendri. Je sais que je ne devrais pas me réjouir, mais quelque chose en moi est heureux que Romy m'ait fait venir à l'école. Je me fais peut-être des idées, mais au-delà de vouloir se sauver des réprimandes de sa mère, j'y vois une certaine marque de confiance. Peut-être qu'on s'en va enfin quelque part, elle et moi.

— Toujours libre demain pour notre séance en thérapie ?

La semaine dernière, Romy a annulé notre rencontre, prétextant des maux de ventre. Je suis loin d'être convaincu que c'est la vraie raison.

— Ouin…

— Ohh, je vois que ça t'enchante.

— Bof. Ça mène pas à grand-chose.

— Je suis pas d'accord. On avance.

— Y a des affaires que j'aurais aimé mieux pas savoir.

Je me sens de nouveau coupable de lui avoir confié que le désir d'avoir des enfants venait d'Amélie et non de moi.

— Encore une fois, je suis désolé.

— Arrête de parler de ça.

— Même en présence de Mme Tanguay ?

— Oui. C'était pas une bonne idée, cette thérapie-là. Je pensais pas que ça donnerait ça.

— Tu t'attendais à quoi, au juste ?

Romy hausse les épaules et garde le silence. Je me sens impuissant. Je préfère qu'elle s'exprime, à la limite qu'elle soit en colère. Mais pas qu'elle se renferme.

— Écoute, Romy, si tu veux plus y aller, je vais respecter ta décision.

— OK, je vais y penser.

— Mais on va reparler de ce que je t'ai dit lors de la dernière séance, par contre. Pas maintenant, mais plus tard.

Romy pousse un soupir d'exaspération, mais je ne céderai pas sur ce point. La sonnerie de mon téléphone résonne dans l'habitacle. Un appel de ma mère.

— Bonjour, Marguerite.

— Coudonc, qu'est-ce t'as fait à Amélie ? demande-t-elle tout de go.

— Euh… je sais pas de quoi tu parles. Mais sache que je suis avec Romy dans l'auto.

— Ohhhh ! Allô, ma cocotte, comment ça va ?

— Pas pire, et toi ?

Elles conversent quelques instants sur leur quotidien respectif. Bien sûr, Romy omet de lui préciser qu'elle est suspendue pour deux jours. Et c'est parfait ainsi. Ma fille a assez de ses parents pour lui passer un savon.

— Qu'est-ce qu'elle t'a raconté, maman ?

— Euh, rien, rien, ma cocotte.

— Ben là ! Prenez-moi pas pour une conne. J'ai bien vu, moi aussi, qu'elle ne portait pas p'pa dans son cœur.

— Ça, c'est le moins qu'on puisse dire ! s'emporte ma mère.

— Marguerite, s'il te plaît !

— OK, t'as raison, mon lapineau. On s'en reparlera.

Le lien qui unit toujours mon ex à ma mère me dérange de plus en plus. Et je n'aime pas qu'Amélie se permette des commentaires à mon sujet devant Romy. J'ignore ce qu'elle a dit précisément, mais c'est inacceptable.

— On se rappelle, d'accord, Marguerite ? De toute façon, on est arrivés.

— OK, à plus tard. Bye, ma cocotte.

— Bye, grand-maman.

Nous entrons chez Amélie. Elle nous rejoint dans le vestibule, surprise de me voir.

— Qu'est-ce que tu fais ici ?

— Je suis allée la chercher à l'école.

— Comment ça ?

— Romy a des choses à te dire.

— Dis-y donc, toi !

Elle jette son sac à dos par terre et s'enfuit en courant dans sa chambre. Mon ex est interloquée, puis elle tourne les talons pour aller la retrouver.

— Attends, Amélie.

— Toi, tu me diras pas quoi faire, certain !

Ça y est ! J'ai droit au traitement de marde qu'elle m'a déjà servi à quelques reprises. Quand elle s'y met, Amélie peut être très cassante. Elle monte l'escalier et cogne à la porte de Romy, qui refuse de lui ouvrir. Je l'entends insister, puis enfin entrer dans la pièce et refermer derrière elle.

Je fais quoi, là ? Je reste planté là à attendre qu'elles aient terminé leur discussion ou je m'en vais ? Je tergiverse quand, tout à coup, un homme s'introduit dans la maison sans s'annoncer. Je reconnais Kevin, que j'ai déjà vu sur des photos. Il semble de très mauvaise humeur.

— Tiens, l'ex ! C'est avec toé qu'elle est retournée, j'te gage.

Je décide de ne pas relever pour éviter de déclencher une joute verbale dans laquelle je n'ai pas envie de m'engager.

— Si tu veux voir Amélie, elle est occupée.

— J'vas l'attendre !

Je l'observe discrètement et je ne comprends pas trop l'attirance qu'a eue la mère de ma fille pour ce gars-là. Non pas qu'il ne paraisse pas bien. Le problème, c'est son manque flagrant de distinction ; son langage est de mauvais goût et ses manières sont rustres. C'est clair que le jugement d'Amélie est en option.

— C'est pas une bonne idée.

— Eille ! Mêle-toé donc de tes affaires !

Son ton agressif me met en garde.

— Écoute, Kevin. Romy est ici et je ne veux pas qu'elle assiste à une scène, d'accord ?

— Fait que c'est toé, l'avocat millionnaire ?

Là, il commence à me tomber sérieusement sur les nerfs. Mais je me contiens, justement pour protéger Romy.

— Je vais lui dire que t'es passé.

J'ouvre la porte et je lui fais signe de partir, mais il me nargue en prenant place sur un banc. Je pousse un soupir d'exaspération.

— Je te le demande une dernière fois.

— T'es pas chez vous, j'ai pas d'affaire à t'écouter.

Il sort un paquet de cigarettes de sa poche. Un autre point en sa défaveur. Je n'ai aucune tolérance pour les fumeurs. Je le regarde d'un air méprisant.

— Je suis convaincu qu'Amélie refuse que tu fumes à l'intérieur.

Il me défie en allumant son briquet. Bon là, j'en ai assez. C'est pas un petit morveux comme lui qui va avoir le dessus. Je l'empoigne par le bras, envoyant valser son Bic rouge au sol.

— Là, tu t'en vas !

— Lâche-moé !

Je n'en fais rien et je le tire pour qu'il se lève. Il résiste et j'utilise encore plus de force. Soudain, il se dégage et, sans que j'aie eu le temps de le voir venir, il m'assène un violent coup de poing au ventre. Je reste figé un moment et j'encaisse le choc. Une rage profonde me submerge et me pousse à l'insulter.

— Estie de pourri.

Je réplique en le frappant moi aussi à l'estomac. Ado, il m'est arrivé de me battre à l'école comme la plupart des gars, mais je ne l'ai jamais fait de toute ma vie adulte. Il faut bien une première à tout.

Il tente de m'atteindre au visage, mais je l'évite de justesse. Je prends un malin plaisir à ce match physique, comme si ça me permettait d'évacuer plein de frustrations. Plus qu'au gym. Jamais je n'aurais cru ça...

Il récidive et, cette fois-ci, il me cogne à la joue, tout près de l'œil.

— T'es fou, tabarnak!

— Tu sais pas à qui t'as affaire, toé!

Son commentaire me redonne de la vigueur et je lui envoie un coup dans les côtes. Ensuite, je l'immobilise en l'attrapant par-derrière et en plaçant son bras dans son dos. Il se débat en continuant de m'insulter.

J'entends des pas dans l'escalier et j'aperçois Romy et sa mère qui viennent vers nous. Elles sont affolées et je réalise à quel point on a l'air idiots.

— Arrêtez ça tout de suite! lance Amélie.

J'attends quelques instants, pour être certain que Kevin s'est calmé. Mais c'est difficile de juger de la situation, son corps est aussi tendu que le mien.

— P'pa!

Je libère mon adversaire. À mon soulagement, il semble vouloir ranger les gants de boxe.

— Qu'est-ce qui vous a pris?

Elle a bien raison. On est vraiment imbéciles. Mais je n'allais pas me laisser faire. Je ressens maintenant une vive douleur à la joue gauche. Je place ma main dessus.

— Ça va, p'pa?

— Oui, oui.

— T'es tout rouge. Faudrait peut-être mettre de la glace. Attends.

Elle se dirige vers la cuisine. Je suis touché par la sollicitude de ma fille. Je crois que, si cet événement était survenu il y a quelques mois, elle m'aurait laissé me débrouiller tout seul. Comme quoi les choses évoluent.

— Qu'est-ce que t'es venu faire ici, Kevin? demande mon ex.

Je n'ai pas envie d'assister à la conversation. Si je m'écoutais, je le sacrerais dehors à grands coups de pied. Mais je ne suis pas sûr qu'Amélie m'en serait reconnaissante. Ou peut-être que oui…

Je songe à retourner chez moi, mais je n'aurais pas l'esprit tranquille. Je me méfie de lui.

— Je voulais te parler, mais il m'a fait la morale, justifie Kevin pour attirer sa sympathie.

— Je t'ai demandé de partir parce que je sais que c'est ce que souhaite Amélie.

Il la dévisage et je sens qu'elle hésite. Va-t-elle lui donner une autre chance? Inconcevable!

— LP a raison, Kevin. Je veux que tu t'en ailles. Tout de suite.

Il continue de la fixer d'un regard de plus en plus noir. Puis son visage se décompose et affiche une grande tristesse. Il tourne les talons et s'éloigne. J'espère qu'il a eu sa leçon.

Amélie me toise et va rejoindre Romy à la cuisine. Celle-ci arrive quelques instants plus tard, avec un sac de glace enveloppé dans une serviette.

— Tiens, mets ça sur ta joue.

Je m'assois sur le banc et Romy reste à mes côtés. Je me sens maintenant plus calme et je profite de ce moment avec elle.

— T'as bien fait de le frapper, p'pa. C'est juste dommage que tu l'aies pas plus amoché que ça.

Je ne sais pas trop comment interpréter son affirmation. Ça ressemble à un appel à la violence. Mais dans les circonstances, ça me fait sourire. Cette étrange journée qui s'achève me laisse un goût amer et je n'ai qu'une envie, me blottir dans les bras d'Évelyne pour tout oublier.

16

— *Fuck! Fuck! Fuck!*

J'observe mon visage dans le miroir et je panique. La peau autour de mon œil est devenue jaune et même d'un rouge vif par endroits. Crisse de Kevin! Ça va être beau au tribunal.

Mais ce n'est pas seulement mon procès qui m'inquiète. Après plusieurs jours de réflexion, Évelyne est prête à envisager une vie à deux, autant sur le plan professionnel que personnel, et c'est ce soir que nous devons en parler. En tête à tête chez Toqué! Qu'elle ait accepté mon invitation dans un lieu public m'indique qu'on est vraiment sur la bonne voie.

La nuit que nous avons passée ensemble a été extraordinaire. Nos corps se sont épousés comme s'ils ne s'étaient jamais quittés, comme s'ils se connaissaient depuis toujours. Mais sans cette monotonie qui guette les vieux couples. Non, c'était meilleur qu'auparavant. Un moment à la fois tendre et puissant, vertigineux même. Si je ne craignais pas de penser comme un quétaine, je dirais que c'est l'amour qui fait ça.

J'ai senti qu'Évelyne lâchait prise, sans aucune réserve, sans aucune hésitation, ce qui lui arrivait parfois lors de notre liaison. J'ai connu une Évelyne plus vulnérable aussi, moins au-dessus de ses affaires, moins aux commandes de tout.

J'ai passé de longues minutes à l'embrasser, avant de descendre un peu plus bas, pour lui donner deux orgasmes d'une intensité qui m'a rempli d'un bonheur comme j'en ai rarement vécu.

De toutes les femmes que j'ai connues, Évelyne est celle qui a la peau la plus douce. Comme si je touchais du satin de qualité. L'extase totale. Un soir que nous étions en Floride, je me souviens d'avoir fouillé dans sa trousse à cosmétiques pour savoir quelle crème elle utilisait. Je me disais que je pourrais en offrir à mes autres conquêtes. J'ai donc pris en photo les produits qu'elle avait apportés et je les ai achetés. J'ai ensuite gâté quelques-unes de mes amantes, mais je n'ai jamais retrouvé la douceur des courbes d'Évelyne. Rien qu'à imaginer ma main qui effleure le galbe de ses seins, je me sens devenir dur dans mon *boxer*.

Il est 6 h 45. C'est soit le gym, soit une branlette. Je décide d'être sage et de privilégier la première option. De toute façon, c'est préférable de garder mon énergie pour ce soir, puisque nous allons sans doute rentrer ici après le souper. Je devrai aussi limiter ma consommation d'alcool. Pas de gin avant d'aller au resto, ni de digestif. Question que tout lève bien. J'ai remarqué dernièrement que trop de boisson avait tendance à me faire bander mou. Par chance, ça m'est arrivé lors de mes plaisirs solitaires. Quelle honte si ça se passe avec Évelyne!

Fait chier quand même! Avant, j'avais beau ingurgiter une quantité phénoménale d'alcool, j'étais toujours au garde-à-vous quand il le fallait. Même pas quarante ans et déjà ce genre de problème… Espérons que c'est temporaire. Le stress de la job ne doit pas aider.

Et cet œil au beurre noir n'arrange rien ce matin. C'est vraiment un handicap. Je dois le camoufler, mais comment ? Est-ce que j'ai le temps d'arrêter à la pharmacie pour me procurer du cache-cernes ? Oui, si je saute le gym. Voilà, c'est réglé.

Tant qu'à ne pas aller m'entraîner, aussi bien en profiter pour m'occuper de moi. J'en serai d'autant plus détendu devant le juge. Je retire mon sous-vêtement et je vais sous la douche. La chaleur de l'eau qui coule sur mes épaules, l'odeur vivifiante du gel à la menthe poivrée et les images d'Évelyne qui gémit de plaisir quand je lui envoie une petite tape sur les fesses m'amènent à un sentiment de satisfaction.

✳

— Ça conclut votre preuve, maître Rousseau ?

— Oui, votre honneur.

— Très bien, le procès est ajourné jusqu'à demain matin.

C'est avec satisfaction que je quitte la salle d'audience en compagnie de William et de deux techniciennes. La journée s'est déroulée exactement comme je l'avais prévu et ne m'a causé aucune surprise. C'est ce que je déteste le plus de ma profession : quand un de mes clients me cache des choses et que mon adversaire réussit à les découvrir lors de son contre-interrogatoire.

Aujourd'hui, je n'ai pas perdu le contrôle de la situation une seule fois. Et ce, même si je me sentais moins confiant à cause de ma blessure à l'œil, qui était apparente malgré le fond de teint que m'a appliqué la cosméticienne de la pharmacie ce matin.

Mon état a suscité l'étonnement dans mon équipe, mais personne n'a osé pousser la conversation plus loin quand j'ai répondu sèchement à William que ça ne le regardait pas. Avant une audience à la cour, je suis toujours un peu nerveux et, parfois, je peux être cassant. Will mérite des excuses.

— On prépare la journée de demain devant un verre, Will?

— T'as pas besoin de nous? s'enquiert une de mes autres collègues.

— Non, ça va. Tout est pas mal planifié. On va juste réviser pendant une couple d'heures, Will et moi. De toute façon, j'ai un souper à 20 heures. Will?

— OK, si tu y tiens.

Je comprends son manque d'enthousiasme. Je me rends compte que ma brusquerie de ce matin s'est poursuivie toute la journée. J'ai eu un ton incisif, à la limite de l'impolitesse.

Mon comportement n'est pas attribuable qu'au stress du procès. J'ai écrit deux textos à Évelyne pour lui dire que j'avais hâte de la voir. Aucune réponse. Si elle était au tribunal, ce serait logique. Mais ce n'est pas le cas, elle bosse au bureau sur des dossiers non urgents. J'espère qu'elle ne remet pas en question notre rendez-vous de ce soir…

Je vais au vestiaire du palais de justice pour y déposer ma toge et troquer ma chemise blanche contre une noire à la coupe ajustée. Plus chic et moins *straight* pour une soirée… d'amoureux.

Will et moi nous dirigeons vers la rue McGill, dans un de nos endroits préférés. En silence. Depuis que je lui ai annoncé que sa demande de réduire ses heures de travail était non seulement irréaliste, mais qu'il allait travailler davantage, il est froid avec moi. Et mon attitude d'aujourd'hui n'arrange pas les choses.

— Tu vas faire la tête longtemps comme ça?

— Je digère encore, LP.

Son air contrit me touche et je m'aperçois que je manque de compassion. Je dois vraiment être plus agréable comme patron.

— Je voulais pas être bête, désolé. En fait, je sais que j'ai été assez difficile à vivre toute la journée et je voulais m'excuser.

— C'est pas grave, LP. Je suis habitué.

Son commentaire me met en alerte.

— Tu trouves que ça arrive souvent ?

— Je sais pas ce qui se passe dans ta vie, mais t'es particulièrement sur les dents ces temps-ci. Ce matin, c'était pire que pire.

Ses propos m'inquiètent. Je n'ai pas envie que mes collaborateurs craignent mes humeurs. Je me promets d'y réfléchir avec sérieux et peut-être de consulter Évelyne. Elle sera de bon conseil. Nous entrons dans l'établissement et nous prenons place au bar.

— Je vais faire attention à l'avenir. Tu bois quoi ?

— Un verre de rosé.

— Rosé ? Ah bon. C'est meilleur l'été, non ?

— Je sais pas pourquoi tout le monde pense ça. Ç'a rien à voir.

— OK, fâche-toi pas.

N'empêche que je ne trouve pas ça très viril. C'est comme les mecs qui boivent des Cosmos, ça fait fille. Et ceux qui choisissent des pinas coladas, ça fait tout-compris *cheap*. Très peu pour moi. Je commande une Boréale rousse. Moins forte en alcool que le gin.

Nous trinquons à notre travail efficace qui, on l'espère, entraînera un verdict favorable. Je consulte mes documents pour le lendemain, j'éclaircis certains points avec Will, et nous en venons à la conclusion que nous sommes plus que prêts. Rien n'a été laissé au hasard, et notre liste de questions pour les contre-interrogatoires est complète. C'est déjà le temps de recommander à boire, ce que je m'empresse de faire.

— Veux-tu manger une bouchée, Will ? Leur foie gras au torchon est excellent.

— Non, faut que j'y aille bientôt. Denis m'attend.

— D'accord.

La serveuse, que je connais bien, dépose nos boissons devant nous. Jorani est d'origine cambodgienne. Avec ses yeux rieurs, ses pommettes saillantes, son sourire à un million de dollars et son corps mince bien musclé, elle est tout simplement sublime.

L'histoire de sa famille, qu'elle m'a racontée un soir où je me suis attardé au bar, est fascinante. Prospères gens d'affaires, les Kheng ont fui les Khmers rouges dans les années 1970, laissant tout derrière eux. Tout, tout, tout: leur fortune, leurs maisons, leurs œuvres d'art, etc.

Ils se sont retrouvés à Toronto, sans le sou, mais unis et prêts à se rebâtir. Après des années à travailler comme des forcenés et à faire des économies, les Kheng ont fondé une chaîne d'hôtels-boutiques de luxe.

Jorani, qui voulait apprendre le français, a choisi Montréal pour étudier la gestion d'entreprises, une condition de ses parents pour pouvoir travailler avec eux. Elle a aussi déménagé ici parce qu'on lui a dit que la ville était *cool*, et les gens, très accueillants. Je ne l'ai pas contredite et je lui ai même offert l'hospitalité pour une nuit. De bien doux souvenirs.

J'aime ces rencontres uniques avec des femmes, surtout quand il n'y a pas d'attentes d'un côté comme de l'autre. Il existe maintenant une tendresse entre nous qui me comble chaque fois que je la vois. Si elle n'avait pas été si jeune, je lui aurais peut-être proposé qu'on apprenne à mieux se connaître. Mais seize ans de différence, je trouve ça énorme.

— Merci beaucoup, Jorani.

— De rien. Ceux-ci, je vous les offre.

Elle s'éloigne en me faisant un clin d'œil coquin.

— Will, tu peux pas refuser un verre offert par une si belle femme.

Il se range à mon argument et nous portons un nouveau toast. Je suis heureux de constater qu'il se détend.

— T'es impayable, LP! T'es tout le temps sur la *cruise*!

— Je *cruise* pas.

— Me semble, oui.

— Je te dis. On est de… de bons amis, disons.

— OK… Ce genre d'amis-là?

— Ouais. Dis-moi, chez les gais? C'est assez direct, la *cruise*, je crois?

— Tu veux qu'on parle de ça?

Ce n'est pas parce que je suis hétéro et qu'au début de notre collaboration je lui ai fait comprendre que je ne coucherais pas avec lui que je ne suis pas curieux pour autant.

— Parfois, Will, j'ai l'impression que tu me prends pour un gars à l'esprit fermé.

— J'ai jamais dit ça! Tu sais comment je t'admire comme avocat.

— Je suis pas seulement un avocat.

— T'as raison. C'est juste que…

— Dis-le, je suis capable d'en entendre. Pis t'as le droit. Aujourd'hui, j'ai été impitoyable. Vois ça comme ta revanche.

— Je trouve que t'as pas de vie en dehors de ta job. Pis avec vos nouvelles exigences, j'en aurai plus, moi non plus. Et toi, encore moins.

J'avale une gorgée de bière. Je sais trop bien que c'est vrai.

— Revenons à toi, Will. C'est sûr que tu fais de longues heures, mais t'as un salaire intéressant. Tu peux te payer plein de trucs, non?

Il me regarde, éberlué.

— Ça remplace pas le temps de qualité passé avec quelqu'un. Voyons, LP!

Il a raison. Mais je ne peux pas le lui avouer. Et je n'ai pas d'arguments valables pour lui faire voir le bon côté de la médaille. Si bon côté il y a.

— Regarde, Will. J'aurais aimé ça te dire que, oui, tu vas être moins occupé. Mais c'est impossible.

— Je pourrai pas endurer ça longtemps, LP. Pas avec ce que je vis présentement.

— Tu parles de ton chum?

— Je te parle de la *fucking* première vraie histoire d'amour réciproque de ma vie. Pour une fois que c'est pas toxique, il est pas question que je manque ça.

Je suis un peu sonné par ses confidences. À trente ans, il n'avait jamais connu de relation saine? Triste, quand même…

— Et c'est pas compatible? Ton travail et ton chum?

— Non.

— Pourtant, il savait dans quoi il s'embarquait. Je comprends pas qu'il exige que tu fasses des sacrifices maintenant.

— Il me demande rien, mais je sais que c'est ce qu'il veut. Surtout qu'il en a moins longtemps devant lui que moi.

— Ah bon? Il a quel âge?

— Euh… cinquante-quatre.

Je reste silencieux, éberlué par cette information. Vingt-quatre ans de différence, c'est gigantesque. Surtout quand on vieillit. J'essaie de m'imaginer à soixante ans avec une femme qui en aurait trente-six. Est-ce que nous aurions le même rythme? Est-ce que je serais capable de la suivre dans ses activités? De lui faire l'amour comme elle le souhaiterait? Pas certain du tout. J'espère que son Denis est en forme et qu'il continuera à l'être.

— Tu peux être honnête, LP. Ça se voit dans ta face que tu me juges.

— Pas du tout.

— Essaie pas. Tu dois te dire que je suis son serin.

— Non, ça, non! Tu me prends vraiment pour un gars rempli de préjugés!

William constate qu'il est allé un peu loin.

— Désolé, y en a beaucoup qui croient ça.

— Peut-être, mais, moi, j'ai plus de respect pour toi que ça.

— Je sais bien, oui. C'est un sujet délicat.

Le silence s'installe entre nous. J'en profite pour observer Jorani préparer un martini avec mon gin préféré. Elle me jette un coup d'œil et m'en propose un. Je lui réponds non d'un signe de tête, même si j'avais plus le goût de boire de l'Ungava que de la bière. Mais je ne veux pas handicaper ma soirée avec Évelyne.

— Écoute, LP, je voulais pas t'en parler avant la fin du procès, mais…

— Mais quoi?

— Avec Denis, on a l'intention d'avoir une famille.

Là, je suis doublement sous le choc. Comprend-il dans quoi il s'embarque? Quand leur enfant aura dix ans, Denis aura l'âge de la retraite. Et à son adolescence, il sera septuagénaire. Mon technicien risque de devenir le seul parent. Et à moins de changer de milieu de travail, il aura toujours un job prenant. Le neuf à cinq, il ne connaîtra jamais ça chez nous.

— C'est toi qui le sais, Will.

— Bon, encore des opinions préconçues! Deux gais, ça peut pas avoir d'enfants, c'est ça?

— Là, tu dépasses les bornes, William! Je ne suis peut-être pas le gars le plus *wild* de la planète, mais *no way* que je suis homophobe! C'est votre différence d'âge qui me préoccupe. Rien d'autre!

William reste les yeux fixés sur le bar, les épaules courbées. Après quelques instants, ma frustration fait place à de l'inquiétude.

— Ça va, Will?

— J'ai pas d'allure, excuse-moi, dit-il presque dans un murmure, en gardant la tête baissée.

Je sens que j'ai touché un point sensible, mais j'ignore lequel. Peut-être que c'est seulement qu'il me trouve raide. Une fois de plus.

— Je voulais pas m'emporter, mais avoue que tu y es allé fort. Tu sais bien que j'ai rien contre les gais.

Il relève le regard et je constate que ses yeux sont remplis d'eau. Ça me touche, mais ça me tracasse à la fois. Je ne le savais pas si émotif, ce qui n'est pas nécessairement une bonne chose dans le merveilleux monde du droit si tolérant, hum…

— C'est pas toi, LP. C'est moi.

— Qu'est-ce que tu sous-entends?

— Tu me fais tellement penser à mon frère. Quand le ton monte avec toi, ça me ramène à lui.

— Ah bon? J'étais pas au courant que t'avais un frère.

— Oui. Et c'est fou comme tu lui ressembles. Même genre de tête, de carrure. Ta façon de t'exprimer, aussi.

— Coudonc, j'ai-tu un jumeau, pis je le sais pas?

Je souhaite détendre l'atmosphère… et je réussis. Les yeux de Will retrouvent leur étincelle.

— Ça m'étonnerait, il a trois ans de moins que toi.

— OK, montre-moi donc une photo. Juste pour voir.

Will ouvre son téléphone, se rend sur la page d'une entreprise de sécurité de Varennes, montre l'image du président, Alexandre Legault. Je sursaute. Il a les mêmes yeux que moi, le même sourire et une fossette à la joue gauche. La mienne est à droite.

— C'est ma copie! Presque conforme.

— Tu trouves, hein?

— Ben oui! Par contre, je vois aucune ressemblance avec toi.

— Ça se peut, on…

Je ne lui laisse pas le temps de finir, une question me brûle la langue.

— Pourquoi tu m'as jamais parlé de lui? C'est étrange.

— Je sais. C'est juste que j'évite de penser à lui. On ne se fréquente plus depuis mon *coming out*.

— Ça fait combien de temps?

— Dix ans.

— C'est dommage. Ton frère n'accepte pas ton homosexualité ?

— C'est surtout qu'il m'en veut parce que ç'a beaucoup bouleversé nos parents. Il m'a accusé d'avoir pensé rien qu'à moi, de pas les avoir ménagés.

— C'est vraiment nul. Mais avec tes parents, est-ce que c'est correct ?

— Au début, Alexandre a tenté de les monter contre moi, mais, maintenant, ils comprennent mon choix. C'est juste qu'ils sont pris entre nous deux.

— Je t'avoue, Will, que je suis toujours surpris de savoir que ça se passe encore de nos jours.

— Oui, mais là, on parle d'un gars qui est assez traditionnel dans sa façon de voir les choses.

— Ben voyons donc ! Pourtant, vous avez été élevés dans la même famille !

— Oui, oui, mais on est très différents. Et on a pas les mêmes gènes. Alex a été adopté. Il avait deux ans.

Sa réponse me surprend. D'où vient cet homme ? Est-ce qu'il aurait un lien de parenté avec moi ?

17

Encore préoccupé par ce que je viens d'apprendre, je marche jusqu'au resto pour retrouver Évelyne. Puisque je suis en avance, je décide d'arpenter les rues du Vieux-Montréal, même si les touristes trop nombreux et flâneurs me tapent sur les nerfs.

Mon téléphone vibre dans ma poche. Je n'ai envie de parler à personne, mais comme l'afficheur indique que c'est mon ex, je me fais un devoir de lui répondre.

— Oui, Amélie?

— Non, c'est moi, p'pa. Maman m'a enlevé mon cellulaire.

— C'est parfait, ça. Pour combien de temps?

— Une semaine.

Moi, je l'en aurais privée pendant au moins deux semaines, mais c'est un début.

— Désolé de te dire ça, Romy, mais tu l'as pas volé.

— Tu comprends rien. Je pourrai jamais survivre sans mon cell. C'est impossible!

— T'en avais pas jusqu'à l'année dernière et t'es encore en vie, que je sache!

— C'est pas pareil. Là, j'en ai besoin pour joindre mes amis à l'école. On se texte toujours pour se dire où on va le midi, pis entre les cours. Sans mon cell, je saurai pas où ils sont.

— Tu feras comme moi quand j'étais au secondaire. Tu leur demanderas en personne.

Non, mais il y a des limites! Cette manie qu'ont les gens de s'écrire à tout bout de champ pour informer de leurs déplacements est une véritable plaie. « Je pars » « Je suis au coin de la rue » « J'attends le bus » « Je suis dans le bus » « Je suis là dans 5 » « Je suis arrivé » Est-ce qu'ils ont besoin de tout savoir?

— À cause de vous autres, je vais être *reject*!

— C'est pas moi qui ai eu la *brillante* idée d'organiser un concours de fesses!

Un passant se retourne et me dévisage d'une bien drôle de manière. Je me rends compte que je parle trop fort. Moi qui cherchais à retrouver une certaine quiétude.

— Faut que tu raisonnes maman. Elle peut pas me faire ça. Tout ce qu'elle me permet, c'est de prendre son cell pour t'appeler. Sinon je ne peux plus parler à personne. Je vais mourir d'ennui.

Depuis quand ma fille est-elle devenue manipulatrice?

— Ça suffit, Romy!

— *Pleaaaaase*, p'pa! T'es *hot* pour convaincre les gens. Maman va t'écouter.

Championne manipulatrice, de surcroît!

— Il n'en est pas question! Et arrête de me flatter dans le sens du poil pour avoir ce que tu veux. Ça marche pas.

Moment de silence au bout du fil. J'attends la suite, espérant qu'elle a compris.

— *Fuck you!* crie-t-elle avant de me raccrocher au nez.

Je suis abasourdi. C'est la première fois que Romy me manque de respect à ce point. Et ce sera la dernière. Je la rappelle. C'est Amélie qui répond, toujours avec le même ton froid. Je lui explique ce qui vient de se passer.

— Moi, elle m'a jamais parlé comme ça. C'est pas son genre. Qu'est-ce que tu lui as dit?

— Hein? Tu mets ça sur mon dos? Voyons, Amélie. C'est inacceptable. Je veux qu'elle soit privée de son cellulaire une semaine de plus.

— Tu veux, tu veux… Depuis quand tu t'occupes de l'éducation de notre fille?

Encore et toujours des reproches. Je concède que je n'ai pas été le père le plus présent, mais j'essaie de me reprendre. Amélie devrait en profiter pour partager plus de responsabilités, mais non. Elle préfère me tomber dessus.

— Bon, on aura pas cette discussion maintenant. Mais je te demande, bien respectueusement, de ne pas laisser cet incident sans conséquence.

— Je vais y penser.

Ce n'est pas la réponse que j'attendais, mais c'est mieux que rien.

— OK, merci. Tu me reviens?

— Oui, oui, lance-t-elle, exaspérée, avant de raccrocher sans me saluer.

Son attitude, ainsi que celle de Romy, me trouble. Je crois qu'il est plus que temps que je prenne mon rôle de père plus au sérieux. En descendant vers la place Jean-Paul-Riopelle, je me dis que le moment est peut-être venu d'exiger qu'elle habite chez moi une semaine sur deux. En même temps, je suis conscient que je ne serais pas à la maison tous les soirs à 17 heures pour préparer le souper.

Pour la première fois depuis que je suis père, je ressens un profond tiraillement entre mes obligations professionnelles et parentales. Et je n'ai aucune solution miracle à portée de main.

18

— Le doré pour madame et la longe de cerf pour monsieur.

Le serveur dépose nos assiettes et, comme toujours, je suis épaté par la présentation raffinée. La cuisine ici est d'une précision et d'une ingéniosité sans pareilles. Je n'ai jamais été déçu.

Jusqu'à présent, la soirée est parfaite. Évelyne est d'une beauté spectaculaire avec sa robe cocktail noire au décolleté discret, mais aguichant. Elle a compris qu'en montrer juste assez alimente bien plus le désir que d'en exposer trop. Une femme qui en laisse trop voir n'aura jamais mon attention. C'est vulgaire et ça démontre un besoin démesuré de plaire. Le genre de fille qui ne m'intéresse pas du tout.

Nous avons beaucoup ri depuis notre arrivée, en particulier lorsque j'ai raconté comment je me suis fait mon œil au beurre noir. Elle a trouvé très rigolo que je me bagarre comme un ado, tout en me mettant en garde contre Kevin. Elle craint une éventuelle vengeance, mais je l'ai rassurée. C'est un minable sans envergure, lui ai-je mentionné. Elle a toutefois évoqué que, parfois, ce sont les plus imprévisibles. Ça m'a un peu inquiété, mais je suis passé à un autre sujet, ne voulant pas assombrir le moment.

Nous avons aussi abordé la possibilité de lancer une *business* ensemble, mais Évelyne affirme qu'elle n'est pas prête. J'espère qu'elle n'aura pas la même réponse quand nous discuterons de notre avenir personnel. Est-ce qu'elle va vouloir emménager chez moi ? Ça me semblerait la solution la plus simple pour l'instant, quitte à ce qu'on achète une nouvelle maison dans l'année qui suit. Est-ce que je vais trop vite en affaires ? Devrais-je attendre qu'Évelyne demande le divorce pour faire des plans ? Peut-être, mais à près de quarante ans, je n'ai plus envie de perdre mon temps. Je l'ai déjà trop perdu.

Nous savourons nos plats dans un silence confortable pendant quelques instants. Un autre signe que nous sommes rendus ailleurs, elle et moi : ne pas toujours avoir besoin d'occuper l'espace en paroles. Ça, c'est une vraie complicité. Évelyne dépose sa fourchette et pousse un soupir de satisfaction.

— Ça fait longtemps que je me suis pas sentie aussi détendue.

— Je comprends. Avec tout ce qui t'est arrivé.

Son regard devient triste et je m'en veux d'avoir évoqué sa fausse couche. Mauvais *timing*.

— Je suis désolé, je voulais pas te rappeler de douloureux souvenirs.

Elle hausse les épaules et boit une gorgée de vin. Je fais quoi, maintenant ?

— Ça va aller, Évelyne ?

— Oui, oui, t'inquiète pas. C'est juste qu'il faut que j'apprenne à vivre avec ma décision.

— Laquelle ?

— Celle de ne plus jamais envisager d'avoir d'enfants.

Je reste interloqué par sa confidence, je ne m'attendais pas à ce que nous abordions ce sujet ce soir. J'avoue par contre que ça me soulage. Je ne me vois pas devenir père de nouveau et je préfère concentrer mon énergie sur Romy.

— C'est toute une décision, dis-je bêtement.

Je sais que mon comportement est égoïste, mais je ne veux surtout pas lancer une discussion qui l'amènerait à reconsidérer son choix.

— C'est trop souffrant, plus question d'endurer ça.

— J'imagine.

— Je comprends pas pourquoi je suis jamais capable de mener mes grossesses à terme.

— C'est arrivé souvent ?

— Trois fois.

— Ouf… c'est pas évident, en effet.

— Mon médecin m'a proposé de passer des tests pour connaître la cause. Mais je n'ai pas le courage.

— C'est toi qui le sais, Évelyne. Il peut pas te forcer.

— En même temps, peut-être que ça m'aiderait de savoir. Si on trouve rien, ça signifie que le problème vient de Ludovic.

Sa réaction contradictoire à ses propos me trouble. Évelyne a beau essayer de se convaincre, elle n'est pas en paix avec sa « décision » de renoncer à la maternité.

Je baisse le regard et je me concentre sur les dernières bouchées savoureuses de cerf. Ici, j'ai un choix à faire. Soit je l'avise tout de suite qu'avoir des enfants ne fait pas partie de mes projets, soit j'accepte d'y réfléchir. Une option que je ne devrais même pas considérer si j'étais honnête envers moi-même. Je relève la tête et je sais que nous allons avoir un problème. Évelyne est bouleversée, à en avoir les larmes aux yeux.

— T'en veux pas d'autres, c'est ça ?

Je donnerais tout ce que je possède pour pouvoir lui répondre que j'ai envie de fonder une famille avec elle, de la rendre heureuse. Mais la peur d'échouer une fois de plus avec un enfant me paralyse. L'approche de la quarantaine et le désir d'avoir plus de liberté pèsent aussi lourd dans la balance.

Pendant un court instant, j'envisage de lui laisser croire que je suis prêt pour la paternité, en espérant secrètement que les fausses couches à répétition sont la conséquence d'un problème chez elle. Mais je ne serai pas ce salaud. Ce que je vais lui annoncer pourrait tout changer entre nous deux, mais je refuse de jouer avec ses sentiments.

— Non, je ne veux pas être père de nouveau, Évelyne.

Une larme coule sur sa joue. Elle s'empresse de l'essuyer du revers de la main et elle tente de reprendre le contrôle de ses émotions. Je vois bien qu'elle n'y arrive pas et que son désir d'avoir des enfants l'emporte sur tout le reste. Mon cœur se brise quand je comprends que notre histoire se termine ici. Je pourrais essayer de la convaincre que nous serions bien, tous les deux, mais je suis conscient qu'un jour elle m'en voudrait à mort et que notre couple éclaterait.

— Je suis désolé, Évelyne. Vraiment.

— Peut-être que tu peux changer d'idée ? Dans quelque temps ?

— Non. Et toi non plus, tu changeras pas d'idée.

— Je sais même pas si je suis capable d'en avoir…

— Si c'est pas le cas, tu pourras adopter.

J'ignore où je puise la force de lui dire tout cela, alors que j'aurais juste envie de lui exprimer tout le contraire.

— Je t'avoue que j'ai fait quelques recherches sur l'adoption.

— Tu vois ? Renonce pas à tes rêves.

— J'aurais tellement aimé que ce soit avec toi.

Je prends une grande respiration pour masquer toute la peine que j'éprouve en ce moment. Je ne peux pas croire que je la laisse aller comme ça, sans me battre. Ce n'est pas mon genre. Pourtant, cette fois-ci, je n'ai rien pour rivaliser avec mon adversaire. Le désir d'Évelyne est trop puissant pour que je puisse avoir le dessus sur lui. Je m'incline, même si je sais que je vais souffrir.

— Je pense que tu devrais y aller, Évelyne. Je vais m'occuper de régler.

Je sors mon portefeuille et je dépose ma carte de crédit sur la table. Elle semble décontenancée par ma froideur. Mais si je m'abandonne à mes émotions, je vais perdre le contrôle. Je ne veux ni me donner en spectacle, ni qu'elle se sente coupable.

Évelyne se lève, hésite un instant.

— LP, je suis vraiment…

— Non, tout a été dit.

Elle tourne les talons et je la regarde s'éloigner. Je suis dévasté par le chagrin et très peu fier de moi. Quelle sorte de lâche suis-je pour être incapable de combler les besoins de celle que je désire le plus au monde?

19

— Bienvenue à Fort Lauderdale, il fait en ce moment vingt-six degrés Celsius et le temps est ensoleillé. Bonnes vacances en Floride.

Je titube en me levant pour attraper mon bagage à main. Un peu trop de champagne pendant le vol, faut croire.

— Vous avez besoin d'aide, monsieur Rousseau ?

— Ça va aller, Zoé, merci beaucoup.

Je souris à l'agente de bord qui m'a servi tout au long du voyage. Une jolie brunette aux yeux clairs que je me suis imaginé baiser dans les toilettes de l'avion. J'aurais d'abord dénoué son petit foulard rouge qui emprisonne son cou et je l'aurais utilisé pour la bâillonner. Ensuite, je l'aurais plaquée contre le mur, avant de soulever la jupe de son uniforme. Mais ces choses-là arrivent seulement dans les films.

Depuis une semaine, je me réfugie dans mes fantasmes et dans la *porn* pour oublier Évelyne. Ça et le boulot ont occupé toute la place. Hier, quand le verdict est tombé dans le procès que je pilotais, j'ai réservé illico un billet d'avion. Une victoire mérite bien un long week-end dans ma résidence secondaire. J'ai trop besoin de ne plus croiser Évelyne tous les jours. Et tant pis pour O'Brien qui m'a regardé de travers quand il a appris que je prenais congé. *Anyway*, je serai au bout du fil pour répondre aux urgences. Comme toujours.

Je m'apprête à sortir de l'avion pour aller rejoindre mon chauffeur qui m'attend dans la zone des arrivées, quand Zoé m'interpelle.

— Monsieur Rousseau, vous avez oublié ça, dit-elle en me remettant une revue qui ne m'appartient pas.

— Euh…

— Elle était sur votre siège, insiste-t-elle avec un clin d'œil complice.

Je suis ravi de constater qu'elle partage mon attirance, ce dont je ne m'étais pas rendu compte. Habituellement, je suis assez conscient de mon pouvoir de séduction, mais là, ça m'a échappé.

— Merci, Zoé. Je vais lire ça avec attention.

Je la déshabille du regard et je quitte l'appareil enchanté à l'idée de ce qui s'annonce comme un excellent séjour. En montant dans ma voiture, conduite par Ryan, mon chauffeur et homme à tout faire, je m'empresse d'ouvrir la revue. Comme prévu, j'y trouve un mot écrit à la main.

« Je suis en layover jusqu'à demain midi. Je serai au Shooters vers 17 h. Z xx »

— *So, how's life going, mister Rousseau ?*

— *Very well, Ryan. Very well. What about you ?*

Celui qui s'occupe de ma demeure floridienne depuis cinq ans me raconte que le climat est de plus en plus explosif là où il vit, à l'intérieur des terres. Les Afro-Américains vivent des tensions raciales. Comme eux, lui et sa famille sont souvent la cible d'insultes et d'agressions. De plus, il est constamment inquiet qu'une fusillade éclate au lycée que fréquentent ses petits-enfants.

— *Can I do something for you, Ryan?*

— *No, sir. Just keep me employed.*

— *Of course. Is your wife still working for the Beaulieu's family?*

Lors de ma dernière visite qui remonte au printemps, j'ai recommandé l'épouse de Ryan à mes voisins qui cherchaient une cuisinière. Pour avoir goûté ses plats à plusieurs reprises, je savais que Maria était la candidate parfaite pour ce couple de retraités.

— *Yes. And she's very happy about that.*

— *Good.*

Quand je discute avec lui, je constate à quel point la Floride que je connais n'est pas la sienne ni celle de bien des citoyens. Je suis conscient que je vis dans une tour d'ivoire avec ma maison sur le canal, mon yacht qui peut accueillir six personnes à coucher et mes escapades à South Beach. Je me suis toujours senti en sécurité, une notion que l'on tient trop souvent pour acquise, nous, Canadiens.

— *Do you have a home alarm system, Ryan?*

— *No, sir.*

— *OK, I'll get you one.*

— *Oh, that's very kind of you.*

— *My pleasure, Ryan. And don't be afraid to ask for anything you need, OK?*

Il me remercie d'un signe de tête et nous poursuivons la route en silence. Nous arrivons chez moi, une maison de trois chambres que j'ai choisie parce qu'elle est près du boulevard Las Olas, où se trouvent mes restos préférés. Mais ce n'est pas aujourd'hui que je m'y rendrai, puisque j'ai l'intention de rejoindre Zoé au Shooters. Ce qui est bien, c'est que je pourrai y aller en bateau et finir la soirée avec elle, dans le lit de la cabine. Même pas besoin de la ramener ici.

Ryan porte ma valise dans ma chambre et retourne chez lui dans son *pick-up* aux vitres teintées. Il reviendra demain terminer des travaux de paysagement.

Comme toujours, il a rempli mon réfrigérateur de nourriture que j'aime : huîtres fraîches, *stone crab* et bien sûr des conques, déjà apprêtées en salade. Ce n'est qu'ici que je me régale de ce fin coquillage et de ce crabe qui goûte le ciel. J'en ai rarement vu ailleurs.

Après avoir troqué mon jeans et mon chandail en cachemire pour une tenue plus estivale, je me prépare une assiette pour le lunch. Comme il fait un temps magnifique, je m'installe sur ma terrasse avec un verre de blanc. En regardant passer les bateaux sur le canal, j'en reconnais quelques-uns, dont le *Susan*, nommé ainsi en l'honneur de la conjointe du propriétaire, présidente d'une firme de relations publiques à New York. Une femme aux jambes splendides. Est-ce qu'elle est sur le pont ? J'aperçois quelqu'un, mais je ne suis pas certain que ce soit elle. J'envoie la main quand même, la personne s'approche de la rambarde, retire son chapeau et oups... ce n'est pas Susan. Elle me répond d'un grand signe joyeux en agitant son panama.

Ça, c'est quelque chose que je trouve bien particulier en Floride ; tout le monde se salue, qu'on se connaisse ou pas. Les gens d'ici sont d'une familiarité sans pareille : la caissière du supermarché qui m'appelle *honey*, la réceptionniste de la boutique de vêtements qui m'accueille en me lançant un « *Hi darling* » bien senti. Généralement, ça me fait sourire, mais parfois ça m'exaspère. Comme quand je commande des *French crepes* au restaurant, en demandant du vrai sirop d'érable et non pas leur infect sirop de poteau, et que la serveuse y va d'un *Wonderful ! Great choice !*... Trop d'enthousiasme, c'est comme pas assez.

The Original Pancake House est le seul établissement familial que je fréquente quand je viens ici. Parce que leurs crêpes agrémentées d'un coulis de fraises me rappellent celles que préparait Marguerite quand j'étais enfant. Sinon j'évite ces endroits bruyants, trop éclairés et remplis de gamins qui courent partout.

Le yacht a ralenti et il est presque immobilisé devant moi. Ça me permet de voir que la passagère est maintenant allongée à l'avant du bateau, dans un bikini qui ne couvre que l'essentiel. Elle a le même genre de chevelure que Susan, et des jambes tout aussi spectaculaires. Est-elle la sœur de ma New-Yorkaise préférée? De toutes les Américaines que j'ai rencontrées ici, celles qui me plaisent le plus viennent de la Grosse Pomme. J'adore leur raffinement, leur aisance et leur accent. Celui de Susan est charmant.

Cette femme qui se prélasse au soleil pique ma curiosité. Pour la satisfaire, je vais chercher mes jumelles que mes proches croient que j'utilise pour m'adonner à l'ornithologie. Une perte de temps s'il en est une. Par contre, pour observer les plaisanciers, c'est parfait.

Je me place à l'écart pour éviter d'être repéré et je contemple ce qu'il y a de plus beau au monde: une femme. D'aussi loin que je me souvienne, j'ai toujours été fasciné par les créatures féminines. J'ai passé mon adolescence à me masturber en pensant à J. Lo, Mariah Carey, Cameron Diaz et d'autres stars inaccessibles. Je préférais rêver mes fantasmes plutôt que de les vivre. Avec les broches qui défiguraient mon sourire et mes livres en trop, j'étais trop mal dans ma peau pour m'approcher d'une fille. La peur du rejet a été présente jusqu'au début de l'âge adulte.

La confiance en moi est venue peu à peu quand j'ai quitté Roberval pour étudier au cégep de Jonquière, puis à la faculté de droit de l'Université Laval. Ma dentition parfaite, mon corps mince et musclé par l'entraînement quotidien que je m'imposais et les vêtements que je m'achetais chez Simons grâce à ma job de barman au Beaugarte m'ont fait réaliser que je pouvais plaire aux femmes. Et là, je me suis repris pas à peu près.

La vacancière se tourne sur le ventre et détache le haut de son maillot. La courbe de ses fesses me rappelle celles d'Évelyne, ce qui me ramène à la douleur que j'essaie d'enfouir depuis qu'elle a quitté la table du Toqué. Quel gâchis!

Ce que j'éprouve, c'est plus qu'une peine d'amour. C'est un écœurement total de ma vie, et de moi-même en particulier. Je m'interroge sur mes aptitudes affectives. Avec Évelyne, j'ai tout fait de travers. Tout. Je me suis caché de mes sentiments pendant des mois et, quand ils m'ont sauté à la figure, je me suis imaginé qu'on formerait un couple sans avoir abordé des questions importantes. C'est quoi, cette façon de gérer l'amour? Et c'est sans parler de mes relations avec les autres femmes qui m'entourent, que ce soit Romy, Amélie, Justine, etc. Avec elles aussi, je suis assez nul!

C'est possible que Marguerite ait raison; je devrais passer plus de temps avec des amis de gars. Ma vie serait peut-être moins compliquée. Ça m'amène à penser qu'à mon retour j'aimerais lui montrer la photo de l'homme qui me ressemble comme deux gouttes d'eau.

Ces derniers jours, je n'ai pas eu le courage de parler à Marguerite et de me faire questionner sur mes états d'âme. J'ai même ignoré ses appels, ce que je ne pourrai faire éternellement, au risque de recevoir un tsunami de reproches. Mais pas aujourd'hui.

Quant à Romy, elle me tient encore responsable de sa semaine sans cellulaire et elle a mis un terme à la psychothérapie que nous avions entreprise ensemble. De son côté, Amélie ne m'a pas écouté, et le *fuck you* de Romy à mon endroit est demeuré sans conséquence. Je comprends que c'est elle qui a élevé notre fille en grande partie, mais comme j'ai l'intention de m'impliquer davantage dans l'éducation de Romy, sa mère devra tenir compte de mon opinion.

Un homme surgit de la cabine du bateau. Je braque mes jumelles sur lui et je découvre qu'il s'agit de Mark, le mari de Susan. Un financier de Wall Street avec qui j'aime bien discuter de la Bourse quand nous accostons au même endroit. Lui et Susan forment un des couples les plus sympathiques que je fréquente sur les eaux. Un sourire coquin au visage, il se dirige vers la passagère et j'éprouve un malaise. Non, ce n'est pas ce que je pense. Eh oui… il l'embrasse sensuellement dans le cou en lui caressant le dos, sans même prendre la précaution de se cacher.

Encore une désillusion.

20

— *Hi L-Pi! It's been a long time…*
— *I know! Too much work.*
— *Yeah… I know. So, welcome back to Shooters.*

Je viens d'accoster à l'un des endroits les plus populaires sur le canal et j'y retrouve avec plaisir Steven, qui prépare les meilleurs gins-concombre de Fort Lauderdale. Parce que pour la bouffe, ici, on repassera. Un peu trop de friture à mon goût. Mais l'ambiance est tripante.

Je commande mon *drink* de prédilection et j'observe la faune autour de moi. Une véritable microsociété : ces jeunes Américains qui parlent si fort qu'on les entend sûrement de l'autre côté du cours d'eau, ce couple assis au bar, dont la femme tente sans succès de cacher sa cinquantaine sous des chirurgies plastiques pas très réussies, ces retraités québécois qui ont joué au golf, si l'on se fie à leurs vêtements, et ce groupe de filles aux escarpins vertigineux qui boivent des margaritas. Aucune trace de Zoé. Je m'attendais à ce qu'elle soit déjà sur place, puisqu'il est presque 17 h 45. À moins qu'elle soit venue et repartie… ce qui serait bien dommage. Mais pas catastrophique non plus, ce ne sont pas les femmes qui manquent ici.

Je savoure tranquillement mon cocktail quand mon téléphone vibre. Encore Marguerite. Je n'ai pas envie qu'elle soit au courant de ma petite escapade au soleil, puisque je n'aurai plus l'excuse d'être débordé pour éviter de lui parler. Je laisse l'appel se loger dans ma boîte vocale, mais je lui envoie un texto pour ne pas qu'elle s'inquiète.

« Désolé, Marguerite. Je suis dans le jus total, en plein procès. »

Il lui faut à peine quelques secondes pour réagir.

« Un samedi ? Qu'est-ce que tu me caches ? »

Même pas capable de mentir comme il faut ! Elle me téléphone de nouveau. Je la connais, elle va me harceler tant que je ne lui aurais pas parlé.

— Bonjour, Marguerite.

— Enfin ! Depuis quand tu m'ignores comme ça ?

— Je suis désolé.

— Ça suffit pas d'être désolé. Tu refais plus ça, c'est tout.

— Oui, oui.

— Bon, t'es où là, pour vrai ?

Le bruit ambiant me trahira, inutile de lui raconter que je suis seul à la maison ou au bureau.

— Dans… dans un bar. Pourquoi ?

— Parce que j'ai le droit de m'inquiéter pour toi. Je suis encore ta mère, que je sache. C'est pas parce que tu vas avoir quarante ans en avril…

— T'es pas obligée de me le rappeler. Je le sais.

— T'agis pas en conséquence, par contre.

Parfois, je me dis que nous avons été trop proches l'un de l'autre quand elle m'a élevé. Cette proximité lui fait croire qu'elle peut tout se permettre avec moi et me traiter comme un adolescent. De plus, j'ai l'impression qu'elle ne voit pas l'homme que je suis devenu. Malgré ma réussite professionnelle et mon statut de père, elle ne voit que le petit garçon vulnérable que j'étais. Encore aujourd'hui, je crois qu'elle veut me protéger. De qui? De quoi? De tout, je pense…

— Toi, tu vas bien?

— Oui, oui. Mais j'ai décidé de ne plus faire de bénévolat pour la Traversée.

— Ah bon? Pourquoi? Tu m'as toujours dit que c'était ta période préférée de l'année.

Depuis une dizaine d'étés, Marguerite participe au plus grand événement de la région, en accueillant chez elle un nageur et en travaillant lors de différentes activités communautaires. Une expérience qu'elle qualifie de très enrichissante.

— Ça me tente plus.

— Tu m'étonnes. Mais t'es pas obligée de décider ça tout de suite, c'est dans huit, neuf mois.

— Non, non, je reviendrai pas en arrière, là, là. Qu'ils s'arrangent.

Son ton irrité m'indique qu'il y a anguille sous roche. Je ne pourrai pas mettre fin à l'appel aussi rapidement que je le souhaite. Je quitte le bar avec mon verre pour m'installer en retrait, même si ce n'est pas trop mon genre d'avoir des conversations personnelles en public.

— Bon, qu'est-ce que tu me caches?

— Bof… c'est pas important.

— Laisse-moi juger.

Je sais trop bien qu'elle veut me confier ses soucis et que, même si je n'insistais pas, elle le ferait. Elle aime se faire prier et c'est dans la dynamique de notre relation. Moi, ça ne me coûte rien d'embarquer dans son jeu, et elle, ça lui fait plaisir.

— C'est à cause de la Lalancette.

Ginette Lalancette, la plus grande compétitrice de ma mère depuis la nuit des temps. Une histoire qui implique Claude Tardif, mon géniteur, avant que je naisse. À l'époque, il était le gars le plus populaire de Roberval. Propriétaire du plus important garage de la place, il était convoité par les jeunes femmes célibataires, dont Marguerite et Ginette. C'était la fin des années 1970 et Claude profitait allègrement de ses pouvoirs de séduction, jusqu'à ce qu'il arrête son choix sur ma mère, provoquant ainsi la colère de sa rivale. Ils se sont fréquentés pendant quelques mois, puis elle est devenue enceinte. De moi. Du jour au lendemain, il a quitté Marguerite, a vendu son commerce et est parti s'installer à La Baie. Il a coupé les ponts avec elle et a toujours refusé de prendre ses responsabilités.

Un an après sa fuite, Ginette Lalancette a disparu, elle aussi. Marguerite a mené son enquête et a découvert qu'elle avait rejoint Claude au Saguenay. En plus d'être sa nouvelle flamme, Ginette travaillait comme réceptionniste au garage qu'il avait acheté là-bas.

Elle y est restée quelques années, puis on l'a vue revenir à Roberval, l'air piteux. Elle a été engagée au même resto que Marguerite, mais elles ne sont jamais devenues amies. Au contraire, elles étaient encore plus en concurrence l'une avec l'autre. S'il fallait qu'un homme s'intéresse à Ginette, Marguerite semait la zizanie entre les deux avant qu'ils forment un couple. Et vice-versa. Ça explique en partie pourquoi ma mère n'a jamais eu de relation amoureuse sérieuse depuis Claude. À ma connaissance, en tout cas.

Et aujourd'hui, même si tout ça date d'il y a quarante ans, elles s'en veulent toujours à mort. Ça me dépasse, mais j'ai cessé de chercher à comprendre.

— Qu'est-ce qu'elle a fait, encore?

— C'est elle, maintenant, qui est responsable des bénévoles.

— Et?

— Elle dit que je ne parle pas assez bien l'anglais pour recevoir des nageurs à la maison! Elle exige que je m'en tienne aux autres activités. Quelle effrontée!

C'est vrai que l'anglais de Marguerite n'est pas des plus fluides, mais elle s'est toujours débrouillée pour discuter avec ses invités.

— Est-ce qu'un des athlètes s'est déjà plaint?

— Ben non. Y a jamais eu de problèmes. C'est juste pour m'étriver.

— Elle ne peut pas décider ça unilatéralement.

— Ç'a l'air que oui! Elle s'en fait *accrère*, je te dis!

— Tu devrais en parler à quelqu'un d'autre dans l'organisation.

— Tu pourrais pas lui envoyer une mise en demeure à la place?

Ça fait des années que Marguerite rêve d'intimider Ginette en utilisant mes compétences en droit. Et chaque fois, je lui réponds la même chose.

— Ça prend un litige réel pour rédiger une mise en demeure, et tu le sais très bien.

— Mais c'est un vrai litige.

— J'admets que tu es lésée, Marguerite. Mais avant tout, il faut que tu tentes de régler ça à l'interne. Ça fait dix ans que tu travailles avec eux, il doit bien y avoir quelqu'un dans l'organisation à qui tu peux en parler.

Ce n'est pas la réponse qu'elle veut entendre, mais je ne mettrai pas d'huile sur le feu en judiciarisant le différend. Autant je n'hésite jamais à multiplier les procédures judiciaires dans ma vie professionnelle, autant je conseille à mes proches de régler à l'amiable si c'est possible. Les poursuites devant un tribunal sont souvent éprouvantes et onéreuses. Le pire des règlements vaut le meilleur des procès.

— Peut-être, oui, se résigne Marguerite.

— Tiens-moi au courant, d'accord?

— Hum, hum. Et t'es avec qui, au bar? Une nouvelle blonde?

— Non.

— J'ai hâte que tu en aies une, mon lapineau.

— Bon, faut que j'y aille. Je te rappelle bientôt.

— Je compte sur toi. La prochaine fois que tu prends pas mes téléphones, je…

— Je sais, tu vas me déshériter et tout donner au curé de ta paroisse, dis-je, amusé.

À la blague, ma mère me fait souvent cette « menace » quand je la néglige. Je trouve ça touchant, mais exaspérant. Je raccroche et je passe au chapitre suivant : je viens d'apercevoir Zoé entrer dans le restaurant. Sans son uniforme et avec ses longs cheveux qui tombent en boucles sur ses épaules, elle est encore plus magnifique.

∗

Ça fait une heure que j'écoute Zoé me relater ses péripéties d'agente de bord. La dernière anecdote, celle d'un Allemand qui a imité Gérard Depardieu en pissant dans l'allée lors d'un vol Francfort-Montréal, est particulièrement hilarante. Surtout racontée par une femme aussi allumée.

Un moment de silence s'installe. J'en profite pour prendre une gorgée de vin blanc. Zoé m'imite et me sourit. Nous avons presque terminé la bouteille, ce qui contribue à rendre l'atmosphère plus légère.

— Excuse-moi, j'ai l'impression que j'ai pas arrêté de parler. À ton tour.

— Mais non, pas tant que ça.

— T'es *cute*, mais je sais que je parle beaucoup.

— C'est pas un défaut.

— Parfois, oui. Maintenant, j'ai envie de te connaître. T'es ici jusqu'à quand ?

— Mercredi.

— Et tu viens souvent ?

— Pas autant que je voudrais.

— Trop de boulot ?

— Oui.

— Quel genre de droit tu pratiques ?

Eh que je n'ai pas le goût de répondre à cette question pour qu'elle comprenne que je suis ce qu'on appelle un requin; un avocat impitoyable pour les victimes, qui songe avant tout au profit. Parce qu'elle est là, la vérité. Jusqu'à récemment, cette étiquette ne me dérangeait pas trop et je vivais bien avec cette image qu'ont les gens de moi. Sauf que ça change, je suis moins à l'aise d'en discuter et je ne sais pas comment négocier avec ça.

— C'est pas intéressant.

— Dis toujours.

— Droit des affaires.

— C'est vrai que ç'a pas l'air bien palpitant. Mais, au moins, tu sembles bien gagner ta vie, dit-elle en jetant un coup d'œil à ma montre Cartier.

Ses yeux brillants m'indiquent que Zoé est loin d'être indifférente à ma réussite financière. Est-ce que c'est tout ce qui l'intéresse chez moi? Possible… mais je m'en fous, elle n'est que de passage. Ce ne sera que physique, elle et moi. Parce que, avant que je m'implique à nouveau sur le plan émotif avec une femme, il tombera de la neige en juillet.

— On peut dire ça, oui.

— Moi, j'ai eu une liaison avec un autre agent de bord.

Qu'est-ce que ça vient faire dans la conversation? Étrange…

— Ah, OK.

— Je dis ça parce que je veux pas que tu penses que je cours après les gars riches.

C'est exactement ce que je crois. D'autant plus qu'elle s'en défend.

— J'ai pas d'opinion là-dessus.

— Il était gai.

— Ça arrive.

— En réalité, il était bi. Mais plus gai que bi. Il a même laissé entendre qu'il était *queer*, mais c'était pour se rendre intéressant. Et toi, est-ce que tu aimes aussi les hommes?

J'éclate de rire devant sa spontanéité. Cette fille est rafraîchissante. Et elle me fait un bien immense.

— Ben quoi! C'est une question comme une autre, s'offusque-t-elle.

— Oui, oui, c'est juste que c'est assez direct.

Et prématuré, pourrais-je ajouter. Elle n'a pas besoin de connaître mes préférences sexuelles pour une baise d'un soir.

— Tu réponds pas?

— Qu'est-ce que ça changerait si je te disais que, oui, j'aime aussi les hommes?

— T'es pas sérieux? me demande-t-elle, exaspérée.

Elle attrape son sac à main et se lève. Sa réaction me stupéfie. Je ne peux pas croire qu'elle envisageait déjà une possible relation entre nous deux. Tout ça est beaucoup trop rapide pour moi. Je devrais déguerpir comme un voleur. Mais l'idée de finir la soirée seul me déprime.

— Zoé, Zoé, Zoé… je te taquine. Je suis tout ce qu'il y a de plus hétéro.

— T'es certain?

— Oui, rassieds-toi s'il te plaît. Je vais nous commander quelque chose à manger, d'accord?

Elle reprend place et je me sens soulagé. Je ne souffrirai pas d'angoisse ce soir, comme c'est le cas depuis une semaine.

— Bonne idée de grignoter un petit truc. Et je prendrais du champagne.

Madame sait ce qu'elle veut. Moi aussi.

✳

Le soir est tombé, la fraîcheur aussi, la bouteille de champagne est terminée, les assiettes sont vides et l'addition est payée… Il est temps de passer aux choses sérieuses. Mais Zoé ne semble pas pressée. Elle me décrit sa jeunesse à Trois-Rivières, entre le bungalow de sa mère et l'appartement de son père.

— T'as l'impression que t'appartiens à nulle part. Je me suis sentie déracinée toute mon adolescence.

Ses propos me ramènent à Romy, qui vit entre deux résidences depuis des années. Je ne lui ai jamais posé la question, mais je me demande si elle éprouve ce sentiment de ne pas avoir de vraie maison. J'écarte ma fille de mes pensées et je me concentre sur le monologue de Zoé, même s'il m'intéresse plus ou moins.

— Mais au final, aujourd'hui, je me sens chez moi partout. C'est pour ça que je suis devenue agente de bord… ou hôtesse de l'air, si ça alimente plus tes fantasmes.

Elle me fait un clin d'œil coquin… qui me ravit. *Now, we're getting somewhere.* Je lui fais mon plus beau sourire et je me lève. Puis je contourne la table pour l'aider à enfiler sa veste.

— T'as envie de visiter mon bateau ?

En prononçant ces mots, je me rends compte à quel point ils sont clichés. Je devrai être plus original à l'avenir si je ne veux pas passer pour un mononcle. Heureusement, Zoé ne s'en formalise pas. Nous nous dirigeons vers le quai, où plusieurs embarcations ont été amarrées depuis le début de la soirée.

— Hé, Zoé !

Nous nous retournons et j'aperçois un homme sur le pont d'un immense yacht. Au moins cinq fois grand comme le mien.

— Ohhhhh ! Allô, Jean-Pierre ! Comment ça va ?

— Bien, et toi ?

— *Top shape.* Eille, ça fait longtemps que je t'ai vu ici.

— J'étais trop occupé. J'ai vendu ma *business* à des Américains. T'as pas lu ça dans le journal ?

J'observe notre interlocuteur et, là, j'allume. Il s'agit de Jean-Pierre Taillon, propriétaire d'une importante compagnie forestière québécoise, avalée par une société de la Pennsylvanie. Une transaction de plusieurs centaines de millions de dollars, décriée par les analystes financiers qui craignent des fermetures d'usines et des pertes d'emplois considérables.

— Non, faut que tu me racontes ça!

— Viens prendre un verre. Pis amène ton ami!

Zoé m'interroge du regard et je me rembrunis. *No fucking way* que je monte sur ce bateau.

— Juste dix minutes, me dit-elle tout bas. Je suis curieuse de voir de quoi ç'a l'air en dedans.

Je soupire d'insatisfaction, mais j'accepte de la suivre. Qu'est-ce qu'un gars ne ferait pas pour baiser? Zoé me présente à Jean-Pierre et je dois admettre que c'est un homme qui a toute une présence. À soixante-cinq ans, grand et bâti, il en impose.

Il nous fait visiter l'intérieur et c'est vraiment spectaculaire. Immense salon au design épuré, cinéma maison pour dix personnes, cuisine hyperfonctionnelle de la même dimension que celle de mon loft, trois chambres spacieuses avec salles de bain privées. Époustouflant!

Nous montons sur le pont supérieur pour y découvrir un bar en plein air, une piscine et un spa. Mon yacht est simple à côté du sien. Je ne devrai pas compter là-dessus pour impressionner Zoé tout à l'heure.

— Qu'est-ce que vous voulez boire?

— Du champagne.

Encore! Zoé ne se prive de rien, surtout quand ce n'est pas elle qui paie!

Jean-Pierre ouvre une bouteille de Dom Pérignon. Notre hôte semble faire partie de ces gens qui mesurent la qualité des produits à leurs coûts… Une attitude de parvenu qui n'y connaît rien.

Nous trinquons et je trempe mes lèvres dans ma flûte par politesse. J'ai assez bu ce soir. Zoé s'informe de la récente transaction de Jean-Pierre qui lui donne des détails inutiles. C'est fou comme elle s'intéresse tout à coup aux « affaires ». Le pouvoir de l'argent…

Il y a des gens qui ne changent pas en présence de personnes très riches et qui demeurent eux-mêmes. D'autres sont intimidés et ne savent plus comment se comporter. Et il y en a, qui, comme Zoé, sont en admiration totale et rêvent de mener une telle vie. Son attitude manque de subtilité.

La conversation se poursuit entre eux et j'en suis vite écarté. Jean-Pierre ne me pose aucune question, préférant nous informer des montants qu'il a investis dans son bateau pour le rendre encore plus confortable. Ainsi, on apprend que les meubles des chambres s'élevaient à tant de dollars, que la rénovation de la cuisine a demandé tant et que le luminaire extravagant qui trône dans le salon se vendait tant… S'il y a une chose que je déteste, c'est bien les gens qui mettent des prix sur tout. Un manque total de classe.

Mais Zoé, elle, ne s'en aperçoit pas et elle est toujours subjuguée. Je comprends que je ne *scorerai* pas ce soir, finalement. Comme si j'avais besoin de tomber sur ce compétiteur…

Elle se tourne vers moi, me fait un grand sourire et me demande si tout va bien. Bon, peut-être que tout n'est pas perdu. Je lui réponds avec chaleur, en ajoutant que je suis un peu fatigué. J'espère qu'elle saisira le sous-texte. Mais non. Elle poursuit sa discussion avec celui qu'elle appelle maintenant Jipi. Je décide de m'en mêler.

— Jean-Pierre, est-ce que t'es marié ? T'as des enfants ?

Ma question refroidira sans doute ses ardeurs.

— Divorcé. Et ça m'a coûté cher, calvaire !

Bien sûr ! Encore et toujours le sujet de l'argent.

— Ben coudonc ! Désolé pour toi, dis-je avec ironie.

Jean-Pierre ne relève pas et poursuit son opération séduction auprès de Zoé. J'observe cette dernière, me demandant ce qu'elle ressent. Est-elle réellement sous le charme du sexagénaire ? Bon, d'accord, il paraît plutôt bien, mais il a le magnétisme d'un têtard dans une flaque d'eau. Ses vêtements kitsch traduisent son manque de goût. Je soupçonne d'ailleurs que la décoration du bateau n'est pas son œuvre, mais plutôt celle de son ex-conjointe, ou d'une amante, ou d'une copine.

Zoé est de plus en plus cocktail, elle rit fort aux blagues simplistes de notre hôte et lui fait des clins d'œil complices. Je n'en reviens pas ! Je pense à quitter les lieux. Après tout, elle est une grande fille et elle peut bien faire ce qu'elle veut. Mais quelque chose me retient. Je ne partirai pas sans être certain de ses intentions. Et si elle continue de boire comme ça, elle sera tout juste capable d'aller se coucher. Toute seule.

L'occasion de parler à Zoé se présente quand Jean-Pierre se rend aux toilettes. J'y vais directement.

— Zoé, je te laisse ici avec lui ?

— Hein ? Es-tu malade ?

Là, je ne la suis plus du tout.

— Qu'est-ce que tu cherches, dans ce cas-là ?

— Rien. Juste à avoir du fun. C'est vrai qu'on a du fun, hein ? Dis-le, LP.

Son insistance m'indique qu'elle est plus que cocktail.

— Oui, oui. Mais lui, il va se faire des idées si tu continues. Même qu'il s'en fait déjà.

— Ben voyons donc ! C'est pas mon premier barbecue.

— Ton quoi ? Qu'est-ce que tu veux dire ?

— Ah ! Oublie ça, tu comprendrais pas, dit-elle avec nonchalance en renversant sa flûte de Dom Pérignon.

Je constate qu'elle est trop soûle pour décider quoi que ce soit. Elle ne finira la soirée ni avec lui, ni avec moi. Je suis déçu, mais, pour l'instant, je suis plus préoccupé par la suite des choses. Je n'ai pas de voiture pour la reconduire à son hôtel. Le mieux, c'est de lui appeler un taxi. Mais ivre comme elle est, j'hésite à la laisser partir seule. Allons-y par priorité : sortir d'ici.

— Bon, on y va ?

Elle acquiesce. Je l'aide à se lever, j'attrape sa veste et son sac à main, puis je la guide vers le pont.

— Eille, LP, faut quand même lui dire bye.

Je regarde vers la porte des toilettes. Aucune activité.

— Je sais pas ce qu'il fait. C'est long.

— *When you gotta go, you gotta go*, lance Zoé en se trouvant très drôle.

Je souris à sa blague idiote et j'attends qu'il se manifeste. Zoé s'appuie contre le mur et ferme les yeux quelques instants. Puis elle les rouvre, légèrement paniquée.

— Penses-tu qu'il a une crise cardiaque ? À son âge, on sait jamais… Va donc voir, LP.

— Mais non, c'est un gars en forme.

— Vas-y, je te dis.

Je soupire d'exaspération, mais le sens du devoir me dicte d'aller vérifier. Si Jean-Pierre a eu un malaise, je ne voudrais pas être accusé de ne pas avoir porté assistance à une personne en danger.

La porte de la salle de bain est entrouverte. Je tends l'oreille et j'entends du bruit, comme si quelqu'un manipulait des objets. Bon, il ne semble pas mal pris du tout. Je m'éloigne, puis la curiosité l'emporte et je reviens sur mes pas. Je jette un coup d'œil dans la pièce et j'aperçois Jean-Pierre, qui tient devant lui un flacon de cachets. Sur le comptoir traîne une dizaine d'autres pots de médicaments. Pas si en forme que ça, le bonhomme.

Il met ses lunettes de lecture, examine l'ordonnance, ouvre le contenant et… avale une petite pilule bleue. Je retiens un rire cynique. Bonne chance, mon homme, t'as pas fini d'être bandé.

Je rejoins Zoé et je l'entraîne rapidement vers le quai, la rassurant sur le sort de Jean-Pierre.

— T'inquiète pas pour lui. Il va trouver la nuit longue un peu, mais il devrait s'en sortir.

— Tant mieux. En tout cas, un méchant barbecue !

Cette histoire de barbecue m'intrigue. Je soupçonne que c'est un genre de code.

— Moi, tu me fais un barbecue aussi ?

— Ben non, pas toi. T'es trop *hot*.

— Pourquoi ?

— T'es curieux pas à peu près.

— Je m'intéresse à toi, c'est tout.

— Bon. C'est un *running gag* entre agentes de bord. C'est quand on allume un gars… pis qu'on s'en va après !

— C'est pas très gentil, ça.

— Bah, c'est pour rire ! lance-t-elle en vacillant.

Je l'attrape juste à temps pour lui éviter une chute.

— Viens, allons au bar. Je vais leur demander s'ils connaissent un chauffeur pour te ramener à l'hôtel.

— Non, on va sur ton bateau.

— Ce serait préférable que tu rentres.

— Non, je veux rester avec toi. S'il te plaîîîîîîîîîîît.

De toute ma vie, s'il y a une chose que je n'ai jamais faite, c'est bien de coucher avec une femme complètement soûle. De un, un corps mou qui se laisse faire, ça m'excite autant qu'un dossier aux petites créances. Et de deux, la notion de consentement n'est jamais claire quand il y a intoxication. Tout bon avocat sait ça.

— OK, mais tu dors pas avec moi.

— On verra ben…

En arrivant dans la cabine, Zoé s'effondre sur le sofa et s'endort. Parfait ! Je n'aurai pas à m'obstiner avec elle. Je lui retire ses chaussures et je la transporte dans la chambre d'amis. Elle est spéciale, cette fille. Pas très équilibrée, mais il y a quelque chose de touchant dans sa quête d'une vie meilleure. Sa façon de chercher le bonheur me rappelle la mienne. Elle, ça passe par l'argent. Moi, par le sexe… mais, au fond, je sais bien que, tous les deux, on a tout faux.

21

— Coucou ! C'est moi !

Fuck ! Qu'est-ce que Marguerite fait en Floride ? Je m'empresse de fermer la porte de ma chambre, en me disant que c'était une bien mauvaise idée de lui laisser les clés de la maison.

— Mon lapineau ? T'es là ?

Ben oui, je suis là, mais pas prêt à te recevoir.

— *What's happening, honey ?* me demande Allison… ou est-ce plutôt Thelma ?

Je ne sais plus laquelle est laquelle. Tout ce dont je me souviens, c'est que la blonde fait des pipes d'enfer et que celle qui est d'origine mexicaine a le plus beau cul que j'ai vu depuis longtemps. Cette nuit en leur compagnie m'a permis de penser à autre chose qu'à Évelyne et d'oublier ma frustration de mon rendez-vous manqué avec Zoé. Avec elle, j'espérais bien qu'on se reprendrait au matin, après qu'elle eut cuvé son champagne, mais elle a passé l'avant-midi à vomir un peu partout dans mon bateau…

— *Who's there ?* s'enquiert mon autre amante en se réveillant.

— *My mother.*

— *Oh, swell.*

— *Not swell at all. OK, girls, grab your things, please. And just stay here until I tell you that you can leave.*

Allison – ou Thelma – regarde sa montre et me lance d'un air contrarié :

— *It's already ten. I have an appointment at eleven. How do we get to the bar ?*

Ah non ! J'avais oublié que leurs voitures sont dans le stationnement de l'établissement où nous nous sommes rencontrés hier soir. Je leur paierai un taxi. Tout ça ne sera pas évident à coordonner, mais je dois trouver un moyen pour éviter qu'elles croisent Marguerite.

Tout en enfilant un jeans et un t-shirt, je leur demande de patienter quelques minutes. Je m'occuperai de leur transport dès que possible. Je m'apprête à sortir de la chambre quand l'une d'elles m'interpelle.

— *Hey babe ! Maybe you should go to the bathroom and wash your face before kissing your mom*, me suggère-t-elle avec un air coquin.

Je lui souris avec complicité et je m'empresse de me passer une débarbouillette sur le visage. La porte de la salle de bain qui donne sur le couloir s'ouvre. Marguerite. *Shit !* J'espère juste que mes amantes seront silencieuses.

— Ah, te voilà ! Tu te lèves ? Ouin, t'en profites…

— Qu'est-ce que tu fais ici, Marguerite ?

— Commence donc par venir m'embrasser.

Je sors des toilettes en prenant soin de refermer la porte derrière moi et je salue ma mère convenablement. Je me dirige ensuite vers la cuisine avec elle.

— Je répète ma question, Marguerite : qu'est-ce que tu fais ici ?

— J'étais inquiète.

— Pourquoi?

— Je sentais que tu me cachais quelque chose, fait que j'ai appelé au bureau.

— T'as appelé au bureau? T'as pas d'allure!

Je déteste quand elle me place dans des situations où j'ai l'air du petit garçon à sa maman. Ce n'est pas la première fois qu'elle agit ainsi et elle ne se corrigera jamais. Elle est parfaitement consciente que ça m'horripile, mais, ça, elle s'en fout!

— C'était à toi de pas me mentir.

— À qui t'as parlé?

— À William. D'ailleurs, savais-tu qu'il a un nouveau chum?

— Oui, oui, je suis au courant. Mais toi, qu'est-ce que tu lui as dit?

— Plein de choses. Notre conversation a duré une demi-heure. Je voulais écouter Denis Lévesque, que j'avais enregistré, mais j'ai même pas eu le temps. Là, j'ai trois épisodes en retard.

Marguerite regarde religieusement cette émission animée par un «p'tit gars de chez nous» dont elle est très fière. Si elle n'est pas à jour, c'est le drame!

— OK, mais qu'est-ce que tu lui as dit à mon sujet?

— Pas grand-chose. On a surtout discuté de tatouages. Paraît-il que son chum pourrait m'en faire un très beau. Une licorne, peut-être? Ou un papillon? Selon lui, ce serait très *nice* à l'intérieur de mon avant-bras.

— Marguerite, sérieux, tu vas pas te faire tatouer?

— Pourquoi pas? Je suis trop vieille, c'est ça? me demande-t-elle, offusquée.

OK, tu vas pas là, Rousseau. Tu vas pas là…

— Donc, c'est William qui t'a informée que j'étais ici?

— Réponds. Je suis trop vieille?

— Non, pas du tout. C'est juste que… Ah! C'est ta vie après tout. Si t'en veux un, libre à toi.

— Bon, enfin une parole sensée.

— Mais ça pourrait donner des idées à Romy. Et je trouve qu'elle est trop jeune pour ça.

Marguerite réfléchit à mon inquiétude... en silence. Ce qui est plutôt rare dans son cas. Ça signifie qu'elle envisage la chose sérieusement. Tant mieux.

— Café ?

Elle opine de la tête.

— Parfait. Je nous prépare ça. Tu peux aller m'attendre dehors.

— Non, non, je reste avec toi.

Ça, ça ne marche pas. Elle doit s'asseoir à l'extérieur si mes deux invitées veulent filer en douce.

— Laisse-toi donc gâter. Il fait super beau en plus.

— Bon, si t'insistes.

À mon grand soulagement, elle s'éloigne. Je mets la machine à café en marche pour qu'elle couvre le bruit que nous ferons peut-être tous les trois.

— Ahhhhhhhhh ! crie ma mère en revenant près de moi.

— Quoi ? Qu'est-ce qui se passe ?

— Un lézard !

Je soupire d'exaspération.

— Ben voyons, Marguerite ! C'est pas la première fois !

— Il est bien plus gros que d'habitude. C'est pas un minilézard, non, non, non. Il est géant.

J'ai cette maison depuis cinq ans et je n'ai jamais eu de problèmes avec la faune tropicale. Je m'apprête à aller vérifier ce qu'il en est quand j'entends des pas derrière moi. J'aurais dû m'en douter, je vois Thelma – ou Allison – venir vers nous, dans sa robe rouge, trop sexy pour 10 heures du matin.

— *Is there a problem ? I heard screaming.*

— T'aurais dû me dire que t'étais pas seul, me sermonne Marguerite.

Après ses reproches, elle se retourne et s'adresse à la belle Américaine.

— *Me, the mother. And you ?*

— *Thelma. Nice to meet you.*

— *Nice too.*

Marguerite la dévisage de la tête aux pieds. C'est clair qu'elle désapprouve sa tenue.

— *So, LPi, can we get a cab?*

— *Of course.*

Jusqu'à présent, j'ai évité le pire. Mais s'il faut qu'Allison sorte elle aussi de la chambre, je vais en entendre parler pendant des années. Je cherche un moyen d'éloigner ma mère, mais rien ne me vient à l'esprit. Je regarde Thelma qui s'est assise pour attacher ses sandales à talons aiguilles. Encore une fois, Marguerite l'observe avec condescendance. Et là, c'est comme si je recevais un coup de fouet en pleine figure. J'en ai assez de ses jugements sur mes relations personnelles. J'ai trente-neuf ans et je mène ma vie comme il me plaît. Et si elle n'est pas à l'aise avec ça, c'est son problème. Pas le mien.

— *Allison? Feel free to join us.*

Marguerite me lance un air intrigué et inquiet à la fois. Son visage se décompose quand elle voit la grande brune au teint basané, vêtue d'une jupe à ras le pompon et d'une camisole à bretelles spaghetti, marcher vers nous.

— Y en a-tu d'autres de cachées, coudonc?

— Non, c'est tout.

Allison tend la main à Marguerite, qui la lui serre par politesse.

— *You have a wonderful son. Very gentleman.*

— *Me know.*

Ma mère ne sait pas comment réagir. Je sens qu'elle est flattée, mais aussi choquée d'apprendre que son fils, gentleman ou pas, fait des *trips* à trois. J'aurais préféré la tenir en dehors de cette histoire, mais, en même temps, il y a une leçon qu'elle doit en tirer : cesser de m'envahir.

J'appelle un taxi, que nous attendons tous les quatre en silence. Je propose à mes deux amies de les accompagner devant la maison, question de laisser Marguerite se remettre de ses émotions.

La voiture arrive quelques minutes plus tard et je remercie chaleureusement Thelma et Allison pour *the gorgeous night*.

— *Anytime, babe.*

— *Yep. Anytime.*

Je leur tends deux billets de vingt dollars pour leur transport, mais elles refusent, en précisant que j'ai assez payé et que, la prochaine fois, ce sont elles qui m'offriront le champagne. C'est ravi et le cœur léger que je rentre à l'intérieur, prêt à affronter Marguerite.

Elle est assise au salon, devant un sudoku. Je m'assois à côté elle, mais elle m'ignore.

— Dis donc ce que tu penses, Marguerite. Qu'on en finisse.

Elle referme son carnet et me regarde droit dans les yeux.

— Je croyais pas que t'étais rendu aussi bas. J'ai bien fait de venir te voir. Je vais te remettre sur le droit chemin.

— Wô! Aussi bas? C'est quoi, ce jugement de valeur-là?

— Faire appel à des… des prostituées. Franchement, c'est inadmissible!

— Quoi? Tu penses que…

— Essaie pas de me mentir. Je sais reconnaître une… une…

— Ah, parce qu'il y a beaucoup de prostituées à Roberval, peut-être?

— Non, mais j'en ai vu dans les films.

Mes sentiments à la réaction de ma mère sont partagés. Ça me met en colère qu'elle saute à de telles conclusions, mais en même temps, ça m'attriste. Est-ce que je suis rendu si pathétique que j'ai l'air du gars qui doit payer pour avoir du sexe?

— En tout cas, poursuit-elle, ton mode de vie est malsain. Je m'en doute depuis longtemps, mais, ça, c'est la goutte qui fait déborder le vase.

Je me lève d'un bond. Là, c'est assez! Je sais que Marguerite désire plus que tout au monde que je sois heureux, mais la façon dont elle s'y prend doit changer.

— Marguerite, je te jure que Thelma et Allison ne sont pas ce que tu crois. Là, je vais aller courir cinq kilomètres et, à mon retour, je ne veux plus en entendre parler. Plus jamais, d'accord?

— Bon, bon. Fâche-toi pas! N'empêche que...

Un avertissement des yeux suffit à lui clouer le bec.

— OK, j'ai compris, dit-elle d'un air repenti.

Je vais à ma chambre pour me changer. En enfilant ma tenue sportive, je songe que je devrai quand même être sur mes gardes avec ma mère. Ses regrets ne durent jamais bien longtemps.

22

— T'as pas d'épices à steak, mon lapineau ?

— Euh, je sais pas. J'utilise pas ça souvent.

Marguerite m'a agréablement surpris quand elle m'a demandé la permission d'inviter un ami pour le souper. Un Québécois qu'elle a rencontré dans l'avion. Un homme du même âge qu'elle et... disponible.

— Va falloir aller en chercher !

Pas encore faire des courses ! Elle et moi, on a passé la journée dans le trafic. Tout d'abord, pour acheter du vin chez Total Wine & More parce qu'elle souhaite servir le meilleur pinot noir californien. Ensuite, pour se procurer la viande la plus tendre de la Floride chez Penn Dutch et, enfin, pour choisir les plus beaux fruits et légumes, chez Whole Foods. Et c'est sans compter l'arrêt chez Marshalls pour une nouvelle robe.

— On peut s'en passer, tu crois pas ?

— Non, impossible, dit-elle en renversant la bouteille d'huile d'olive sur le comptoir.

Par chance, il n'y a pas de dégât. J'ai rarement vu Marguerite aussi nerveuse. C'est peut-être ce qui explique que, depuis ma mise au point de ce matin, elle m'a laissé tranquille. Il faut dire que ce repas occupe toute la place. Je lui ai fait valoir qu'elle ambitionnait avec son menu quatre services, excluant les bouchées à l'apéro, mais autant parler dans le vide. C'est clair qu'elle désire impressionner cet homme.

— Tout d'un coup qu'il est végétarien?

— Ça m'étonnerait. Il te l'aurait dit quand tu l'as appelé plus tôt.

— Pas nécessairement. J'aurais donc dû vérifier!

— Et veux-tu me dire pourquoi tu as acheté quatre steaks?

— Au cas où il en mangerait deux.

— Avec tes grignotines, ton gaspacho, tes filets mignons, ta salade à la crème et ta mousse aux petits fruits, je pense que personne va mourir de faim.

— J'aime mieux pas en manquer.

Je lève les yeux au ciel et je renonce. J'espère juste qu'elle n'a pas trop d'attentes et qu'elle ne sera pas déçue. Je n'ai pas osé rajouter à son stress en lui annonçant l'existence d'un homme qui me ressemble beaucoup et avec qui je pourrais avoir un lien de parenté. On dirait que cette conversation est faite pour ne jamais avoir lieu. Est-ce un signe? Est-ce que je devrais laisser les secrets du passé là où ils sont? Il y aurait certes moins de conséquences, mais ce n'est pas mon genre de jouer à l'autruche.

— Donne-moi les framboises, s'il te plaît, mon lapineau.

J'ouvre le réfrigérateur et il est si plein que je ne vois pas ce qu'elle me demande.

— T'es certaine qu'on en a acheté? Elles sont pas là.

— Mais oui! Arrête de chercher comme un homme, pis tu vas les trouver.

— Ça veut dire quoi, ça?

Je la taquine… à moitié. C'est quand même insultant. Comme si on était tous des andouilles.

— C'est juste la réalité. Les objets sont souvent devant vous, pis vous les voyez pas.

— N'importe quoi…

Elle m'écarte du frigo et commence à tout bardasser. Puis, victorieuse, elle m'expose un casseau de framboises au visage.

— Tadam!

— Bon, bon… qu'est-ce qu'il te reste à préparer?

— Mon gaspacho est prêt, j'espère que j'ai pas mis trop de vinaigre de cidre comme la dernière fois, quand j'ai reçu mes amies du bridge. Tu sais, je t'en ai parlé, ç'a été une catastrophe, ce…

— Marguerite, tu veux bien répondre à la question, s'il te plaît?

Elle réfléchit quelques secondes, puis elle m'informe qu'il n'y a plus que le dessert à cuisiner.

— Ça te dérange si je vais faire un tour sur l'eau avant le souper? Comme c'est ma dernière journée, j'aimerais ça en profiter.

— Mais non, voyons. Tout est sous contrôle.

— OK. À quelle heure tu l'attends?

— Cinq heures.

— Cinq heures? Il fréquente les *early bird dinner* ou quoi?

— Je sais pas! Tu crois que c'est trop tôt? Que j'aurais dû lui dire 6 heures? Il va penser que je suis plus vieille que j'en ai l'air?

Marguerite mise beaucoup sur cette rencontre. Je trouve ça touchant, mais un peu inquiétant aussi. Je lui enlève les framboises qu'elle tripote avec nervosité et je la fixe du regard.

— Tu vas être parfaite. Prends une grande respiration, et tout va bien aller.

Elle ferme les yeux, inspire profondément, puis expire tout doucement.

— Et tu sais, Marguerite, s'il est pas content, y a juste à aller se faire voir ailleurs!

— Dégage, maintenant, que je finisse ma préparation. Et profites-en donc pour rapporter des épices à steak.

— Promis, chef!

Je m'éloigne vers la cour arrière quand je l'entends me mettre en garde contre «l'immense lézard» qui l'a traumatisée ce matin. Marguerite et son légendaire sens de l'exagération…

✳

En accostant à mon quai, deux heures plus tard, j'entends des rires qui proviennent de la terrasse. L'invité de ma mère est déjà arrivé. J'aurais préféré être là pour l'accueillir, mais je n'ai pas vu le temps passer sur l'eau. Pour la première fois en cinq jours, je n'ai pas eu besoin de compagnie pour ne pas avoir le vague à l'âme, en imaginant Évelyne dans mes bras. Le sevrage est bel et bien entamé.

Par contre, j'envisage avec appréhension mon retour au bureau après-demain. La côtoyer au quotidien pourrait compromettre ma désintox. Enfin, on verra bien. Pour l'instant, j'ai l'intention de profiter de ma dernière soirée avec la savoureuse cuisine de Marguerite. Je l'aperçois, assise dos au canal sur un fauteuil. Son compagnon prend place face à elle, un verre de bière devant lui.

— Bonjour, dis-je en lui tendant la main. Louis-Philippe.

— Enchanté. Moi, c'est Jacques.

Je suis ravi de constater qu'il a un air sympathique et de belles manières. Avec sa tête poivre et sel bien coiffée, son regard curieux et sa tenue impeccable, il inspire la confiance. Un charmant sexagénaire, tout comme Marguerite. Elle ne s'en rend pas toujours compte, mais il n'est pas rare que les hommes de son âge se retournent sur son passage. Surtout depuis qu'elle a imité une de ses comédiennes préférées et qu'elle a assumé ses cheveux blancs. Ça fait ressortir ses magnifiques yeux bleus.

— Tu veux boire quelque chose, mon lapineau ? J'ai de la sangria.

— Non merci. Je vais me préparer un gin. Et je vais aller me changer aussi.

— Euh… OK.

Je rentre en me demandant pourquoi ma mère a eu ce drôle de regard et cette hésitation. En enlevant mon t-shirt dans ma chambre, je réalise que j'aurais intérêt à prendre une douche. Je retire le reste de mes vêtements et j'ouvre la porte de la salle de bain.

— *Oh fuck !*

Une jeune femme est au lavabo. Elle se tourne vers moi et me regarde d'un air stupéfait. Je m'empresse de cacher mon pénis avec mes mains et je fais demi-tour.

Qui est-elle ? Que fabrique-t-elle ici ? J'enfile un peignoir et… j'agis comment maintenant ? Je vais la voir ? Un peu embarrassant, mais je n'ai guère le choix. Je m'assure toutefois que la ceinture de ma robe de chambre est bien nouée et je m'approche. Elle finit de se sécher les mains et paraît terriblement gênée.

— Excuse-moi, je savais pas que c'était ta salle de bain privée. Mais j'ai rien vu, je te jure.

— OK… mais t'es qui au juste ?

Son regard perplexe m'indique que je devrais connaître la réponse à cette question.

— Ta mère t'a pas dit qu'elle m'avait invitée ?

— Non.

— Je suis Laurie, la fille de Jacques. On a rencontré Marguerite dans l'avion ce matin.

— Ah, d'accord. Elle m'a parlé de ton père, mais pas de toi.

Un moment de silence s'installe, le temps qu'on réalise que nous sommes dans un genre de *blind date* organisé à notre insu… au mien en tout cas. J'ignore comment Marguerite m'a décrit à Laurie, mais ça ne m'étonnerait pas qu'elle ait beurré épais.

Je dois avouer que la femme devant moi a beaucoup d'attraits : grande, mince, juste assez musclée, un visage aux traits délicats et une peau éclatante.

— Écoute, je peux y aller, si tu préfères.

— Non, non. Je suis surpris, c'est tout. C'est certain que j'aurais souhaité te rencontrer ailleurs que dans mes toilettes. Et habillé, dis-je avec humour.

Elle me sourit et je suis heureux de constater que le malaise s'est envolé.

— On reprend tout à zéro, alors ? Quand tu viendras nous rejoindre, on fera comme si on s'était jamais vus.

— *Deal.*

Une fois Laurie partie, je saute dans la douche. La soirée s'annonce plus intéressante que je le croyais.

✳

— Encore un peu de salade, Jacques ?

— Merci, Marguerite, mais si ça continue, je vais éclater.

— Moi, j'en prendrais bien, demande Laurie.

— Bon, ça, ça me fait plaisir.

Le repas achève et, malgré l'excellent vin et la cuisine succulente de ma mère, je m'emmerde un peu. Jacques a pratiquement monopolisé la conversation. Non pas que les sujets qu'il aborde ne soient pas intéressants ; c'est un homme cultivé qui se passionne pour la politique, le sport et l'environnement. Le problème, c'est qu'il n'a pas beaucoup d'écoute, et les échanges ont été rares au cours de la soirée.

J'ai pu mettre mon grain de sel à quelques reprises, entre autres quand nous avons évoqué les frasques de Donald Trump. Marguerite s'est faite discrète, sauf pour me sermonner parce que j'avais oublié les épices à steak. Mais on s'est bien débrouillés avec de la poudre d'ail, du poivre et du piment fort. Quant à Laurie, une des seules fois où elle a pris la parole, ç'a été pour nous annoncer qu'elle sauterait le plat principal puisqu'elle ne mange pas de viande rouge.

Marguerite s'en est voulu à mort de ne pas lui avoir posé la question et de ne pouvoir lui offrir autre chose, mais Laurie l'a rassurée ; elle adore les légumes et il y en a tout plein.

Donc, après deux heures passées en compagnie de cette femme qui me semble timide et réservée, je ne connais toujours rien d'elle. Il est temps de remédier à la situation.

— Laurie, t'aurais envie qu'on aille prendre le dessert sur l'eau ?

— Euh… je sais pas trop.

— Quelle bonne idée, mon lapineau ! Vas-y, Laurie. Tu vas voir, son bateau est très agréable.

— Profites-en, ma chouette, dit son père. T'es ici juste pour une semaine.

— Par contre, ajoute ma mère, tu ferais mieux d'enlever tes escarpins. Parfois, ça brasse un peu.

— Marguerite, je naviguerai pas vite, t'inquiète.

— Quand même. Attends, je te prête quelque chose.

Elle entre dans la maison et en ressort avec une paire de sandales Crocs jaune fluo.

— Tiens, mets ça.

Pauvre Laurie ! Elle ne sait pas comment dire non à son hôtesse, mais je vois bien qu'elle n'a pas envie d'avoir l'air d'un canari. Je viens à sa rescousse en jouant la carte de l'ironie.

— C'est vrai qu'avec sa robe corail c'est parfait. *Come on*, Marguerite !

Elle réalise son erreur et dépose les Crocs par terre.

— Bon, mais je te suggère quand même d'enlever tes souliers.

— Tu peux les garder, Laurie, y aura pas de problème.

Je me lève et je lui tends la main. Elle l'accepte avec plaisir, laissant sa salade en plan.

— Attendez, je vous apporte la mousse, nous informe Marguerite en se rendant à l'intérieur.

Je fais signe à Laurie de me suivre jusqu'au quai, par le sentier de pavés unis.

— C'est pas très poli.

— Jacques, peux-tu dire à Marguerite qu'on prendra le dessert à notre retour, finalement?

— OK, amusez-vous bien!

Nous nous éloignons et j'apprécie un moment de silence après tant de monologues. Une fois sur le pont, je propose un verre à Laurie.

— J'ai assez bu, merci. Mais si t'as de l'eau, ce serait parfait.

Sa réponse me surprend. Je n'ai pas remarqué qu'elle a consommé beaucoup d'alcool. Et elle ne semble pas ivre du tout.

— Pétillante?

— Non, non, ordinaire.

Je me rends dans la cabine et je fouille dans le frigo à la recherche d'une bouteille d'eau. Ça commence bien, il ne m'en reste plus. Je n'ose pas me servir un digestif, craignant de passer pour un ivrogne, et je remonte les mains vides.

— Désolée, Laurie, j'ai juste de la San Pellegrino.

— Ça va, Louis-Philippe. J'ai pas vraiment soif.

Ça sonne toujours de manière agréable à mes oreilles quand une femme n'utilise pas mes initiales. Je trouve que ça crée encore plus d'intimité. Je démarre le moteur de mon yacht et nous naviguons tranquillement, sans dire un mot. Laurie ne semble pas avoir besoin d'occuper tout l'espace en paroles. C'est très différent de ce que j'ai connu et ça me plaît beaucoup. Pour le moment, je mets de côté mon intention de lui poser des questions personnelles.

— Tout va bien ? T'as pas froid ?

— Non, tout est beau, je relaxe.

— Parfait.

Nous poursuivons notre balade et nous arrivons devant le Shooters. La musique et le bruit d'ambiance parviennent à nos oreilles. Et pour une rare fois, je n'ai pas envie de m'y arrêter.

— Écoute, Louis-Philippe, je voulais m'excuser pour mon père.

— Pourquoi ?

— Il a parlé sans arrêt pendant le souper, c'était pas très délicat de sa part.

— Bah, c'est pas si grave. Au moins, il est intéressant.

— Oui, mais sache qu'il n'est pas toujours comme ça. Je pense qu'il était nerveux et, dans ce cas-là, il parle trop.

— C'est pas comme toi, hein ?

Elle opine de la tête, avec un sourire gêné… à faire craquer n'importe qui.

— Et à part être discrète, tu fais quoi dans la vie ?

— Je suis vétérinaire.

— Ah, d'accord, dis-je un peu froidement.

— T'aimes pas les animaux ?

— Non, non. Ça me laisse indifférent.

— Ah bon ? As-tu déjà eu un chien ? Un chat ?

— Jamais. Faut dire que j'ai pas beaucoup de temps pour ça.

— Donc, tu sais pas c'est quoi avoir un animal de compagnie. Peut-être que, si tu essayais, tu changerais d'idée.

— Je sais pas trop. J'ai jamais envisagé de m'en procurer un. Ça me paraît beaucoup de travail, non ?

— Ça dépend, mais ça t'apporte tellement. Et ça fait une présence quand tu rentres chez toi.

J'ai toujours été assez fermé à l'idée de devoir m'occuper d'une petite bête. J'en ai déjà plein les bras à prendre soin de moi, de ma fille, de ma mère. Sans compter les femmes qui passent dans ma vie. Mais je ne veux pas qu'elle croie que je suis un sans-cœur et un égoïste.

— Je pense que je suis allergique, aussi. Quand y a des animaux, j'éternue.

Voilà un demi-mensonge bien inoffensif. Il est vrai que j'ai quelquefois ressenti des picotements en présence de félins, mais je n'ai jamais eu de diagnostic.

— C'est bien dommage. Moi, j'ai un chien, deux chats et un hérisson.

— Un hérisson? On peut garder ça chez soi? C'est pas dangereux?

— Mais non, c'est tout petit. Il suffit de bien l'élever. Tu sais, c'est pas rare que les comportements des animaux soient influencés par ceux de leurs maîtres.

Comme c'est un dossier que je connais peu, je laisse le temps couler et je reprends la conversation sur un autre sujet.

— Tu séjournes souvent au condo de ton père?

Pendant le repas, Jacques nous a informés qu'il a acheté un appartement avec vue sur la mer, à Pompano Beach. Il y passe six mois par an depuis sa retraite de la fonction publique.

— Deux fois par an environ. Là, ça tombait bien parce qu'il a dû venir au Québec pour des tests médicaux et je suis revenue avec lui.

— Rien de grave?

— Non, ne t'inquiète pas. Des examens de routine.

Je salue au passage le conducteur du bateau pirate, une attraction pour enfants fort populaire. Il doit rentrer au port après une longue journée à entendre résonner les faux coups de canon, crier les bambins et hurler les comédiens qui personnifient l'équipage. J'y avais emmené Romy quand elle était plus jeune. Un supplice…

— Et toi, Louis-Philippe, tu viens souvent en Floride?

— J'essaie, mais avec le boulot, c'est pas toujours évident de me libérer.

— Je comprends. Moi aussi, je suis associée.

— Ah oui ? T'as ta propre clinique ?

— Oui, à Bromont.

— Ah bon ? Je croyais que tu vivais à Montréal.

— J'y étais jusqu'à il y a deux ans. J'ai fait une écœurantite aiguë de la ville.

— Comment ça ?

— J'étais tout le temps coincée dans le trafic, c'était super bruyant dans ma rue. Je sortais pour courir et je sentais la pollution dans mes poumons. À un moment donné, j'ai commencé à étouffer. Littéralement.

— Pour vrai ?

Laurie est bien différente de moi. La vie urbaine me stimule. J'ai besoin de cette énergie, de cette adrénaline pour me sentir vivant. Je ne pourrais jamais habiter à la campagne. Même Ahuntsic, où j'ai résidé de nombreuses années, me paraît loin et trop tranquille.

— J'étais plus capable de fonctionner. Du jour au lendemain, j'ai tout quitté. J'ai mis mon condo en vente et j'ai démissionné.

— Pourquoi as-tu choisi Bromont ?

— Une de mes amies s'y était installée. Elle travaillait pour une clinique de la place, mais elle souhaitait se lancer à son compte. Je lui ai proposé qu'on le fasse ensemble.

— Comment tu trouves ça, être ta propre patronne ?

— J'aime la liberté que ça me procure. Je gère mes horaires et, surtout, je ne vis pas la pression que j'avais dans une grande clinique. J'avais beaucoup moins de temps avec chacun de mes clients. Là, je peux faire mon travail comme je l'entends.

— Et tu regrettes pas la ville ?

— Jamais.

— Tu t'ennuies pas ? Il doit pas y avoir beaucoup d'activités.

— T'es drôle, toi. Tu parles comme si, Bromont, c'était à l'autre bout du monde. Pour un gars qui vient de Roberval…

— Ah, t'as raison, c'est niaiseux, mon affaire. En fait, je connais pas beaucoup ce coin-là. Ça m'arrive d'aller à Magog, mais sans plus.

— Je t'inviterai, alors. Tu vas voir, y a de tout. T'es près de la nature, mais t'as aussi des super restos, des galeries d'art, une vie culturelle.

Bon, je veux bien, mais Lady Gaga ne se produit quand même pas à Bromont.

— J'ai hâte de voir ça.

Honnêtement, je ne suis pas certain que j'accepterai sa proposition. Laurie me plaît bien, mais de là à commencer une relation avec elle, il y a une marge. De toute façon, pour l'instant, je n'ai pas envie de m'engager avec qui que ce soit. Et elle n'est pas le genre de fille avec qui j'aurais une aventure sans lendemain.

Je sens qu'il y a quelque chose de vulnérable chez elle. Pas comme Justine, pas cette fragilité qui s'explique par des problèmes de santé mentale. Non. Laurie a cette authenticité qui pousse parfois les gens à s'investir entièrement envers l'autre. Souvent trop. Une femme avec qui on ne joue pas.

Quant à Justine, la situation est bien différente. Médicamentée de façon adéquate, elle va bien. Ça m'a permis de la laisser aller. Je ne communique plus avec elle depuis un moment.

Je suis pas du genre à fréquenter mes ex après la rupture. À part Amélie, bien sûr, mais je ne crois pas à l'amitié après l'amour. Il y en a toujours un qui a eu plus mal que l'autre et ça teint l'histoire par la suite. Je préfère me tenir loin. Ce qui sera impossible avec Évelyne.

Penser à elle et au bureau me déprime. Je sens que mon retour ne sera pas de tout repos. J'ai reçu un texto de William plus tôt aujourd'hui, qui me demande de faire un saut au bureau dès demain. Je lui ai répondu que mon avion atterrissait en début de soirée, mais il a insisté. Je vais donc aller directement de l'aéroport au cabinet. Qu'est-ce qui presse autant et qui ne peut pas attendre une douzaine d'heures? J'ai questionné Will, qui est resté muet comme une tombe. Ça n'annonce rien de bon.

— Et toi, Louis-Philippe, t'habites où à Montréal?

— Griffintown.

— Dans une tour?

— Oui, au dernier étage. J'ai une très belle vue.

— J'en doute pas. Moi, par contre, je me sens prisonnière dans ce genre de condo. J'ai besoin d'avoir accès à une cour, à la terre ferme.

Décidément, nous n'avons pas grand-chose en commun.

— Ah bon. Ça va être difficile de t'inviter à souper, alors.

Voilà une bonne raison pour ne pas aller plus loin avec elle.

— Non, non, c'est pas si pire. J'y vivrais pas, mais je suis capable d'y passer un peu de temps. Le condo de mon père est dans un immeuble de vingt étages et j'y reste une semaine.

— C'est noté, dis-je avec un sourire complice… que je regrette aussitôt.

Mes réflexes de séduction sont vraiment trop ancrés. Je dois faire attention à ne pas lui laisser croire que je m'intéresse à elle.

— Ta mère m'a dit que t'as une fille?

— Oui, Romy, elle a quinze ans.

— Je sais.

— À ce que je vois, elle t'a tracé mon portrait. Qu'est-ce qu'elle t'a confié d'autre, cette chère Marguerite?

— Que tu aimes sa tourtière, mais pas sa soupe aux gourganes, mais qu'elle t'en apporte quand même quand elle va te voir en espérant que tu vas changer d'idée, que tu te nourris de *shakes* aux protéines le matin, que tu ranges tes chaussettes par couleur, que…

— Plein de détails anodins. Elle aurait pu être plus discrète.

— Mais non, je trouve ça plutôt *cute*. Tu sais, c'est long, trois heures et demie d'avion. Ça en donne, du temps pour jaser.

— Je doute pas une minute que Marguerite m'a décrit de A à Z. Mais faut pas croire tout ce qu'elle dit.

— Ah non? Pourtant, j'ai l'impression qu'elle te connaît très bien.

— Elle s'imagine ça, oui.

Laurie frissonne et se réchauffe les bras avec ses mains. C'est vrai que ce n'est pas très chaud ce soir et, comme c'est souvent le cas en Floride, ce sont les vents qui font la différence. Et ils sont plutôt forts. Je ralentis la vitesse de croisière.

— Si ça te dérange pas de piloter quelques instants, je vais aller te chercher un chandail.

— Ohh, je sais pas. C'est compliqué?

— Pas du tout. On roule lentement et y a personne devant nous. Tiens, prends ma place, dis-je en me levant.

Elle s'assoit devant le gouvernail.

— Et là, c'est comme une voiture. Tu déposes tes mains sur le volant. À 10 h 10. Et voilà.

— Ah, c'est *cool*.

Laurie semble trouver l'expérience agréable. Rassuré, je descends dans la cabine. J'ouvre le placard d'entrée, mais il n'y a que des imperméables. Je me rends dans l'une des deux chambres et je fouille dans mes tiroirs à la recherche d'un vêtement confortable. J'aperçois un polar rose… qui ne m'appartient pas. Est-il à Romy? Pourtant, toutes ses affaires sont dans l'autre pièce. Étrange. Je le sens pour tenter de reconnaître l'odeur de la propriétaire. Aucune idée. Une fille d'une nuit, je suppose.

Ce ne serait pas très délicat de le faire porter à Laurie. Je le range et je continue à chercher quand, soudain, le bateau s'arrête. Alerté, je remonte sur le pont le plus vite possible.

— Qu'est-ce qui se passe?

— Je sais pas, j'ai touché à rien, répond-elle avec un brin de culpabilité.

— Non, non, ne t'en fais pas, Laurie. Je suis juste inquiet, c'est pas normal.

Je prends son siège et je m'aperçois qu'elle frissonne de nouveau.

— Ah non, le chandail.

— C'est pas grave.

— Je dois vérifier c'est quoi, le problème, mais va dans la chambre en bas, celle dont la porte est ouverte. Et regarde dans la commode, choisis ce que tu veux.

— OK, je vais en profiter pour aller aux toilettes aussi.

— Parfait. C'est à gauche, en entrant.

Elle s'éloigne et j'examine le tableau de bord, en espérant découvrir un indice pour expliquer la panne. Rien. Je dois admettre que je suis un peu nul dans ce domaine. C'est Ryan qui s'occupe de l'entretien du bateau et, à ce jour, je n'ai jamais eu de complications. Je vérifie le niveau d'essence, mais tout est beau. Dommage, ç'aurait été facile à régler.

Après quelques tentatives de redémarrage, je me rends à l'évidence: je vais devoir appeler des renforts. Résigné, je jette l'ancre à l'eau. Laurie revient vers moi, vêtue du polar rose.

— Ça doit être à ta fille? J'espère que ça la dérangera pas.

— Mais non, voyons. Il est assez chaud?

— Hum, hum… T'as trouvé le problème?

— Écoute, je suis désolée, Laurie. Va falloir que je fasse venir un remorqueur.

— Ah bon? Tu crois que ça va être long?

— Je peux pas te dire exactement, mais à cette heure-ci, ça risque de l'être en effet.

— Je comprends. En plus, on sait qu'ici, en Floride, tout prend plus de temps.

Ça, elle a bien raison. À chacune de mes visites, il m'arrive de m'impatienter devant la lenteur du service. Que ce soit à la caisse à la pharmacie, au resto, chez le nettoyeur… il ne faut pas être pressé. Comme dans bien des pays tropicaux. Moi, je suis un Nordique. Pour fonctionner, j'ai besoin de cette vivacité propre aux grandes villes septentrionales : Montréal, Toronto, New York, Copenhague, Oslo, etc. La paresse, ça me rend fou ! Et c'est tout juste si je l'accepte en vacances.

— Je vais faire quelques appels. T'es certaine que tu veux rien boire, en attendant ? Quelque chose de chaud ? Je pense que j'ai de la tisane.

Je crois me souvenir que Romy en a apporté lors de son dernier séjour ici. Une infusion aux cerises, il me semble. Un truc dégueu que ma fille prenait pour combattre les infections urinaires. Peut-être pas l'idée du siècle de lui en offrir, finalement.

— Je suis pas très tisane. Mais si t'avais du café déca par contre, je dirais pas non.

— OK, je vais préparer ça.

Je m'éloigne quand Laurie m'interpelle.

— Louis-Philippe ?

— Oui ?

— Peut-être que tu pourrais ajouter un petit peu de Baileys ? Si t'en as, bien sûr. Et si ça te tente aussi. C'est juste une proposition.

Laurie est trop adorable. Elle émet un souhait, puis elle se sent coupable et elle cherche mon approbation. Je la connais peu, mais je soupçonne qu'elle n'a pas toujours eu l'occasion de s'exprimer dans sa vie.

— Ça va me faire plaisir et je vais même t'accompagner.

Je remonte quelques instants plus tard avec nos deux boissons… et la bouteille de digestif. Au cas où nous voudrions un *refill*.

Pendant qu'elle déguste son café, je communique avec Ryan pour qu'il me guide dans mes démarches avec les remorqueurs. Comme je le prévoyais, il offre de faire les appels à ma place, mais je ne veux pas mobiliser sa soirée.

Je compose quelques numéros… et je tombe dans des boîtes vocales. Ces services ne sont pas censés être ouverts vingt-quatre heures sur vingt-quatre?

À mes côtés, Laurie ne semble pas inquiète. Heureusement, parce que je le suis pour deux. Je n'ai pas envie de passer une partie de la nuit debout à chercher une solution. J'ai une grosse journée qui m'attend demain, déjà que j'ai du sommeil à rattraper à cause de Thelma et Allison…

— Ton avion est à quelle heure?

— Euh… au milieu de l'après-midi. Pourquoi?

— T'as deux chambres, non? Je suis un peu fatiguée, j'irais bien me coucher. Ça va être plus facile de trouver des secours demain matin, j'imagine?

Sa proposition me prend de court et j'ignore comment l'interpréter. Mais pourquoi est-ce que je complique les choses? C'est simple, pourtant. On dort chacun de notre bord, comme deux amis… ou deux connaissances, plutôt.

Il faut qu'elle ait vraiment confiance en moi pour ne pas craindre de passer toute une nuit sur l'embarcation. Je suppose que les bons mots de Marguerite y sont pour quelque chose.

— C'est une idée. T'es certaine?

— Pourquoi pas? Tu me prêtes un t-shirt? Et j'ai vu que t'avais des soins démaquillants dans ta salle de bain. J'imagine que ça dérangera pas ta fille si je lui en pique un peu?

Non, ça ne l'embêtera pas du tout puisqu'ils ne lui appartiennent pas. C'est moi qui ai acheté ces produits au cas où une telle situation se présenterait. Et j'ai choisi ceux qu'utilise Évelyne, parce que j'adore leur odeur et leur texture. Je ne suis pas convaincu que le lait démaquillant a ce doux parfum de rose, mais la crème pour les mains, oui. Et j'espère qu'elle ne s'en servira pas. Je n'ai surtout pas envie de penser à Évelyne ce soir.

— Mais non. Et j'ai aussi des brosses à dents toutes neuves. Pour des invités de dernière minute.

— Ah bon. T'en as souvent ? me demande-t-elle, sous-entendant que je garde régulièrement des femmes à coucher.

— Non, non, non, c'est pas ce que je voulais dire. Mais parfois, avec Romy et ses copines, c'est pratique.

— Louis-Philippe, t'as pas à te justifier, voyons. Bon, je peux y aller ?

— Oui, je vais t'aider à t'installer.

Nous descendons dans la cabine et je prépare la chambre d'amis, pendant que Laurie fait sa toilette. Pour l'occasion, j'inaugure ma nouvelle paire de draps en bambou. Elle mérite ce qu'il y a de mieux.

Elle revient vers moi, vêtue du chandail le plus long que j'ai trouvé, et un effluve de rose me vient aux narines. Ça y est, je suis piégé ! De tous les sens, l'odorat est celui qui me plonge le plus dans mes souvenirs.

L'odeur de la tarte aux bleuets me ramène systématiquement à mon enfance, celle de la lavande à ma première blonde, celle de la peinture fraîche à mon appartement d'étudiant, celle de la mari aux spectacles de rock que j'ai vus au Colisée de Québec du temps où je faisais mon bac à l'université, et celle du feu de foyer à ma vie à Ahuntsic. Les fragrances ont ce pouvoir de me rendre nostalgique.

— On devrait peut-être appeler nos parents ?

La suggestion de Laurie me tire de ma rêverie et je chasse l'image d'Évelyne de ma tête.

— T'as raison.

— C'est drôle, c'est comme si on était des ados…

Je ris de la comparaison de Laurie. En effet, je me sens un peu comme un ado qui demande la permission de découcher.

— D'autant plus que, si je ne lui donne pas de nouvelles, Marguerite est bien capable d'aviser le shérif de notre disparition.

— Tout un phénomène, ta mère, hein ?

— À qui le dis-tu !

Je m'empresse de l'informer et, comme je le prévoyais, elle interprète notre nuit sur le yacht à sa manière bien à elle.

— Je suis ravie d'entendre ça.

— On a une panne, Marguerite, c'est tout, dis-je en sortant de la chambre pour être plus à l'aise de bien lui expliquer la situation.

— C'est ça. Et moi, je suis Marilyn Monroe.

Qu'elle m'exaspère parfois ! Encore plus quand elle s'adresse à Jacques.

— Les enfants vont dormir sur le bateau, c'est pas chouette, ça ? Je te l'avais dit qu'ils s'entendraient bien, hein ?

— MARGUERITE !

— Bon, bon, je comprends que tu veux être discret, mais Jacques est son père. Il a le droit de savoir.

C'est peine perdue. Je décide de la laisser avec ses illusions.

— Donc, on sera là demain matin, et informe Jacques que j'irai reconduire Laurie chez lui.

— J'espère que ta « panne » va durer plus longtemps et que tu vas manquer ton avion. Quelques jours de vacances de plus ne te feraient pas de tort.

— Bonne nuit, Marguerite.

Je raccroche et je me rends à mon tour dans la salle de bain… qui sent la rose. J'ai un pincement au cœur, mais il s'estompe vite. C'est un excellent signe.

Je vais ensuite vérifier si Laurie a besoin de quelque chose. À travers la porte entrouverte, je constate qu'elle dort déjà. La lueur de la veilleuse éclaire faiblement son visage, juste assez pour me permettre de voir que son sommeil est paisible. En même temps, elle dégage une vulnérabilité qui me donne envie de prendre soin d'elle. Comme si elle devait être protégée.

Je retourne à mes quartiers sur la pointe des pieds, je m'étends et je m'endors presque aussitôt… sans jamais penser à traverser dans l'autre chambre.

23

En reconduisant Laurie chez son père, j'observe les affiches qui longent l'autoroute. « *Killed or injured : Over $150 million recovered for victims.* » « *The best car accident lawyer* » « *Accident ? Know your right* » « *Injured ? Make it our fight.* »

Si j'étais né ici, j'aurais pu, moi aussi, devenir un *ambulance chaser* pour poursuivre les responsables d'un accident de voiture au nom des victimes. Une branche hyperpayante du droit aux États-Unis, où le *no fault* ne s'applique pas. Et ce n'est pas en Floride que j'aurais une résidence secondaire, mais bien à Monaco. Mais est-ce que je serais plus heureux ? Pas certain…

Je stationne devant l'immeuble où habite Jacques, en enviant la vue qu'il doit avoir sur la mer. Avant d'acheter ici en Floride, j'ai visité une dizaine d'appartements de ce genre, puis je me suis tourné vers une maison. Ce qui m'a fait hésiter, ce sont les règlements hyperstricts que je trouvais dans les déclarations de copropriétés et l'attitude ultraconservatrice des membres du *board* que j'avais croisés.

Est-ce que j'avais envie de côtoyer ces gens tous les jours ? D'avoir un avertissement parce que j'aurais laissé mes draps dans la sécheuse commune dix minutes après la fin du cycle ? De devoir prévenir quand j'invite des amis pour quelques jours ? De me faire regarder de travers parce que Romy et ses copines s'amusent dans la piscine de façon normale, mais trop bruyante pour des vieux croûtons intolérants ? Je suis beaucoup plus libre dans ma demeure, même si je ne peux pas admirer l'océan. J'ai le canal, ce qui n'est pas négligeable.

— Ça va, Louis-Philippe ? me demande Laurie.

— Oui, oui, excuse-moi. Écoute, encore désolé pour la panne. J'espère que t'as quand même apprécié ta soirée.

— Ben oui, arrête de t'en faire. J'avais jamais dormi sur un bateau, mais ça s'est super bien passé. Y avait quelque chose d'apaisant.

Pour moi, c'est tout le contraire. La nuit a été terriblement agitée. En général, je suis comme elle et je dors d'une traite, au rythme des vagues qui frappent contre la coque. Mais cette fois-ci, après deux heures de sommeil, je me suis réveillé et je n'ai plus fermé l'œil de la nuit.

Mille et une questions m'ont trotté dans la tête. Le retour au bureau me préoccupe. Tout d'abord, je vais devoir trouver un moyen de facturer plus d'heures et j'ai beau envisager différentes solutions, aucune ne me convient. C'est clair qu'à partir de maintenant je suis esclave du boulot… comme si je ne l'étais pas déjà.

De plus, j'en ai assez de cette ambiance malsaine. La façon détournée qu'a O'Brien de nous faire croire que nous sommes maîtres de notre destin me laisse amer. À entendre parler Laurie de liberté au travail, de pression diminuée, je réalise à quel point je suis prisonnier de cette association. Comment pourrais-je m'en affranchir? Sur le plan légal, j'ai les poings liés pour deux ans encore, mais, comme je le dis souvent, tout contrat a son prix.

L'idée de fonder mon propre cabinet avec Évelyne me donnait des ailes, mais là, me lancer seul, c'est bien différent. À moins que je trouve un autre partenaire. Ce serait l'idéal. Mais je ne m'embarquerai pas avec n'importe qui. Des histoires d'horreur entre associés, il y en a plein devant les tribunaux.

— Merci encore pour le *lift*.

— De rien, ça m'a vraiment fait plaisir.

— Est-ce que… est-ce que tu aimerais qu'on se rappelle?

— Bien sûr. Tu veux qu'on se voie à ton retour?

Je ne suis toujours pas certain que ce soit une bonne idée, mais comment répondre non à pareille question?

— Ce serait chouette.

À une autre fille, j'aurais proposé une soirée dans un resto branché du centre-ville, mais je n'ai pas l'impression que c'est le genre de Laurie. Et j'avoue que j'ignore quelle suggestion lui faire.

— Tu viendrais à Bromont? Y a un bistro très sympa dans le vieux village.

Voilà. Mon problème est réglé. Mais il faudra que ce soit un samedi. Sinon j'arriverai à une heure impossible.

— Pourquoi pas?

— Génial!

Elle déboucle sa ceinture et je l'imite.

— Attends.

Laurie me regarde avec curiosité. Je sors du véhicule, je le contourne et je lui ouvre la portière. Elle semble ravie et surprise à la fois. Oui, j'agis ainsi par pure galanterie, mais aussi parce qu'il est plus facile de faire la bise à une femme de façon élégante quand on est debout.

— Wow, dit-elle en prenant ma main. Je suis gâtée.

— Tu le mérites bien.

Je l'embrasse sur les deux joues et je la sens hésiter un moment, avant de s'écarter. Est-ce qu'elle aurait souhaité autre chose? Cette femme est difficile à lire. J'ai le sentiment que je devrai jouer aux devinettes avec elle. Pour lui montrer mon intérêt sans la mettre dans l'embarras, je lui caresse l'avant-bras, en la remerciant encore chaleureusement pour sa patience.

Je remonte dans ma voiture et je regarde l'heure. J'ai tout juste le temps de me rendre à la maison et d'avoir cette conversation que je me promets depuis un moment avec Marguerite avant de partir pour l'aéroport. J'espère qu'elle ne me bombardera pas de questions sur ma «relation» avec Laurie. Mais comment puis-je imaginer qu'il en sera autrement? Marguerite sera toujours Marguerite…

∗

— Assieds-toi, s'il te plaît, faut que je te parle de quelque chose.

— T'es donc ben sérieux, là, là.

Après avoir papillonné dans la cuisine, en émettant divers scénarios inimaginables sur ma «nouvelle vie amoureuse stable avec une femme équilibrée pour la première fois depuis Amélie», elle doit s'arrêter pour m'écouter. Ce qu'elle fait, non sans me reprocher de la retarder dans ses tâches ménagères. J'ai beau lui expliquer que je paie quelqu'un pour ça, elle préfère frotter elle-même, parce que «c'est plus propre comme ça».

— C'est délicat.

— Qu'est-ce qui se passe? Tu m'inquiètes.

— Y a rien de grave, mais j'ai appris quelque chose dernièrement qui m'a… un peu secoué, disons.

— Ah bon? Quoi donc?

— Écoute, Marguerite, est-ce que c'est possible que j'aie un cousin que je ne connais pas?

— Tu parles d'une question niaiseuse. Je suis fille unique.

— De ton côté, oui, mais…

— T'as aucun oncle ni tante. Je te l'ai dit, il me semble.

Je crois me rappeler qu'elle m'a déjà informé que mon géniteur n'avait ni frères ni sœurs, lui non plus. Mais c'est vague dans ma mémoire.

— Dans ce cas-là, est-ce que j'aurais un frère?

Ma mère reste figée quelques instants, complètement abasourdie. Le silence est lourd dans la pièce. Tout ce qu'on entend, c'est le ronronnement du réfrigérateur.

— Marguerite?

— Tu penses que j'aurais pu te cacher quelque chose d'aussi important?

— J'ai pas dit ça. Je pose juste une question.

— Tu la connais, la réponse. Non, t'as pas de frère.

— Un demi-frère, alors?

— Je comprends pas, là. À cause tu demandes ça?

— Tu sais, Will, mon collègue?

— Oui, oui. C'est quoi, le rapport?

— Il a un frère qui a été adopté. Et il me ressemble.

— Franchement! Moi, j'ai des traits en commun avec Louise Portal, et elle est pas ma sœur pour autant. Mais j'aurais aimé ça. Je t'ai dit que je l'ai rencontrée au Salon du livre de Saguenay, l'an dernier? Elle est adorable.

— Je le sais, Marguerite. Ça fait dix fois que tu me le racontes, mais ç'a rien à voir avec ce dont je te parle.

— C'est qui cet homme-là?

J'attrape ma tablette et je lui montre la photo d'Alexandre Legault. Elle la regarde intensément, puis pousse l'appareil du revers de la main.

— Il ressemble pas juste à toi. C'est Claude tout craché.

Je suis incapable de dire si elle a raison ou pas, puisque je n'ai jamais vu un seul cliché de mon géniteur. Quand j'étais petit, il m'arrivait souvent de poser des questions à ma mère sur mon père. Ses réponses étaient toujours vagues. Mais dès qu'elle m'a raconté comment il l'avait laissée tomber, j'ai cessé mon enquête. Ce jour-là, Claude Tardif est mort dans ma tête.

— T'as jamais entendu dire qu'il avait eu un autre enfant ?

— Non. Il a quel âge, cet homme-là ?

— Autour de trente-six.

— Ah ben, la vache !

— Hein ?

— Regarde comme il faut ! Ce gars-là, c'est pas juste le fils de Claude. C'est celui de la Lalancette avec.

C'est à mon tour d'être stupéfait. Il y a un moment que je n'ai pas croisé Ginette Lalancette, mais ma mère doit bien savoir de quoi elle parle. Marguerite se lève et me tourne le dos pour fouiller dans l'armoire à épices. Quand elle fait ça, c'est parce qu'elle veut cacher ses sentiments. J'imagine que ça la bouleverse. Pour ma part, je ne sais pas trop quoi penser de tout ça.

Mais pour l'instant, c'est elle qui compte. Elle et son chagrin. Je la rejoins et je pose ma main sur son épaule. Elle ignore mon geste et sort les pots un à un pour les placer sur le comptoir.

— Marguerite, s'il te plaît. Arrête deux minutes.

— Faut vraiment faire un tri là-dedans. T'as des trucs qui datent de beaucoup trop longtemps, y a peut-être même des fourmis.

— Mais non, y a pas de fourmis. Je les aurais vues. Est-ce qu'on peut continuer la conversation ?

— De la sauge séchée… Ça, c'est mauvais.

— C'est normal que t'aies de la peine, Marguerite.

Elle cesse son rangement, baisse le regard et pose sa main sur son front. Je soupire de soulagement. Qu'elle se laisse aller un peu, ça ne lui fera que du bien. J'exerce une légère pression sur son épaule pour qu'elle se retourne, mais elle reste immobile.

— Tu vas rater ton avion si tu pars pas bientôt.

Je comprends que la discussion s'arrête ici. Et ce, pour toujours. Je la connais, quand elle ferme les yeux sur quelque chose, elle ne revient pas en arrière. Ou très rarement. Je retire ma main.

— Comme tu veux, Marguerite. Mais sache que je suis là si t'as besoin de moi.

Elle essuie une larme sur sa joue, s'éclaircit la gorge et reprend son activité.

— Sans vouloir t'offenser, mon lapineau, je pense pas que tu sois très utile pour classer des épices.

J'émets un petit rire triste et je la laisse absorber le choc de la nouvelle. Quant à moi, je devrai décider si je suis capable de rencontrer mon demi-frère sans avoir l'impression de trahir ma mère.

24

— Non. Dis-moi que tu me niaises.

— Je suis désolé, LP. Ma décision est prise.

— Câlice, William! Tu t'en vas chez notre principal concurrent!

Je suis hors de moi. Si mon technicien m'a convoqué à ma descente d'avion, ce n'est pas pour me parler d'un dossier urgent, comme je le croyais, mais bien pour me remettre sa démission.

— Je sais, mais ils m'offrent le même salaire, pour beaucoup moins d'heures.

— *Bullshit!*

— Ils s'y sont engagés.

— T'es naïf en tabarnak! Voir si c'est une promesse qu'ils vont tenir.

— Ma patronne a une famille, et c'est ce qu'elle privilégie.

— Ça veut rien dire. Le nombre d'heures de travail est-il inscrit dans ton contrat?

— Euh…

— Je t'aurai prévenu !

Je me lève pour me servir un gin, que j'accompagne seulement de quelques glaçons. William n'ose plus respirer. Il m'a déjà vu fâché, mais jamais à ce point-là.

— J'en reviens pas. Tu sais ce que ça signifie pour moi ?

— Ben, euh…

— Ça veut dire qu'il faut que tu décrisses tout de suite. Tu me laisses dans marde pas à peu près.

— Je vais faire le tour des dossiers avec toi ce soir si tu veux.

— C'est pas possible ! Tu t'en vas pas à l'aide juridique, Will ! Tu t'en vas pour la concurrence ! T'es l'ennemi, maintenant.

— Si tu prends ça de même… il me reste juste à partir, dit William en se levant.

— Non. T'attends que j'appelle la sécurité. Un gardien va t'accompagner.

— Voyons LP, on travaille ensemble depuis cinq ans. Tu peux me faire confiance, je volerai pas de documents.

Je m'approche de lui et je le fixe droit dans les yeux.

— Te faire confiance ? Comment tu peux me demander ça ?

Il baisse le regard. Je poursuis sur ma lancée, y allant d'un ton presque méprisant.

— C'est avec moi que t'as appris le métier, William. Je t'ai tout montré et c'est comme ça que tu me remercies ? Je te croyais plus loyal.

— Tu pousses un peu, là.

Il a raison, mais je m'en fous. Je suis trop en colère pour me censurer. Je compose le numéro de la sécurité et je demande qu'on m'envoie un gardien.

— Ça va finir comme ça, LP ? Dans la rancœur ? Il me semble qu'on pourrait faire ça autrement. Nos cinq années de collaboration, ça veut rien dire pour toi ?

Il touche un point, mais mon orgueil et le sentiment de trahison que j'éprouve l'emportent. Je reste silencieux.

— Et c'est pas comme si je t'en avais pas parlé. Tu savais très bien que j'aspirais à autre chose.

— T'aurais dû me dire que t'avais une proposition ailleurs.

— Sérieux, ç'aurait changé quoi? me demande-t-il, la voix chevrotante.

Sincèrement, j'ignore si j'aurais pu l'empêcher de partir, mais au moins je n'aurais pas été mis devant le fait accompli. Et ça, ça me fait suer.

— C'est trop tard, maintenant, on n'y peut rien. Mais je te le pardonnerai jamais, William. Jamais.

Il encaisse le coup sans broncher, puis je vois ses yeux s'embuer et une larme couler sur sa joue. Sa réaction me déstabilise, je ne le croyais pas aussi sensible. Pendant un court instant, je m'en veux d'avoir été si dur. Mais il est vrai que j'aurai bien de la difficulté à passer par-dessus sa défection. Le gardien de sécurité se pointe et je lui explique la tâche qu'il doit exécuter. William continue de me dévisager, comme s'il attendait un dernier mot de ma part. Troublé par son regard voilé, je lui tourne le dos et je porte mon attention sur la ville illuminée. Ce n'est qu'une fois que j'entends la porte de mon bureau se refermer que je me laisse choir sur ma chaise, complètement découragé.

✳

Deux heures et quelques gins plus tard, je suis toujours assis à mon bureau, à consulter la banque de curriculum vitæ que garde le cabinet. Pour l'instant, rien ne m'allume. Juste l'idée de faire passer des entrevues à des candidats me démoralise. Comme si j'avais le temps pour ça.

Mon téléphone vibre et je constate que l'appel vient de Romy. Je me demande ce qu'elle peut bien vouloir à cette heure-ci.

— Oui, ma puce.

— Est-ce qu'il fait beau, en Floride ?

— Je suis revenu aujourd'hui.

— Ah, je pensais que t'étais encore là-bas. T'es au condo ?

— Non, au bureau. Romy, qu'est-ce que je peux faire pour toi ? Il est presque 10 heures et t'as de l'école demain.

— Mais non, c'est pédago.

— Ah, OK, mais pourquoi tu m'appelles ?

— Pour rien. Pour dire coucou.

J'éclate de rire. Elle me prend pour une valise.

— Ben quoi ! C'est vrai. Ça fait longtemps qu'on s'est vus, je m'ennuyais.

Pendant un instant, j'ai envie de la croire. Ça mettrait un peu de sérénité dans cette soirée difficile. Mais je ne suis pas dupe, je suis convaincu que son coup de fil est intéressé.

— C'est pour ça que, la dernière fois qu'on s'est parlé, tu m'as envoyé promener ?

— Reviens pas avec ça. Je me suis excusée.

— Par texto, oui. Pas en personne.

Elle soupire d'exaspération, mais elle me présente ses excuses. Elle doit vraiment avoir quelque chose d'important à me demander.

— T'es à la maison ?

— Euh…

J'entends quelqu'un chuchoter derrière elle.

— Chut, dit-elle à cet interlocuteur.

— T'es avec qui ?

— Personne.

— Romy.

— Une amie, bon.

— Laquelle ?

— Coudonc, ça suffit, l'interrogatoire !

Nouveau murmure. Cette fois-ci, je distingue une voix masculine.

— Ce serait pas un ami, plutôt ?

— Tu vas rester tard au bureau ?

La façon dont elle évite de me répondre me met sur mes gardes. Je dois en savoir plus.

— Romy, on passe en FaceTime, d'accord?

— Non.

— Oui. Tu veux pas me dire t'es avec qui, ni où tu es. Ça m'inquiète.

— T'es gossant, des fois! J'aurais jamais dû t'appeler.

— Au contraire, j'en suis très content.

— Je veux pas faire de FaceTime.

— T'arrêtes tes secrets, alors.

— Je suis avec Nat.

— Nat?

— Nathan.

— C'est qui, lui?

— C'est mon chum.

Première nouvelle.

— Je savais pas que t'avais un chum. Ça fait longtemps?

— Trois, quatre mois.

— Hein? Et tu m'as rien dit? Amélie le sait?

— Ben oui.

J'ignore si je dois la croire. Je commence à deviner où elle voulait en venir avec son appel et ses questions sur ma présence au bureau. C'est clair qu'elle vérifie si le champ est libre au condo.

— Et Nathan, il a apprécié ton petit concours de fesses?

— Pff…

En y repensant, je serais étonné qu'elle ait été en couple au moment de sa bêtise. D'après moi, sa relation avec ce Nathan est toute nouvelle.

— Vous êtes où, tous les deux?

— Euh… dans la rue Notre-Dame.

— Qu'est-ce que vous faites là? Amélie le sait?

— Franchement, p'pa! J'ai quinze ans, pas dix!

— N'empêche. Tu voulais aller au condo, c'est ça?

Silence au bout du fil. Évidemment qu'elle n'avouera pas à son père qu'elle espérait profiter de son absence pour amener son petit ami dans sa chambre.

— Regarde, je pars du bureau et je vous rejoins au condo, d'accord? On verra ce qu'on fait une fois rendus là. Mais en chemin, j'appelle Amélie pour l'aviser que t'es avec moi.

— Non. Elle pense que je suis chez Raffie.

— Romy, c'est non négociable. Et Nathan, il a dit quoi à ses parents?

— Qu'il passait la nuit chez Sam.

— S'il veut rester à coucher, il devra leur dire la vérité.

— Hein? Tu ferais ça? Nous laisser dormir ensemble?

— Dans le même condo, pas dans la même chambre.

— Poche...

— Et seulement si tout le monde est d'accord, on se comprend bien?

— Oui, oui. À tantôt.

Une fois en route, je compose le numéro d'Amélie.

— LP? Qu'est-ce qui se passe? me demande-t-elle, la voix ensommeillée.

— Je suis désolé de te réveiller, mais Romy est chez moi et je voulais t'avertir.

— Comment ça, chez toi? Elle m'avait dit qu'elle dormait chez Raffie.

— Je sais. Elle t'a menti.

— Encore! Ça arrive de plus en plus souvent ces temps-ci. Je t'avoue que je sais pas toujours quoi faire.

Je suis étonné par les confidences de mon ex et heureux qu'elle mette de côté son amertume à mon endroit. Je lui explique la situation, et elle me confirme ce que je croyais: Romy et Nathan commencent à peine à se fréquenter.

— En fait, c'est lui, le gagnant de son fameux concours, ajoute-t-elle.

— Ah, OK. Je vois...

— Je compte sur toi, LP. Tu veilles à ce qu'ils ne passent pas la nuit ensemble, OK?

— Promis.

Un moment de silence s'installe entre nous deux. Si notre relation pouvait toujours être aussi cordiale, ce serait tellement plus facile pour tous les trois.

— Bon, ben, bonne nuit, LP.

— Amélie?

— Oui.

— Tu vas bien, sinon?

— Hum, hum…

— Et… Kevin? Il se tient tranquille?

— Oui, pas de nouvelles.

— Tu prends ça comment, l'annulation des fiançailles et tout?

Elle met quelques secondes avant de répondre, et je me demande si je ne suis pas trop indiscret.

— Ça va. Un peu triste, mais je vais survivre. Comme toujours.

— Je peux faire quelque chose pour toi?

— Oui.

— OK, ce que tu veux.

Excepté te baiser passionnément comme tu le souhaitais l'autre jour, devrais-je spécifier.

— J'aurais besoin de penser à moi. Faut vraiment que je me repose.

— Je comprends.

— J'aimerais ça que tu prennes Romy avec toi jusqu'aux fêtes. C'est possible?

— Euh…

Me voilà bien embêté. Plus d'un mois à temps plein avec ma fille, alors que j'ai perdu mon technicien et que je dois bosser encore plus fort. Et que je souhaite explorer la piste Laurie…

— LP?

— Tu crois pas qu'on devrait lui demander son avis?

— Je l'ai toujours fait passer en premier, mais là, c'est à son tour. Et ça va nous faire du bien à toutes les deux.

— Ça marche, je vais m'organiser. Sois tranquille.

— Merci, t'es fin. Je sais que c'est ton année pour les fêtes, mais j'aimerais qu'elle soit avec moi à Noël, par contre.

— Bien sûr.

— OK, c'est réglé, alors.

Elle raccroche et je fixe mon téléphone de longues secondes. Dans quoi est-ce que je viens de m'embarquer? Comment vais-je arriver à tout concilier? La facilité dicterait que j'appelle Marguerite à la rescousse, mais je refuse de me fier à elle. Et si j'étais capable de relever le défi tout seul? Il n'y a qu'une façon de répondre à cette question et c'est de plonger la tête la première. Et j'espère ne pas me fracasser le crâne au fond de la piscine.

✳

Un bruit sourd me réveille. Je me relève dans mon lit, aux aguets, me demandant s'il y a quelqu'un dans le condo. Puis je me souviens que Romy y est, ainsi que Nathan.

Hier soir, quand je suis entré, ils étaient tous les deux en train de dévorer un sac d'oursons en gélatine que j'avais acheté en prévision de la prochaine visite de ma fille.

J'ai donc fait la connaissance de Nathan, que j'ai trouvé timide, mais bien élevé. Il m'a mis en communication avec ses parents, qui ont accepté qu'il passe la nuit ici, en formulant la même condition qu'Amélie, soit qu'ils ne dorment pas ensemble. J'ai respecté le tout et j'ai envoyé le garçon se coucher afin que je puisse parler à Romy de ce que nous avions convenu, sa mère et moi.

Alors que je m'attendais à des récriminations du genre « Vous avez pas à décider de ma vie pour moi » ou quelque chose d'exagéré comme « J'ai pas envie de faire six heures de métro par jour », Romy a eu une tout autre attitude. Son seul commentaire a été de dire que c'était *cool*. C'est certain que ça cache quelque chose.

Un second bruit provient du couloir. Je me lève pour aller vérifier si un des deux ados a besoin de quelque chose. Au loin, j'aperçois Romy qui se dirige vers la chambre d'amis sur la pointe des pieds. Elle est vêtue d'une camisole moulante et d'une culotte brésilienne. Le genre de tenue qui convient beaucoup mieux à une adulte qu'à une adolescente! Ce n'est pas de son âge!

Je détourne le regard et je fixe le plancher. J'entends une porte s'ouvrir, puis se refermer. Je l'avoue, je ne sais pas du tout comment agir. J'y vais et je les sépare? Ce serait terriblement gênant. Autant pour elle que pour moi. Et notre cohabitation partirait bien mal.

N'empêche qu'elle passe outre aux exigences parentales. Et c'est moi qui pourrais me retrouver dans le trouble si les autres l'apprenaient… quoique je ne voie pas trop comment cela pourrait se produire. Ils n'iront pas le crier sur les toits, c'est certain.

Je décide donc de fermer les yeux et je retourne me coucher, non sans me torturer l'esprit. Est-ce que c'est sa première fois? Comment vivra-t-elle ça? Est-ce qu'il sera gentil avec elle? Est-ce qu'ils se protégeront? Des questions qui, j'en ai bien peur, resteront sans réponse…

25

— Savais-tu ça, Laurie, que p'pa avait aucune décoration de Noël?

— Ah bon? Rien du tout?

— Rien. On est tout allé acheter cet après-midi. Faut dire qu'on a souvent passé Noël en Floride, mais même quand on était ici, il décorait pas, précise Romy en plaçant une guirlande lumineuse dans le sapin.

Ça fait maintenant plus d'un mois que ma fille vit avec moi à temps plein. Ça se passe plutôt bien, surtout que j'ai quelqu'un qui s'occupe des repas. J'ai demandé à Mme Patry, ma femme de ménage depuis plusieurs années, si elle pouvait cuisiner pour nous pendant quelques semaines, moyennant une augmentation considérable. Elle a accepté avec joie, d'autant plus qu'elle adore Romy.

Je n'ai donc pas à me soucier d'être présent pour le souper tous les soirs. Par contre, j'essaie le plus possible de rentrer du boulot avant 20 heures, pour passer quelques heures avec elle. Et le week-end, je lui consacre mon dimanche pour une activité de son choix. Aujourd'hui, c'était le magasinage de Noël. Quelle corvée !

Sincèrement, je ne croyais pas que ma fille était aussi autonome et que sa vie était organisée de la sorte. Entre l'école, son engagement avec Équiterre et son chum Nathan, il ne lui reste pas beaucoup de temps pour son vieux père.

Tant mieux parce que, au boulot, rien n'a changé, c'est toujours prenant. Par chance, j'ai trouvé la perle rare pour remplacer William, et ça me permet de souffler un peu. Virginie a la même compétence que Will, mais elle est beaucoup plus disponible. Une fille ambitieuse qui aspire à plus et qui est prête à bien des sacrifices pour atteindre ses buts. Je sais que je ne la garderai pas longtemps, mais, en attendant, je profite de son dévouement au travail.

Par contre, j'ai avisé mes associés que je ne serai pas en mesure de répondre à leur demande de facturer un plus grand nombre d'heures. Pas pour l'instant, du moins. Ils ont mal pris la chose, mais ils ont d'autres chats à fouetter puisque Évelyne a quitté le cabinet pour s'installer à Ottawa avec son mari. Son départ a été salutaire et il m'a permis de m'ouvrir à Laurie.

Nous nous sommes vus quatre ou cinq fois et je dois admettre que je me sens bien avec elle. Ce n'est pas électrique, mais c'est simple et bon. L'amour est surtout tendre, ce qui est différent de ce dont j'ai l'habitude. Surtout au début d'une relation. Mais la fougue, l'intensité, la passion dévoratrice… tout ça ne me manque pas. Faut croire que je suis rendu là. Prêt à vivre quelque chose de plus intérieur.

Ce soir, c'est la première fois que Laurie rencontre ma fille, ainsi que son chum. J'ai hésité avant de planifier ce souper à quatre, mais la complicité que j'ai développée avec Romy ces dernières semaines m'a incité à lui présenter ma nouvelle blonde.

Je n'ai pas peur qu'elle se sente rejetée par l'arrivée d'une femme dans ma vie. Comme je le craignais avant. En vivant avec elle, j'ai le sentiment qu'elle a compris que je l'aime profondément et sincèrement. Ce qui lui échappait en thérapie, elle a pu le constater en me côtoyant au quotidien.

Laurie offre à ma fille de l'aider à décorer le sapin, ce qu'elle accepte avec plaisir. Nathan se porte volontaire à son tour.

— Ça va aller, merci, dit Romy. Par contre, je prendrais quelque chose à boire.

— OK, je m'en occupe!

Je me dirige vers la cuisine et je verse de l'eau pétillante aromatisée au pamplemousse dans deux flûtes, que je tends à ma fille et à son copain.

— J'aimerais mieux du champagne, moi aussi, lance Romy en désignant la bouteille de Laurent Perrier que nous avons entamée, Laurie et moi.

Ça, c'est un débat que j'ai avec elle depuis des semaines. Je ne suis pas fou, je sais bien qu'elle boit de l'alcool avec ses amis, mais de là à l'autoriser à le faire à la maison, il y a une marge.

— Romy, on reviendra pas là-dessus. Je t'ai dit qu'à Noël tu auras la permission.

— C'est loin.

— Même pas trois semaines. Et fais-moi pas croire que t'en prends pas ailleurs, s'il te plaît.

— Pff…

— J'espère au moins que t'es raisonnable.

— Parce que, toi, tu l'es?

Et vlan! *In your face*, Rousseau.

— Ma consommation d'alcool te regarde pas. Et puis, comme Laurie ne boit pas beaucoup, ça m'incite à diminuer.

Ma blonde me fait un beau sourire complice. Je sais qu'elle aimerait que je me restreigne encore plus, mais je trouve mes efforts actuels très louables. Et ce n'est pas comme si je faisais des abus en sa présence. Je dépasse rarement le stade cocktail.

Nous trinquons tous les quatre et je souhaite de nouveau la bienvenue à Laurie, dans notre famille. Comme Nathan est ici presque tous les week-ends, je considère qu'il en fait partie. Jusqu'à ce que Romy lui en préfère un autre. Ou l'inverse. D'ici là, je continue de fermer les yeux sur les nuits qu'ils passent ensemble.

Ma seule indiscrétion à ce sujet a été de déposer une boîte de condoms sur la commode de ma fille. Elle ne m'en a jamais parlé, mais elle sait que je sais. Et j'ai décidé de lui faire confiance.

— En tout cas, à Noël, je veux que t'achètes du Dom Pérignon. Paraît que c'est le top des champagnes, exige Romy.

— Non, mais tu l'entends, Laurie ? À quinze ans, est-ce que tu te permettais de dire ça à tes parents ?

— Euh… non. Ma mère était toute seule pour tout payer. Je me serais pas vue lui demander du champagne.

Je connais peu le passé de Laurie. Je sais qu'elle a deux frères et que ses parents se sont séparés quand elle avait trois ans. Elle a, comme moi, été élevée modestement, par sa mère. Je suis resté surpris par cette information, puisque son père a quand même fait une carrière comme fonctionnaire. Ne versait-il pas une pension alimentaire ? Oui… et non, m'a-t-elle répondu sans que je puisse en apprendre plus. J'ai senti que le sujet était délicat et j'ai cessé de poser des questions. Si elle veut m'en parler, elle le fera quand elle sera prête.

— Pour ton info, ma puce, le Dom Pérignon, c'est surfait. Y a de meilleurs champagnes qui sont beaucoup plus abordables. C'est faux de penser que plus on paie cher, plus c'est de la qualité.

— Je suis d'accord avec toi, Louis, ajoute Laurie, en me rejoignant sur le canapé modulaire en cuir blanc.

Nathan y voit l'occasion de se rapprocher de Romy, il se lève pour piger dans la boîte des casse-noisettes miniatures et en garnir l'arbre.

— Laurie, pourquoi t'appelles mon père seulement Louis? T'aimes pas ça, Louis-Philippe ou LP, comme tout le monde?

— J'ai jamais apprécié les diminutifs. Au début, je disais Louis-Philippe, mais c'est un peu long.

Elle hésite un moment, puis elle poursuit:

— Mais la vraie raison, c'est que ça fait *cute*, Louis et Laurie. Tu penses pas?

— Ouin, elle est romantique, ta blonde, p'pa.

Laurie rougit et, connaissant sa timidité, j'imagine qu'elle estime qu'elle en a trop dit. Moi, je trouve ça adorable. Je la rassure en lui caressant le haut du dos:

— Pour revenir au champagne, au nombre de personnes qu'on sera ici à Noël, on va acheter des bouteilles à prix décent.

Parfois, j'ai l'impression que Romy croit que mes ressources sont illimitées. C'est vrai que je n'ai pas à me priver de grand-chose, mais je tiens à ce que ma fille soit consciente que la vie confortable que nous avons est le résultat d'années de travail acharné. Ce sera à elle de faire ses choix plus tard.

— On va être combien, finalement? me demande Laurie.

— Nous quatre, les parents de Nathan, Marguerite, Jacques et Amélie.

Souvent, à cette période-ci, je suis en Floride. Mais pas cette année. J'ai envie de passer Noël avec Romy et, comme Amélie souhaitait aussi célébrer avec elle, j'ai réglé la situation en invitant tout le monde.

— Le 24, c'est ça? C'est juste qu'il y a ma mère… Ça m'embête de la laisser seule.

— Je comprends. Tes frères, eux?

— Ils vont toujours dans leurs belles-familles. C'est une tradition.

— Ben, écoute, qu'elle se joigne à nous. Est-ce qu'elle a un conjoint?

— Non, elle a personne.

— À moins que ce soit compliqué à cause de Jacques? Est-ce qu'ils sont en bons termes?

— Maintenant, oui. Ç'a été long, mais ils ont fait la paix.

— Parfait. On l'ajoute à la liste.

— Super. Elle va être contente de te rencontrer.

— Moi aussi.

— Wow… ça va être le plus gros réveillon que j'ai jamais eu! s'exclame Romy, heureuse de voir sa famille s'élargir de la sorte.

Et je dois admettre que ça me plaît beaucoup, moi qui ai connu des Noëls à deux toute mon enfance et mon adolescence.

✳

— J'en veux un! C'est trop *cute*!

Romy s'extasie devant les photos de Gélule, l'animal à épines de Laurie. *No fucking way* que je vais cohabiter avec un hérisson! Ma fille aura beau me le demander dix fois, il n'en est pas question.

Quand je suis allé chez Laurie à Bromont, elle m'a «présenté» ses quatre compagnons de vie: son border collie, ses deux chats et son hérisson. J'ai fait semblant de les trouver mignons, mais ils me laissent complètement indifférent. Sauf Laïka, sa chienne avec qui nous avons fait une promenade et dont l'énergie m'a épaté. Un animal inépuisable, toujours prêt à rapporter une branche, à en mordiller une autre en tournant en rond sur lui-même et à explorer les sous-bois. Une joie de vivre sur quatre pattes.

— T'en parleras à Amélie, ma puce. Après les fêtes, tu seras pas assez souvent ici pour t'occuper d'un hérisson.

Le visage de Romy s'assombrit. Est-ce qu'elle aurait envie de rester avec moi à temps plein? C'est certain qu'ici elle a plus de liberté que chez sa mère. Pour quelques semaines, ç'a n'a pas beaucoup de conséquences, mais, à long terme, je crois qu'elle a besoin de plus d'encadrement que ce que je lui donne.

En retournant chez Amélie, elle craint sans doute aussi de ne plus avoir la même intimité avec Nathan. Ce qui est fort probable.

— Ouin, peut-être, répond ma fille en repoussant son assiette vide.

Nous venons de terminer le saumon confit à l'érable préparé par Mme Patry. Puisque Laurie est allergique au poisson, j'ai demandé à ma cuisinière de concocter un plat végétarien et elle m'a suggéré un sauté de tempeh au lait de coco. Elle semble l'avoir aimé, même si elle n'en a mangé que la moitié.

Laurie est une fille raisonnable en tout : dans la bouffe, dans l'alcool, au lit, au travail, etc. Son hygiène de vie me met constamment au défi de revoir la mienne. Je sais que c'est une excellente chose pour moi, mais, parfois, je trouve ça un peu ennuyeux. Tout ce que j'espère, c'est de tenir bon et de ne pas partir sur une dérape parce que mon besoin de décompresser me rattrapera. À ce moment-là, je pourrai toujours l'accompagner au yoga, comme elle me l'a proposé. Ouin... on verra en temps et lieu.

— C'était délicieux, Louis. J'aimerais bien avoir ta recette, s'il te plaît.

— Euh...

Laurie tient pour acquis que c'est moi qui ai cuisiné son assiette. Il serait tentant de la laisser sur ses illusions et de jouer au chef émérite, mais comme je crois qu'elle ne sera pas que de passage dans ma vie, je me dois de mettre les choses au clair.

— Ha ! Ha ! Est bonne celle-là, intervient Romy. Comme si p'pa savait faire des trucs végés !

— T'exagères, Romy. Je suis capable de cuisiner ce que je veux, quand j'ai le temps.

— Ouin, mais le problème, c'est que t'as jamais le temps.

Je lance un regard mécontent à ma fille. Ses pointes sur mes absences reviennent souvent, mais je crois que c'est plus un automatisme qu'autre chose. Elle ne se plaint pas trop quand elle peut passer son samedi toute seule avec son chum parce que je suis au bureau. Et je suis convaincue qu'elle est ravie de pouvoir demander à Mme Patry de lui préparer ses plats préférés. Les galettes de macaronis au fromage, les effilochés de porc et les *cupcakes red velvet* se retrouvent régulièrement sur la table.

— Je te donnerai la recette de Mme Patry, dis-je à Laurie.

Elle ne s'offusque pas du tout d'apprendre la vérité et elle me caresse même la main, en me disant que c'est gentil. Cette femme est trop parfaite et il m'arrive de penser que je ne la mérite pas.

— Bon, qui veut du dessert? demande Romy.

— Merci, mais je mange pas beaucoup de sucre, précise Laurie.

— Je vais passer mon tour aussi.

— Hein? Ben là, p'pa, Mme Patry a fait ton gâteau préféré, triple caramel.

Je suis au courant, mais je ne veux pas donner l'image du gourmand qui ne se contrôle pas. Et puis, comme je ne suis pas allé au gym depuis trois jours, je dois faire plus attention.

— Gêne-toi pas pour moi, m'indique Laurie.

— Non, non, c'est bon. J'ai plus faim.

— Vous savez pas ce que vous manquez.

Romy s'éloigne vers la cuisine, et Nathan la suit.

— T'es chanceux d'avoir une belle grande fille comme ça.

Le commentaire de Laurie me met en alerte. Et si, elle aussi, voulait des enfants? À trente-deux ans, ce serait bien normal. Je me promets d'avoir cette conversation avec elle dès que possible.

— T'as raison. Mais ç'a pas toujours été facile, tu sais. On commence tout juste à avoir une belle relation.

— C'est sûr que ça doit être tout un investissement.

— Sincèrement, j'aurais pu être plus présent. Je suis loin d'être le père idéal.

— Peut-être, mais au moins t'as eu le courage d'avoir eu un enfant.

Sa remarque me surprend. Je ne me suis jamais considéré comme brave parce que j'ai eu Romy.

— Qu'est-ce que tu veux dire, Laurie?

— Que j'ai toujours su qu'être maman, ce serait trop pour moi. Ça prend un courage que je n'ai pas.

Je ne suis pas d'accord avec cette notion de courage, mais je n'ose pas la contredire. L'essentiel, c'est qu'elle ne souhaite pas devenir mère. Peu importe les raisons.

— Donc, c'est pas dans tes plans d'en avoir?

— Non. J'ai deux neveux et je suis très satisfaite comme ça.

— T'en as jamais voulu?

— Non. Ado, j'ai dû veiller sur mes deux frères plus jeunes parce que ma mère travaillait comme une folle. Tout de suite, j'ai compris que c'était pas pour moi.

— T'as pas la fibre maternelle?

— C'est pas ça. J'aime les enfants, mais m'en occuper à temps plein, j'aurais pas été capable. J'ai besoin d'espace pour moi, pour respirer, tu vois?

Je suis si heureux et soulagé de l'entendre. Peut-être qu'avec Laurie ce sera vraiment possible.

— Oui, je comprends très bien.

— Donc, ça te convient?

— C'est clair que j'en veux pas d'autres, Laurie.

Je la regarde droit dans les yeux et je réalise que, tout comme pour moi, un poids vient de s'enlever de ses épaules. Ses grands yeux expriment reconnaissance et espoir. Je ne peux résister à l'envie de l'embrasser et je pose mes lèvres sur les siennes, en lui caressant le bas du dos. Elle gémit de plaisir et je sens mon corps vibrer intensément. Elle n'a pas idée de ce que je lui ferais si nous étions seuls.

— Wô, les amoureux! *Get a room!*

Laurie se défait de mon étreinte et baisse les yeux, très mal à l'aise. Pour ma part, je trouve la situation plutôt sarcastique. Ma fille qui me fait la morale, alors qu'elle baise sous mon toit depuis un mois!

— Comme si t'en avais pas vu d'autres, hein, Romy?

— Les parents, c'est pas censé avoir de vie sexuelle!

— Bon, ben, les enfants non plus, dans ce cas. T'as entendu, Nathan? Tu vas dormir chez toi ce soir.

— Ben là, monsieur Rousseau, il est tard.

— Ça fait combien de fois que je te demande de m'appeler Louis-Philippe? Ou LP?

— Oui, mais…

— Pas de mais. C'est la condition si tu veux rester.

— Dans ce cas, OK, Louis-Philippe.

— Bon, c'était pas si difficile, hein?

Laurie me regarde, éberluée. Je crois que c'est la première fois qu'elle me voit en mode « négociation ». Et je vais lui montrer que, quand je veux m'affirmer, je suis capable de le faire sans détour. Je me lève et je lui tends la main. Elle la prend, non sans une certaine appréhension.

— Excusez-nous, mais on a autre chose à faire, nous, *les parents.* Ma puce, tu finiras de ranger, s'il te plaît.

Et je dirige ma blonde vers ma chambre, sous l'air ahuri de Romy et celui plutôt amusé de Nathan. Comme quoi, entre *boys*, on se comprend facilement.

26

Je suis déçu. J'avais envie d'une grosse baise sale. De celles qui me font presque perdre connaissance et me laissent tout le corps en sueur dans un état d'ivresse totale. Mais j'ai rapidement senti que ce n'est pas ce que souhaitait Laurie. Et ce, même si j'avais mis la musique très forte et qu'on ne pouvait pas nous entendre. C'est une question de personnalité sexuelle. Quand ça joue dur, ma blonde n'est pas à l'aise.

Ça ne signifie pas que ce n'est pas bon. Mais ce soir, ç'a m'a laissé sur ma faim. Et je me demande si ce ne sera pas un obstacle dans notre histoire.

J'ai toujours eu des relations intimes très variées. Je peux me satisfaire d'une étreinte romantique, empreinte de douceur, mais j'ai aussi besoin de rentrer la fille dans le mur et de l'agripper par les cheveux.

À mes côtés, Laurie dort à poings fermés. Je la regarde, attendri devant sa beauté et sa fragilité. Est-ce que je devrais lui parler de mes attentes ? Au risque de passer pour un macho? Je ne suis pas certain que ça donnerait quelque chose. On ne devient pas *wild* au lit juste parce que notre partenaire nous le demande.

Une autre chose qui me dérange, c'est que Laurie n'est pas portée sur les fellations. J'ai tenté de lui faire comprendre que ça me plaisait, mais elle a ignoré mes signaux et elle a continué de me caresser avec ses mains. Est-ce que je pourrais survivre sans une pipe de temps en temps? Survivre, oui. Être pleinement satisfait, non.

Pour oublier ma frustration, je navigue sur ma tablette, à la recherche des résultats des parties de football de la journée. Mon équipe favorite a remporté le match et je regrette de ne pas l'avoir vu. Je m'aperçois que ça fait longtemps que je n'ai pas passé un dimanche devant ma télé, à encourager les Patriots ou à rager contre les Cowboys de Dallas, que j'ai toujours détestés. Être père à temps plein, ça veut dire mettre de côté certaines de ses passions. Je me reprendrai en janvier.

— Tu dors pas? me demande Laurie de sa voix ensommeillée.

— Excuse-moi, je t'ai réveillée, hein?

— C'est pas grave.

Elle se relève et allume la lampe de chevet.

— Y a quelque chose qui va pas, Louis?

— Mais non, voyons. Pourquoi tu me demandes ça?

— Je te sens contrarié.

Cette femme est trop perspicace pour que je lui cache quoi que ce soit.

— Je suis juste un peu fatigué, c'est tout.

— Je pense plutôt que t'aurais aimé que ce soit différent tout à l'heure. J'ai bien senti que tu voulais quelque chose de plus… de plus intense.

Moment de silence. Je pourrais nier, mais ce serait ne pas la respecter.

— T'en fais pas avec ça, OK?

— C'est important d'en parler. Je sais que je suis *straight*, mes ex me l'ont assez répété.

Quel manque de doigté! Ce n'est certainement pas de cette façon que j'aurais abordé le sujet.

— T'es pas *straight*, Laurie. Faut juste que je m'adapte à toi. Y a pas de problème.

Elle pousse un soupir de soulagement, éteint la lumière et se recouche.

— T'es fin, Louis, t'es pas comme les autres.

Une pointe de culpabilité m'envahit devant le mensonge que je viens de formuler. Faudra bien que je vive avec maintenant.

Deux heures plus tard, je n'ai toujours pas fermé l'œil. Cette fois, ce n'est pas ma sexualité qui me préoccupe, mais bien le dossier que j'ai mis de côté depuis que j'ai la garde de ma fille : celui d'Alexandre Legault.

Je n'ai pas encore décidé si j'allais lui faire signe. Par contre, je suis de plus en plus convaincu que nous avons un lien de parenté. Les photos que j'ai trouvées sur le Web et sur Facebook sont sans équivoque.

Ce n'est pas tant que je souhaite avoir un frère dans ma vie qui me mènerait à le rencontrer. C'est surtout la curiosité. De savoir qu'un homme a les mêmes gènes que moi me pousse à me poser des questions. Avons-nous des traits de caractère communs ? Selon William, il est plutôt *straight*, mais pour le reste ? Avons-nous d'autres ressemblances ?

Je m'étonne moi-même de m'interroger là-dessus parce que je n'ai jamais éprouvé le besoin d'avoir des réponses à ces questions en ce qui concerne mon géniteur. J'espère juste que je ne lui ressemble pas côté cœur. Mais ce n'est pas pareil. Alexandre Legault n'a pas brisé la vie de ma mère. Je pousse un soupir d'exaspération et je me tourne sur la gauche, tirant Laurie de son sommeil. Elle se colle contre mon dos et me caresse doucement la poitrine.

— Tu vas être crevé demain, mon chou.

— Je suis désolé, je t'ai encore réveillée. Toi aussi, tu vas être fatiguée.

— C'est pas grave. J'ai pas de clients avant le début de l'après-midi. Mais toi, faut pas que tu sois au palais à 8 h 30 ?

— Oui, j'ai un arbitrage.

— C'est ça qui t'énerve ?

— Non, non.

— C'est quoi alors ?

— Rien de particulier.

— T'es certain ? Tu peux me parler, tu sais.

Peut-être que ce n'est pas une mauvaise idée au fond. Pourquoi est-ce que je m'obligerais à garder mes soucis pour moi, maintenant que j'ai une blonde ? Je m'assois dans le lit et elle m'imite, en éclairant de nouveau la pièce.

— C'est un peu spécial, comme histoire.

— Dis toujours.

— Je pense que j'ai un frère que je n'ai jamais connu.

— Ah bon ? Comment ça ?

Je lui raconte comment William m'a informé de l'existence d'Alexandre et je lui montre des photos. Elle est d'accord avec moi : cet homme me ressemble comme deux gouttes d'eau. Puis je lui décris la réaction de Marguerite.

— C'est pour ça que tu veux pas le rencontrer ? Pour pas faire de peine à ta mère ?

— Un peu, ouais.

— T'as juste à le lui cacher.

— C'est clair que c'est ce que je ferais. Mais elle est tellement intuitive.

— Je comprends, mais il me semble que tu peux pas te priver de ça. Ça peut être une super belle relation dans ta vie.

— Je suis pas certain. William m'a dit qu'il est plutôt traditionnel dans sa façon de voir les choses. J'ai l'impression qu'il a une personnalité assez carrée.

— T'aimes pas mieux te faire une idée par toi-même?

— C'est sûr que c'est intrigant.

— En tout cas, moi, je me passerais pas de mes frères. Même si, plus jeunes, ils me tapaient sur les nerfs. Aujourd'hui, je les adore.

— Oui, mais toi, Laurie, t'as un cœur grand comme la planète. Alors que moi…

— Quoi, toi?

— Je suis plus… égocentrique, disons.

— Un peu, oui. Mais tu sais, je connais pas beaucoup de gars qui prennent soin de leur mère comme tu le fais. T'es une meilleure personne que tu penses. Sinon je serais pas ici.

Je suis touché par ses paroles, mais, en même temps, je ressens une énorme pression. Celle de ne jamais la décevoir. Et ça, je suis convaincu que c'est impossible.

27

Assis dans ma voiture, j'observe la façade de l'entreprise de sécurité dirigée par Alexandre Legault en me demandant ce que je fous ici. Je n'ai aucun plan précis, si ce n'est que de tenter d'en savoir plus sur cet homme. Je ne suis même pas convaincu que je vais l'aborder et je n'ai aucune idée de la façon dont je m'y prendrai.

Les mots ne seront peut-être pas utiles. En me voyant, il comprendra possiblement que nous sommes parents. Mais une fois ce constat fait, aurons-nous des choses à nous dire? C'est loin d'être certain...

Je songe à quitter Varennes pour retourner à Montréal. Il est 13 heures et, même si je n'ai pas de rendez-vous cet après-midi, j'ai une tonne de boulot. Et ne vaut-il pas mieux laisser cette partie de ma vie derrière moi? Le bon sens me dit oui. Mais tout à coup, la porte s'ouvre sur Alexandre, habillé pour aller courir. S'il affronte la froidure de décembre, c'est qu'il est un vrai sportif. Il s'étire, et ses mouvements me rappellent les miens, tout comme sa manière de marcher.

Il s'éloigne en direction du parc de la Commune, où il a peut-être l'habitude de s'entraîner. Je ne le quitte pas des yeux. Il a la même carrure que moi, la même grandeur aussi. De dos, avec sa tuque enfoncée sur sa tête, on pourrait le confondre avec moi. Fascinant…

Ma curiosité est piquée. Je décide d'attendre qu'il revienne et j'en profite pour écrire quelques courriels. Une trentaine de minutes plus tard, je le vois apparaître, marchant, l'air essoufflé. Alors que je croyais qu'il entrerait dans le bâtiment, il poursuit son chemin. S'il continue, il va passer tout juste à côté de mon véhicule. Et j'ignore toujours comment agir.

Une intuition me pousse à sortir de ma voiture. Nos regards se croisent… et le temps s'arrête. Si, en photo, les yeux d'Alexandre avaient une couleur très ressemblante à la mienne, en personne, c'est carrément la même. Ce mélange de gris et de vert que Marguerite m'a tant vanté comme étant unique.

Alexandre se tient devant moi, la respiration haletante et le visage exprimant la surprise. Il doit se demander d'où je sors. Nous restons silencieux quelques instants, puis c'est lui qui brise la glace.

— J'étais sûr de te rencontrer un jour.

Je suis stupéfait. Il connaît mon existence ? Un millier de questions affluent dans ma tête et m'empêchent de lui répondre.

— J'allais me chercher un sandwich au petit café, dit-il en m'indiquant un établissement non loin. Tu m'accompagnes ?

— Euh… OK.

Nous marchons sans prononcer un mot. La situation est carrément inconfortable. À quoi ai-je pensé de me présenter à lui de cette façon ? J'aurais dû lui écrire un courriel, ça m'aurait mieux préparé à sa réaction qui me dépasse. Qui lui a parlé de moi ? Il n'y a qu'une hypothèse : Claude. Ce qui m'apporte encore plus d'interrogations.

Nous commandons chacun un *wrap* au thon, que je ne serai sans doute pas capable d'avaler, et il m'invite dans ses locaux qui sentent la réussite. C'est clair que sa *business*, qui offre à peu près tous les services de sécurité imaginables, que ce soit en entreprise ou lors d'événements, a le vent dans les voiles.

Nous entrons dans son vaste bureau. Il m'indique une table ronde au fond de la pièce, sur laquelle il dépose son repas.

— Installe-toi, je vais prendre une douche et je reviens.

— OK, parfait.

Je prends place et j'observe les lieux. C'est nickel et à la fine pointe de la technologie. J'imagine que le système de sécurité est performant et que je suis filmé en ce moment même. Je me retiens donc de me lever pour explorer. De toute manière, je ne vois pas grand-chose de personnalisé ici. Ni photos, ni diplômes, ni objets qui permettraient d'en apprendre sur l'occupant.

Alexandre revient, portant cette fois-ci un chandail en cachemire et un pantalon, tous deux noirs, et des chaussures en cuir cognac. Très classe. Il s'assoit et s'attaque à son lunch. Je laisse le mien en plan, en pensant que je prendrais bien un ou deux verres de gin à la place.

— Donc, Louis-Philippe, comment tu m'as retrouvé ?

Cet homme n'y va pas par quatre chemins. Ça me fait perdre mon aplomb habituel.

— Attends un peu. C'est quoi, notre lien précis ?

— Tu le sais pas ?

— Je m'en doute, mais j'ai pas de confirmation.

— Demi-frères.

— Claude Tardif, c'est ça ?

— Exactement.

— Et ta mère ?

— Ginette Lalancette. La tienne, c'est Marguerite Rousseau. Tu portes son nom, t'es associé chez O'Brien, Johnson, Lepage et Rousseau. T'as une fille de quinze ans, Romy. Tu l'as eue avec Amélie Mathieu, et vous vous êtes séparé il y a six ans.

Je suis stupéfait. Non seulement du fait qu'il connaît ma vie, mais de la façon dont il en parle. Comme s'il récitait mon C. V.

— Capote pas, c'est mon métier de tout savoir.

— D'accord, mais comment t'en es venu à t'intéresser à moi ?

— C'est Claude qui me l'a demandé.

J'ai besoin de temps pour digérer tout ça. Mon géniteur était au courant qu'il était père, puisque Marguerite lui a envoyé une photo de moi à ma naissance, mais j'ignorais qu'il avait entrepris des recherches à mon sujet. Pourquoi ? Juste par curiosité ? Visiblement oui, puisqu'il n'a jamais fait de démarches pour me rencontrer.

— Et toi, tu sais quoi sur moi ? me demande Alexandre.

— Pas grand-chose. À part que t'as été adopté à l'âge de deux ans et que t'as un frère, William Legault.

— Williammmmmm ?

Son interrogation me laisse sceptique. Je veux bien croire qu'il est en froid avec Will depuis dix ans, mais de là à oublier son prénom.

— Oui, William. Il était mon collègue jusqu'à tout récemment.

— Tu parles d'Isabelle ?

— Euh… Non. C'est qui, Isabelle ?

— C'est lui.

Qu'est-ce qui m'échappe, là ? Je ne comprends rien.

— T'étais pas au courant ?

— De quoi ?

— Ton… William là. C'est ma sœur, Isabelle.

Nouvelle stupéfaction ! William, un trans ? Je ne peux pas croire que je n'ai pas su ça ! En cinq ans de collaboration, je n'ai jamais soupçonné que William avait changé de sexe.

— T'es certain?

— Ben oui! J'ignorais, par contre, qu'elle travaillait avec toi. Faut dire que je cherche pas à avoir de ses nouvelles.

Alexandre me raconte qu'il en a voulu à sa sœur parce qu'elle «a annoncé sans préavis qu'elle voulait devenir un homme, homosexuel en plus». Selon lui, ses parents adoptifs auraient dû être mieux préparés et il leur a fallu des années pour s'en remettre. Il ne prend pas la façon dont les choses se sont faites.

— Mais j'imagine que t'es pas venu ici pour me parler d'elle?

— Euh, non.

— Qu'est-ce qui t'amène alors?

— La curiosité.

— Ça peut se comprendre.

Ça veut dire quoi, ça? Que lui aussi était intrigué sur ce frère qu'il n'avait jamais rencontré? Pourquoi n'a-t-il fait aucune démarche en ce sens? Sans doute parce que Claude le lui a demandé.

— Donc, t'es en contact avec ton… euh, notre père biologique?

— Je l'étais, oui.

J'imagine qu'il est en froid avec lui également. Alexandre n'est pas un homme facile d'approche, ni très chaleureux, ce serait logique que ses relations avec les autres soient difficiles.

— Claude est mort il y a trois mois.

Encore une nouvelle qui me scie les jambes… et me rend un peu triste. Même si je n'ai jamais envisagé sérieusement de me manifester auprès de Claude Tardif, ça demeurait dans le domaine du possible. Alors que, là, il est trop tard. Je n'aurai jamais à lui faire face.

— Il était jeune pourtant…

— Soixante-cinq ans. Cancer du pancréas. D'ailleurs, je te suggère de subir des tests de dépistage régulièrement.

Un moment de silence suit pendant qu'il dévore son lunch.

— Mes histoires te coupent l'appétit? me demande-t-il en montrant mon sandwich, resté dans l'emballage.

En guise de réponse, je hausse les épaules et je passe à une autre question.

— C'est toi qui as cherché à connaître Claude?

— J'en ressentais pas le besoin, j'ai des bons parents qui ont toujours pris soin de moi. Mais quand j'ai eu mon *kid*, y a trois ans, j'ai voulu en savoir plus sur mes origines.

— Ç'a du sens.

Alexandre m'explique qu'il a fait des démarches pour retrouver ses parents biologiques et qu'ils ont tous les deux accepté la rencontre. Puis il a poursuivi sa relation avec Claude, mais pas avec Ginette.

— Pourquoi?

— J'avais aucune affinité avec elle. En plus, j'ai pas compris pourquoi elle m'avait donné en adoption.

Je me retiens de lui dire que notre père n'a pas voulu de nous, en plus de quitter une femme qu'il avait mise enceinte quelques années avant. Sans jamais lui offrir de l'aide. Ça, moi, je ne l'ai pas oublié.

— Quand est-ce qu'il t'a demandé de te renseigner sur moi?

— Y a quelques années, il m'a parlé de toi et de ta mère. Il savait qu'elle vivait toujours à Roberval. À partir de là, ç'a été un jeu d'enfant de découvrir qui tu étais. Il est même déjà allé te voir plaider un jour au palais de justice. Et il a trouvé que t'en avais dedans, pas à peu près.

Je suis troublé d'apprendre que mon père a voulu m'observer dans le feu de l'action. Est-ce que je me suis trompé en l'écartant de ma vie? Est-ce que je me suis privé d'une relation enrichissante? Ça se pourrait…

— Il m'a dit que, comme lui, t'étais une grande gueule et qu'il était très fier de toi.

— Tu me niaises ?

— Non, pourquoi ? Il avait deux fils et il était fier des deux.

— Et pourquoi il n'a pas voulu me rencontrer ?

— Il attendait que ça vienne de toi. Comme moi j'ai fait. Donc, j'ai respecté ça et j'ai pas cherché à te connaître.

Plus la conversation avance et plus je suis troublé. Ce qu'Alexandre réalise.

— Je pense que t'en as assez appris aujourd'hui, hein, *buddy* ?

Mon demi-frère se lève et je l'imite. Une autre interrogation me brûle la langue, mais j'hésite à la formuler. Depuis que Claude est mort, pourquoi Alexandre ne m'a-t-il pas fait signe ? Je crois que j'en saurai plus bientôt puisqu'il sort une carte professionnelle de son portefeuille.

— Tiens, t'as mon numéro de cell là-dessus. Appelle-moi si tu veux aller prendre une bière.

Je range la carte dans ma poche, je lui serre la main et je quitte la pièce dans un état second. Je suis tellement abasourdi par ses révélations que je marche comme un automate, en suivant l'employée qu'Alexandre a priée de me raccompagner.

Une fois dehors, je mets cinq minutes à me rappeler où j'ai stationné mon auto. Je roule vers l'ouest, en direction de Montréal, puis je passe tout droit au pont Jacques-Cartier, que j'ai l'habitude d'emprunter quand je suis sur la Rive-Sud. Je n'ai pas la force de retourner au bureau et de me farcir des conversations entre collègues. J'ai juste besoin des bras de Laurie, et c'est à Bromont que je vais les trouver.

28

— Elle est en consultation avec Nougat, ensuite, elle a Whisky et Sissi. Vous voulez l'attendre ? me demande la réceptionniste.

Non, mais je m'en fous, des animaux ! J'ai besoin de voir ma blonde, c'est pas compliqué, il me semble.

C'est la première fois que je mets les pieds à la clinique vétérinaire de Laurie. Si je la compare à mon cabinet, c'est carrément deux mondes. Ici, c'est coloré et joyeux, tandis qu'au bureau ça respire l'austérité. Mais somme toute, je préfère le calme de mon lieu de travail à ces jappements incessants.

— Pouvez-vous lui dire que Louis-Philippe est là ?

— D'accord, dès qu'elle termine avec Nougat.

Je trouve sa façon de parler des patients de Laurie infantilisante et indiscrète. Comme si j'avais besoin de connaître les prénoms des petites bêtes qu'elle examine. Mais bon, la notion de confidentialité n'est pas la même que dans un cabinet d'avocats.

Je m'installe sur une chaise rouge et je sors mon téléphone pour consulter mes courriels. J'espère que Laurie en aura bientôt fini avec ce Nougat, que je puisse la serrer dans mes bras quelques instants.

Je ne comprends pas pourquoi je suis si bouleversé par ce que j'ai appris aujourd'hui. Ça fait près de quarante ans que je vis sans père, la nouvelle de sa mort ne change rien à ma situation. Pourquoi est-ce que ça vient me chercher autant ? Je n'ai pas de réponse à cette question. Ce que je sais, en revanche, c'est que je n'aime pas me trouver dans cet état de vulnérabilité et que je dois me ressaisir.

Et je suis ici pour que Laurie me donne un peu de sa force tranquille. C'est ce dont j'ai besoin pour passer à autre chose. Pas question de m'apitoyer sur mon sort. D'ailleurs, je ne suis pas certain que je vais lui dire la vérité. Je pourrais lui raconter que j'ai pris mon après-midi de congé parce que j'ai perdu une cause et que c'est ça qui m'affecte. C'est beaucoup moins risqué. Bon plan.

Mon attention est attirée par une cliente qui entre et transporte une cage dans laquelle se trouve un chat qui miaule à en fendre l'âme. Elle se précipite vers la réceptionniste.

— Bonjour, Marie-Ève. Penses-tu que Laurie peut le voir ? Il s'est cassé une patte.

— Ah non, pauvre Caramel. Pauvre ti-minou ! On s'en occupe, Catherine, t'inquiète pas.

— Merci beaucoup.

L'employée de la clinique prend la cage et se rend à l'arrière. La cliente s'assoit à mes côtés et je reconnais son parfum. *La Petite Robe noire* de Guerlain, un de mes préférés. Sensuel au max.

Je l'observe discrètement pendant qu'elle déboutonne son long manteau de laine. Elle a une allure impeccable avec ses cheveux bruns coiffés en chignon et ses vêtements bien coupés. Une très belle femme, que j'imagine dans la cinquantaine.

Elle tripote avec nervosité la manche de son chemisier en soie bleu nuit et je constate que ses ongles sont également soignés, avec une manucure française sans défaut. Nickel jusqu'au bout des doigts.

Elle ouvre son sac, fouille à l'intérieur, toujours avec des gestes fébriles. Elle semble avoir très à cœur le sort de son chat. Soudain, tout le contenu se renverse. Crayons et rouges à lèvres roulent dans toutes les directions, tandis que les autres articles restent à ses pieds.

— Ah non !

— Attendez, je vais vous aider.

Je me lève pour aller récupérer quelques objets et, au moment où je les lui remets, nos regards se croisent. Et là, j'ai un choc. Elle a les yeux les plus spectaculaires que j'aie jamais vus. Ils ne sont ni bleus ni verts. En fait, ils tirent sur le turquoise. C'est envoûtant. Je demeure immobile, complètement sous le charme. Son air interrogateur me ramène au présent et je me rassois.

— Merci, me dit-elle.

Je retourne à mon cellulaire pour chasser le curieux sentiment qui m'habite. Une espèce de fascination que je mets sur le compte de cette journée trop riche en émotions.

— On se connaît, vous et moi, dit-elle.

Ça, ça m'étonnerait. Un regard comme le sien, ça ne s'oublie pas.

— Je crois pas, non.

Je réponds sans me tourner vers elle, craignant de retomber sous son emprise.

— Vous êtes avocat ?

Me voilà intrigué, je délaisse mon téléphone.

— Oui.

— Hum, hum, on se connaît.

Et elle poursuit le rangement de son sac sans m'en dire plus. J'ai senti une pointe de mépris dans ses propos et je me demande bien pourquoi. Je la relance.

— On s'est rencontrés où?

— Vous vous souvenez pas, maître Rousseau?

La façon dont elle prononce le mot « maître » m'indique qu'elle en a contre ma profession.

— Non, désolé.

— Dans le fond, ça me surprend pas.

Son ton de reproche me déstabilise encore plus et me met en alerte. Est-ce qu'elle aurait été impliquée dans un de mes dossiers? Je suis convaincu qu'elle n'a pas été ma cliente. Ça voudrait donc dire qu'elle était celle de la partie adverse? Non, je ne peux pas le croire. Je fouille dans ma mémoire pour trouver de quelle cause il s'agit. Mais à voir son visage fermé, ça ne devait pas être une petite affaire.

Je devrais m'en aller pour éviter un affrontement, mais quelque chose me pousse à rester. Si j'ai fait du mal à cette femme, je veux m'en excuser. C'est la première fois que je ressens le besoin de me faire pardonner pour mon travail. Ça ne devrait pas arriver, mais c'est plus fort que moi. Je crois bien que ma morale est en train de me rattraper...

— Qu'est-ce que vous sous-entendez?

— J'ai tout perdu il y a douze ans. Et c'est à cause de vous.

C'est comme si une brique venait de me tomber sur la tête. Je me sens l'homme le plus minable au monde. Moi, j'ai gâché la vie de cette femme magnifique? Je n'en reviens juste pas...

— Louis? Qu'est-ce que tu fais ici?

L'arrivée de Laurie dans la salle d'attente ne m'est d'aucun secours. Je n'éprouve pas le soulagement que je devrais ressentir. Le coup de poing que je viens de recevoir prend toute la place.

— Euh... je... je...

Elle est déconcertée par mon attitude, mais elle ne me questionne pas plus. Puis elle se tourne vers ma voisine.

— Ça va aller, maman. Caramel va être correct.

QUOI? Ai-je bien entendu? Ma «victime» est la mère de Laurie? *WHAT THE FUCK!*

— Tant mieux. Merci, Laurie.

— Donc, t'as rencontré mon amoureux?

— Hein? C'est lui?

— Ben oui, je t'en ai parlé, non?

— Tu m'as dit qu'il était avocat et qu'il s'appelait Louis.

— C'est Louis-Philippe, mais ça change quoi?

Je fixe le sol, malheureux comme les pierres.

— Ça change que, si tu m'avais donné son nom au complet, j'aurais compris qui il était.

— Je te suis pas, maman.

— Ton nouveau chum, Laurie, c'est l'avocat qui m'a fait perdre ma maison du rang des Cèdres.

Non, ce n'est pas vrai! Pas le dossier de la compagnie de transport de la Rive-Nord! Pas celui qui m'a fait gagner des points au bureau parce que j'ai été particulièrement dur envers la partie adverse. Pas le règlement qui a jeté à la rue une dizaine de familles. Celui auquel je n'ai jamais voulu repenser. Tout, mais pas ça!

— Ben voyons donc! Ça se peut pas, hein, Louis?

Je relève la tête et j'opine. Oui, c'est possible. Ses yeux se remplissent d'eau et je m'en veux de raviver de douloureux souvenirs. Je sens le regard hostile de sa mère qui se pose sur moi et je ne trouve pas les mots pour exprimer mes regrets. Je ne vois pas ce que je pourrais faire d'autre, à part fuir.

Je me lève et je quitte la clinique, complètement défait par cette journée cauchemardesque.

29

Catherine Préfontaine
333, rang des Cèdres
Compensation : montant minimum

En partant de Bromont, je me suis rué au cabinet pour consulter les archives et j'ai trouvé le dossier de la mère de Laurie. Puis je me suis souvenu de tout.

J'étais jeune, arrogant et déterminé à me tailler une place au bureau. J'ai accepté de représenter une compagnie de transport qui voulait agrandir ses installations. J'ai fait des offres d'achat ridicules aux résidents d'un tronçon du rang des Cèdres et je les ai eus à l'usure.

J'ai profité du fait qu'ils n'avaient pas les moyens de payer un avocat d'envergure et qu'ils devaient se contenter d'un juriste peu expérimenté qui travaillait seul, alors que j'avais toute la machine du cabinet derrière moi. J'ai utilisé la peur et le chantage, en leur laissant croire que leur vie allait devenir infernale à cause de l'augmentation massive de la circulation des poids lourds sur leur chemin. Et j'ai fermé les yeux sur des pots-de-vin qui ont été donnés contre un changement de zonage. Je n'avais aucun, mais aucun scrupule.

De nos jours, il serait impossible d'agir de la sorte. Et je ne le referais pas de toute façon. Mais à l'époque, les médias sociaux commençaient à peine et on pouvait encore travailler en catimini. De plus, les gens étaient moins au courant de leurs droits qu'ils le sont aujourd'hui.

Quant à Catherine, je me suis rappelé l'avoir rencontrée une fois. Elle avait accompagné l'avocat des citoyens lors d'un rendez-vous. J'avais été frappé par sa beauté spectaculaire, mais aussitôt qu'elle avait quitté le bureau, je m'étais empressé d'oublier son image. Mais ce soir, je revois clairement ses grands yeux tristes et son air d'incompréhension totale d'il y a douze ans. Tout comme j'ai en mémoire le regard méprisant qu'elle m'a jeté plus tôt. Je vis très mal avec ça.

Dorénavant, plus rien ne sera pareil sur le plan professionnel. Il y aura un avant-Catherine et un après-Catherine.

Ce qui s'est passé à la clinique de Laurie relaie au second plan mes interrogations sur Claude et mon demi-frère. Comme si ça n'avait plus aucune importance.

Mon téléphone émet le son caractéristique de la réception d'un texto. Laurie m'écrit de nouveau, me demandant de lui donner un coup de fil, mais je n'ai pas le courage de lui parler. Je me dois toutefois de lui répondre.

« Je suis vraiment désolé pour ce qui est arrivé, Laurie. Je t'appelle demain, d'accord ? »

Elle réagit tout de suite :

« On peut se voir ? Pour souper ? »

J'hésite. Comment vais-je pouvoir la regarder dans les yeux en sachant tout le mal que je lui ai fait ? À elle et à Catherine ? Mais comment lui refuser une rencontre ? Elle a droit à des explications.

« Très bien. À demain. »

Elle m'envoie trois cœurs et je me sens plus pitoyable que jamais. Comment est-ce qu'elle peut encore m'aimer ? Je me dégoûte moi-même...

J'attrape la bouteille de gin dans l'armoire et je la dépose sur ma table de travail. Au dernier moment, je me ravise. Je ne boirai pas seul ce soir, ce n'est pas vrai. J'ai besoin de m'étourdir parmi des gens, idéalement beaux et branchés. Et je connais l'endroit parfait pour ça. J'enfile ma veste de cuir et je me rends à mon resto habituel. À ma grande satisfaction, Jorani est derrière le bar. Son sourire accueillant met un baume sur ma plaie.

— Comment tu vas, LP ?

— Ça va.

— Ohhh, je vois. Je te sers quelque chose de fort ?

— Ce que tu veux, pourvu que ça assomme.

Quelques instants plus tard, elle dépose un martini devant moi.

— Je te l'ai fait double.

— C'est parfait, merci.

J'avale deux grandes gorgées, et Jorani m'observe du coin de l'œil en essuyant des verres à vin. Elle semble inquiète et ça me motive à prendre sur moi.

— C'est juste un peu de fatigue, Jorani. Rien de sérieux.

— Tu sais que tu peux en parler, hein ? C'est pas défendu, ça.

Pendant un court instant, j'ai envie de tout lui confier. De lui dire à quel point je suis dévasté par ma rencontre de cet après-midi, et pas juste parce que Catherine est ma « victime ». Il y a quelque chose en elle qui m'a troublé comme ça m'est rarement arrivé. Et c'était avant que je découvre notre lien. Mais je suis incapable de mettre des mots sur ce que je ressens.

Ce n'est pas un coup de foudre ; on parle quand même d'une femme qui doit avoir une quinzaine d'années de plus que moi, et j'ai toujours préféré avoir des blondes plus jeunes. De plus, elle est ma belle-mère… en théorie. Non, c'est autre chose. Mais quoi ? Je l'ignore totalement.

Mais pourquoi est-ce que j'embêterais Jorani avec mes angoisses ? Elle a mieux à faire.

— Ça va aller, merci.

Elle me sourit poliment et je sens que je ne l'ai pas convaincue. *Too bad*… Je regarde les clients autour de moi. Je ne connais personne ici ce soir. Tant mieux, je n'ai pas envie du faire du *small talk*.

— Tu veux manger quelque chose, LP ?

Jorani est adorable. Si elle savait qui je suis vraiment, elle ne prendrait pas soin de moi comme ça. Je me mérite pas son attention.

— LP ?

— Euh… non, merci. J'ai pas faim. Par contre, tu peux me préparer un autre martini, s'il te plaît.

— Simple, celui-là, d'accord ?

J'acquiesce et je consulte mes messages. Quelques courriels de ma technicienne qui datent de cet après-midi, mais rien d'urgent. Mon onglet Facebook me rappelle que ça fait un moment que je n'ai pas visité ce réseau. Je n'aime pas trop étaler ma vie sur la place publique. Si je me suis créé un compte FB, c'est surtout pour surveiller celui de ma fille.

Je lis les statuts de mes « amis » et je trouve ça nul. Qu'est-ce que ça m'apporte d'apprendre qu'un tel a mangé des carbonara ce midi ? Qu'un autre vend ses livres de psycho pop cinq dollars chacun ? Qu'un troisième braille devant la série télé de l'heure ? Rien, absolument rien.

Je vérifie la page de Romy et je suis rassuré par le ton de ses publications. Aucun propos compromettant ou tendancieux. Je pense que l'heure est venue de lui faire confiance et je désactive mon compte Facebook.

Ce petit geste me remplit de satisfaction. Il est annonciateur de changements. Lesquels exactement ? Il est trop tôt pour répondre à cette question, mais ma réflexion commence maintenant. En fait, elle a déjà débuté, mais elle sera plus active au cours des prochaines semaines. Voilà un pas dans la bonne direction.

— Jorani, je vais prendre le tataki de bœuf, finalement.

— Parfait, LP. Je te commande ça tout de suite.

Je termine mon deuxième verre et je décide de mettre la pédale douce sur l'alcool. Me soûler ne réglera pas mes problèmes.

Un groupe entre dans l'établissement et je reconnais les associés du cabinet compétiteur. Ils semblent sur un nuage et je suppose qu'ils viennent de remporter une victoire importante. Moment grisant s'il en est.

Derrière eux, j'aperçois William, l'air heureux comme un pape. Quand je pense qu'il est trans. C'est quand même incroyable. Je tente de distinguer un peu de féminité sur ses traits et sur son corps, mais je ne note aucun signe. Sa transformation est une réussite totale. C'est fort, la science.

Dire que j'ai été odieux avec lui quand il a démissionné. Je n'en suis pas trop fier. Il faut que je trouve un moyen de lui présenter mes excuses. Mais je ne vais pas l'interpeller devant ses collègues… Et pourquoi pas ? Si je n'ose rien, je ne changerai pas. Ma rédemption commence à l'instant même. Je me lève et je me rends à la table de mes concurrents. Ils m'accueillent de façon sarcastique.

— Hé, Rousseau, ça déserte de partout chez vous ? Évelyne, William, à quand ton tour ?

— Quand est-ce que tu te joins à nous ? Tu sais bien qu'on est les plus forts !

— Compte pas là-dessus, Bruno.

Je me tourne vers William, qui m'observe, intrigué.

— Je peux te parler?

— Euh…

— Essaie-toi pas, ajoute Bruno, il reste avec nous. On le traite comme du monde, nous autres!

— Ta gueule, Dubois!

Mon interlocuteur ne s'attendait pas à pareille réaction et il se fige. William saisit que je tiens à discuter avec lui. Il me suit au bar.

— Veux-tu un verre de rosé?

— Non, merci. Viens-en au fait, d'accord.

— Prends le temps de t'asseoir, au moins.

Je tire un tabouret et il s'exécute non sans une certaine appréhension que je justifie. Mes dernières paroles ont été: «Je te le pardonnerai jamais, William. Jamais.» C'était on ne peut plus clair. Sauf que je ne le pensais pas pour vrai.

— Écoute, Will, je veux m'excuser.

Il reste stoïque, le regard rivé sur le comptoir. Il faut que je lui en donne plus.

— J'ai été un vrai trou de cul.

— *My God*, qu'est-ce qui t'arrive, LP?

— Rien. J'ai juste réalisé que j'ai pas été *fair* avec toi. J'aurais dû être plus… plus sensible.

— Je comprends, mais t'as jamais fait dans la dentelle non plus.

— Non, mais j'aurais dû être plus gentleman.

— Gentleman?

— Oui, surtout que… que… j'ai appris pour Isabelle.

William me dévisage, interloqué.

— Comment tu l'as su?

Je lui raconte ma conversation avec Alexandre, de long en large. Je vois que ça le trouble et qu'il aurait souhaité que je lui dise que son frère n'a plus de rancœur à son égard, mais je ne veux pas lui mentir.

— Je vais le prendre ton *drink*, finalement.

Je commande deux verres de rosé à Jorani.

— Ou peut-être que tu préférerais un Cosmo?

— OK, LP, t'arrêtes ça tout de suite.

— Quoi?

— Me traiter comme une fille.

— Désolé, William, c'était pas calculé.

— Je suis pas certain que tes excuses sont sincères. Tu te sens mal parce que tu penses que je suis encore une fille.

— Ah ça, non. Je te jure que je m'en veux.

— Sache qu'Isabelle, elle est plus là, elle est disparue. Même qu'elle a jamais vraiment été là.

— C'est parfait, je comprends.

— Ça m'étonnerait.

Jorani dépose nos verres sur le comptoir. J'en bois une gorgée et je fais la grimace. William s'en rend compte.

— Tu sais, LP, qu'il y a des hommes assignés hommes à la naissance qui adorent le vin rosé?

Je lève les yeux au ciel. « Des hommes assignés hommes à la naissance... » Ça, c'est un enfant né avec un pénis. Mais je suppose que ce serait trop simple de le dire comme ça...

— Jorani, j'ai changé d'idée, peux-tu me donner un pinot noir, s'il te plaît?

— Je te suggère un cabernet, ça irait mieux avec ton tataki.

— OK, mais peux-tu juste retarder le tataki, s'il te plaît?

— Non, non, ajoutes-en un autre pour moi, demande Will.

— Parfait ça, un bon steak entre *boys*, dis-je, moqueur.

— Estie que t'es con...

— Ça, tu sais pas à quel point...

William fronce les sourcils, s'interrogeant sur ce que signifie mon commentaire émis sur un ton triste. Je lui fais signe de ne pas s'inquiéter.

— Parle-moi plutôt du boulot. Est-ce que tu réussis à avoir plus de temps libre?

— Euh… oui et non. Mais ça s'en vient.

— Ah oui, hein ?

— Bon, OK, c'est pas si différent.

Je me retiens de lui dire que je l'avais prévenu et je choisis le renforcement positif.

— Lâche pas, Will. Avec ta compétence, t'es en mesure d'avoir certaines exigences.

— Les compliments, maintenant. Tu t'attendris. Coudonc, es-tu en amour, LP ?

Sincèrement, je ne sais pas quoi répondre. Suis-je amoureux de Laurie ? Parfois oui, mais pas toujours. Mais une chose est certaine : je tiens à elle et je n'ai pas envie de tout recommencer avec une autre femme. Toutefois, j'ignore où vont nous mener les événements d'aujourd'hui…

— On passe à un autre sujet. Toi, Denis ?

— Il est patient.

— C'est *cool*.

Nos plats sont servis et nous les attaquons avec appétit.

— William, je peux te poser une question ?

— Peut-être, ça dépend. Essaie-toi.

— Avant ton opération, tu savais que t'aimais les hommes ?

— Oui, je l'ai toujours su.

— Pourquoi t'as pas décidé de vivre avec ton corps de femme ? Ç'aurait été plus facile, non ? Et t'aurais pu avoir des relations avec les hommes sans te casser la tête.

Un moment de silence s'installe. William dépose sa fourchette et me fixe droit dans les yeux.

— Tu comprends *fucking* rien !

— Explique-moi.

— Tu sais pas ce que c'est la souffrance d'endurer un sexe qui est pas le tien.

— En effet. Mais en plus, tu t'es mis ta famille à dos, t'as dû subir du mépris, de l'intimidation. Fallait que ça vaille la peine pas à peu près. Pourquoi ?

— Premièrement, parce que l'identité de genre n'a rien à voir avec l'orientation sexuelle. J'ai jamais été une femme dans mon cœur et dans ma tête. Deuxièmement, si je l'avais pas fait, je serais mort aujourd'hui.

Sa réponse me cloue le bec, et j'ai une profonde admiration pour cet homme qui a eu le courage de changer de sexe pour être heureux. Ça me donne des ailes pour relever les défis qui m'attendent… et qui sont beaucoup moins complexes.

30

« Dans trois cents mètres, votre destination se trouvera sur la gauche. »

C'est dans un état d'anxiété considérable que j'arrive au resto où Laurie m'a donné rendez-vous, à Saint-Jean-sur-Richelieu. Ça fait cinq jours que nous devons nous voir, mais elle a reporté notre rencontre à trois reprises, sous prétexte qu'il y avait une tempête ou qu'elle était retenue à la clinique. Et le fait qu'elle a choisi un endroit situé pratiquement à mi-chemin entre nos deux résidences n'annonce rien de bon. Même si, selon elle, il s'agit de la meilleure rôtisserie portugaise de la Rive-Sud.

En entrant dans l'établissement, j'aperçois Laurie, assise devant un verre d'eau. Elle me sourit et je reprends confiance. Elle se lève pour m'accueillir et m'embrasse… sur les joues. T'as des points à gagner, *buddy*…

— Ç'a bien été, la route ? me demande-t-elle.

— Très bien, et toi ?

— Super.

Elle consulte le menu et je l'imite. Du *comfort food* !
Exactement ce dont j'ai besoin !

— Veux-tu qu'on partage un poulet entier ?

— D'habitude, je commande une cuisse avec une
salade. Mais si t'es bon pour manger le reste, on peut
faire ça. Je toucherai pas aux frites, par contre.

— Non, non, je suis pas gourmand de même !

J'avais oublié l'appétit d'oiseau de Laurie. Une poitrine, ce sera parfait. Nous dictons nos choix au serveur et j'ajoute une bouteille de rouge. Une fois nos
verres remplis et notre première gorgée bue, je sais
qu'il est temps d'évoquer le sujet épineux.

— Comment tu vis avec ce que t'as appris ?

Laurie hésite avant de me répondre.

— C'est pas si pire.

Je soupire de soulagement. Au moins, elle ne
m'annonce pas qu'elle ne dort plus depuis cinq
jours et qu'elle n'envisage aucun avenir pour nous
deux.

— Tu sais à quel point je suis désolé, hein ?

— Oui, oui, et je t'en veux pas. Tu sais, ç'a été une
période très difficile pour ma mère. Et là, elle replonge
là-dedans.

— J'imagine. Tu souhaites en parler ou pas ?

— Pas trop, non. J'ai vécu ça de loin, parce que
j'étudiais à Sherbrooke quand c'est arrivé.

— OK. Moi, est-ce que je peux te dire quelque
chose à ce sujet-là ?

— Je t'écoute.

Je lui trace le portrait du contexte de l'époque, où
j'étais prêt à tout pour être reconnu au sein du cabinet.
Déjà, j'avais en tête de devenir associé et je travaillais
en ce sens. Je lui donne aussi plus de détails sur mon
enfance et mon adolescence vécue dans la pauvreté
avec une mère que j'ai vue se tuer à l'ouvrage pour
subvenir seule à nos besoins.

— Je cherche pas d'excuses, Laurie. Mais je veux que tu comprennes mes motivations. Ça rend pas mon comportement plus pardonnable.

— Oui, mais en même temps, tu faisais ta job.

Le serveur arrive avec nos assiettes et je lui en suis reconnaissant. Cette interruption me permet de réfléchir à la suite de mes propos. Même si elle sera difficile à entendre, j'opte pour la vérité.

— Écoute, Laurie, je te cacherai pas que, dans ce dossier-là en particulier, j'ai été dur. J'étais pas obligé d'aller jusque-là. J'aurais pu régler sans… sans faire autant de dommages.

Laurie reste silencieuse quelques instants, en piochant dans sa salade. Je sens que c'est ici que ça se décide pour nous deux. J'attends son verdict avec appréhension.

— J'ai une question pour toi, Louis.

— Oui?

— Est-ce que tu ferais la même chose, auj…

— Jamais, dis-je en l'interrompant fermement. Jamais, je te jure.

— OK, c'est bon.

— Ah oui? T'es prête à passer l'éponge?

— Oui. Je suis bien avec toi. Tu me mets pas de pression, tu prends soin de moi, je me sens en sécurité, c'est tout ce que je désire.

J'ai le cœur qui veut éclater tellement je suis heureux. Elle me donne une autre chance? Je n'arrive pas à y croire. Si nous n'étions pas dans un lieu public, je la serrerais fort dans mes bras. Mais je me contente de lui caresser la main.

— Merci, Laurie.

— Y a autre chose, par contre.

— Ta mère?

— Oui. Je suis très proche d'elle et je ne voudrais pas être déchirée entre elle et toi.

— Mais j'imagine qu'elle me déteste et qu'il est hors de question qu'elle ait un contact avec moi?

Ce qui m'arrangerait au final. Je cesserais d'avoir ce curieux sentiment qui me met mal à l'aise en sa présence.

— Non. Elle comprend que tu es important pour moi et elle est prête à faire un effort.

Laurie ne tient pas sa bonté des voisins. Si Catherine est disposée à me pardonner, c'est qu'elle a aussi cette grande humanité.

— Ah bon?

— Elle a une exigence…

— Laquelle?

— Elle souhaite te rencontrer pour t'expliquer tout ce qu'elle a vécu après l'expropriation. Tu sais, ça lui a pris des années à s'en remettre.

Est-ce que j'aurai le courage d'entendre cette histoire? Est-ce que je sortirai indemne de cette discussion ou avec la confiance en moi encore plus diminuée? Je crains cette rencontre comme la peste, mais je dois bien ça à ma blonde.

— OK.

— Parfait, je l'appelle.

— Hein? Tout de suite?

— Vous êtes disponibles tous les deux, j'ai peur que ça n'arrive pas souvent. Noël s'en vient. Je veux que ce soit réglé avant.

— OK, mais… elle va nous rejoindre ici, maintenant?

— Ben oui. Sinon, tu peux aller la voir à Bromont.

— Elle habite là aussi?

— Oui, elle a un condo sur les pistes. Elle adore le ski.

— J'aimerais mieux qu'on se rencontre dans un lieu neutre.

— OK, mais moi je serai pas là.

— Comment ça?

Je suis légèrement paniqué à l'idée de me retrouver en tête à tête avec Catherine.

— Ben voyons, Louis, elle te mangera pas, dit-elle, amusée.

— Je sais bien. Mais je pense que ce serait préférable qu'on soit tous les trois.

— J'ai pas envie de revivre ça. Et puis, Gélule ne va pas bien, faut que je rentre.

— Gélule?

— Mon hérisson, tu t'en souviens?

Il faudra que je m'habitue à partager ma blonde avec ses autres «amours»… Pas évident, mais bon, y a pire dans la vie.

— Et si je vais voir ta mère à Bromont, tu m'invites à dormir ensuite?

Laurie me lance un regard coquin et elle avale une gorgée de rouge, terminant ainsi son premier verre. J'en suis à la fin de mon deuxième.

— C'est ça, l'idée, dit-elle.

— Parfait, appelle-la. Donne-lui rendez-vous dans une heure, à l'endroit de son choix.

Laurie attrape son téléphone et appelle Catherine, pendant que je tente de contrôler ma nervosité en calant le reste de mon vin.

31

La musique résonne fort dans la microbrasserie où j'attends Catherine. Je trouve le lieu peu propice à une discussion sérieuse, mais bon, c'est elle qui l'a choisi. Visiblement, ici, c'est le repaire des skieurs. Il règne une ambiance festive qui ne me prépare pas du tout à ce qui s'en vient.

En roulant vers Bromont, je me suis dit que la meilleure façon d'agir avec Catherine, c'est de lui laisser toute la place. Je l'écoute et je me tais. Pas de question, pas d'argumentation, aucun commentaire. Ça me demandera un effort, mais j'en suis capable.

Je la vois entrer dans l'établissement et me chercher du regard. Je lui fais un petit signe de la main et elle s'approche en me souriant poliment.

— Bonsoir, madame Préfontaine.

— Euh… non. Si tu veux pas que ça commence mal, tu m'appelles Catherine. Et on oublie le vous.

Bon, ça y est ! Déjà les pieds dans le plat.

— Désolé, Catherine.

Elle prend place devant moi et consulte le menu.

— Qu'est-ce que tu souhaites boire, Louis-Philippe ?

— Ce qui te fait plaisir.

— Je te le demande, insiste-t-elle d'un ton sec.

Ça part vraiment tout croche ! Vais-je avoir une bonne réponse avec elle ce soir ?

— Un gin.

Elle dépose la carte et nous attendons l'arrivée du serveur en silence. Il met quelques secondes à se pointer.

— Hé, Catherine, comment vas-tu ? As-tu skié aujourd'hui ?

— Non, demain. Paraît que les conditions sont superbes ?

— Fantastiques ! J'y étais cet après-midi. À ce temps-ci de l'année, on est chanceux qu'il soit tombé autant de neige.

— En effet.

— Alors, qu'est-ce que je vous sers ?

— Un pichet de gin tonic.

— Parfait !

Je suis estomaqué par son choix. Je pensais qu'on se contenterait d'un *drink* chacun, mais faut croire qu'elle en a long à raconter. Je me promets toutefois d'être prudent avec l'alcool puisque j'ai déjà deux verres de vin dans le corps. Pas question de perdre le contrôle ce soir.

— Tu vas voir, il est super bon. Ils ajoutent de la menthe et des framboises.

— Ça me convient, pas de problème.

— Sais-tu que… t'es pas mal plus conciliant qu'il y a douze ans, lance-t-elle, sarcastique.

J'ai envie de lui mentionner que, dans ma vie privée, je suis une personne assez souple, mais je me suis juré de ne pas provoquer de discussion.

— Et pas mal moins bavard.

— Je suis ici pour t'écouter. Pas pour plaider ma cause.

— Je sais et je t'en suis reconnaissante, précise-t-elle, revenant à de meilleures dispositions.

— C'est moi qui t'en dois une, Catherine. J'aurais compris que tu refuses de me revoir.

— Je le fais pour Laurie.

— Oui, bien sûr.

Le serveur revient avec notre consommation. Pendant qu'il remplit nos verres, Catherine retire son écharpe. Elle porte un chemisier noir et blanc très classe, moulant… et dont le bouton à la poitrine est détaché. Ce qui laisse entrevoir son soutien-gorge en dentelle et la courbe de ses seins qui sont exactement de la grosseur que je préfère. Lève tes yeux, Rousseau, lève tes *fucking* yeux !

Je fais quoi, là ? Je lui indique subtilement le problème ou je ne dis rien et je passe le reste de la rencontre à perdre ma concentration ? Dans les deux cas, je suis foutu.

Le mieux, c'est d'essayer de me focaliser sur ses propos. J'en suis capable. Je n'ai qu'à me rappeler qu'elle est dans la cinquantaine et qu'elle est la mère de Laurie.

C'est fou comme elles se ressemblent peu. Toutes les deux sont sublimes, mais chacune à leur façon. Laurie a une beauté plus discrète, plus candide, tandis que Catherine est plus spectaculaire, plus sexy. Ce qui la distingue de sa fille, c'est cette confiance qu'elle affiche. Elle donne l'impression de savoir ce qu'elle veut et d'être à l'écoute de ses besoins. Très différent de ma blonde, qui s'oublie au détriment des autres. Peut-être que d'avoir eu une mère qui s'affirme de la sorte lui a nui ? Possible…

Nous buvons notre gin tonic et j'attends qu'elle commence, en observant la faune. Le silence entre nous deux me pèse et je décide de le remplir.

— Tu viens souvent ici ?

— Habitez-vous chez vos parents ?

Je ris de bon cœur devant sa réplique.

— T'as raison, c'est nul comme question. T'as le sens de la répartie, t'aurais fait une bonne avocate.

— J'aurais, oui. Si j'avais pas eu à repartir à zéro à quarante ans.

Vas-tu finir par la fermer, Rousseau?

— Excuse-moi.

— Ça va, je t'avoue que j'en mets un peu.

— La revanche est un plat qui se mange froid.

— Et c'est pas désagréable, répond-elle, moqueuse.

— Je te propose quelque chose, d'accord?

— Vas-y.

— Tu passes les dix prochaines minutes à me traiter de tout ce que tu veux. Et je dis pas un mot.

— Non, non, c'est pas ça le but.

— T'es certaine? Je peux être ton *punching bag*, mais juste pour ce soir.

Catherine éclate de rire et c'est quelque chose que j'aurais souhaité ne jamais entendre. Son rire est si sensuel que j'aimerais m'y perdre pour l'éternité. Qu'est-ce qui m'arrive? Je ne peux pas me permettre de tomber sous le charme de cette femme-là. Voyons! Es-tu rendu fou, Rousseau?

— Excuse-moi, faut que j'aille aux toilettes.

Je me lève précipitamment, sous le regard étonné de Catherine. Une fois devant le lavabo, j'asperge mon visage d'eau froide pour reprendre mes sens. Je ne comprends pas ce que je suis en train de vivre. Cette attirance envers cette femme est des plus déplacées et elle doit cesser sur-le-champ.

Je repense à tout ce qui s'est passé au cours des dernières semaines et je me dis que c'est normal que je sois mêlé. D'autant plus que je suis fatigué comme je l'ai rarement été. Mais tout va rentrer dans l'ordre bientôt puisque j'ai l'intention de prendre quelques jours de congé aux fêtes et de recommencer l'entraînement que j'ai négligé. Je vais revenir au bon sens, j'en suis certain.

D'ici là, je serai plus distant avec Catherine, j'exigerai qu'elle aille droit au but et je ferai semblant de l'écouter. Parce que, si j'apprends les détails de son histoire, je vais juste avoir envie de la serrer dans mes bras. Et ça, c'est impensable. J'inspire à fond et j'y retourne.

— Ça va ? me demande-t-elle, intriguée.

— Oui, oui. Bon, si on en venait au fait ?

— Euh… OK.

J'ai la curieuse impression que ce changement de cap la déstabilise. Comme si elle aurait souhaité poursuivre sur une note plus légère. Si tel est le cas, je pars sans attendre.

— Je t'écoute.

Elle boit une gorgée de gin tonic et je ne peux m'empêcher de poser mon regard sur sa poitrine, dont le bouton est toujours détaché. Par chance, ça ne dure qu'une fraction de seconde et elle ne s'en aperçoit pas. Mais c'est assez long pour que je sois encore plus troublé. Là, j'ai vraiment hâte que mon supplice se termine.

— Il n'est pas à ton goût ? me demande-t-elle en désignant mon verre plein.

— Non, non. C'est juste que je conduis.

— Tu sais que tu peux marcher pour aller chez Laurie. C'est à dix minutes par les petites rues. Moi, par contre, c'est un peu loin et la route n'est pas très agréable à marcher…

— Dans ce cas-là, faudrait peut-être que tu fasses attention.

— Le problème, c'est que ça ne me tente pas. Ç'a été intense au bureau ces derniers jours, c'est pas croyable. Et comme j'ai congé demain, je suis pas pressée d'aller me coucher. Je prendrai un taxi.

— Tu travailles où ?

— Laurie te l'a pas dit ?

— Non.

— Dans un cabinet d'avocats.

— Tu me niaises?

— Non, je suis technicienne juridique.

Quelque chose m'échappe. Si elle travaillait dans le milieu du droit lors des événements, comment se fait-il qu'elle ne se soit pas mieux protégée?

— Et t'aimes ça?

— Oui. C'est arrivé sur le tard, par contre.

— Ah bon? Explique-moi.

— Au moment du «règlement»…

— Écoute, je suis sincère: je veux m'excuser. Je regrette profondément ce qui s'est passé.

— C'est un peu tard, non?

— T'as raison, mais je tenais à te le dire.

— Bon, ta conscience est soulagée maintenant? Je peux continuer?

Quel caractère elle a! Je suis dans mes petits souliers. D'un geste de la main, je l'invite à poursuivre.

— J'étais secrétaire médicale à l'hôpital de Le Gardeur, mais je commençais à avoir fait le tour. Et quand tout ça est arrivé, mon sentiment d'injustice était tellement criant que j'ai eu envie de travailler dans ce domaine-là. Pour faire une différence, tu vois?

C'est toute une leçon de vie que je suis en train de recevoir. Plus j'écoute Catherine et plus mon admiration grandit.

— C'est tout à ton honneur.

— Ohhh, mais ça s'est pas fait en claquant des doigts. Après avoir perdu la maison, j'ai fait une dépression. Ç'a duré deux ans.

Un immense sentiment de culpabilité m'envahit. Je réalise que je ne soupçonne pas l'ampleur des dommages que mon travail peut causer. Et je me sens d'autant plus médiocre. J'essaie de concentrer mon attention sur autre chose que sur ses paroles, mais je n'y parviens pas.

— C'est ensuite que je suis retournée aux études. À quarante-deux ans, au cégep, en techniques juridiques.

— C'est impressionnant.

— J'avoue que je suis assez fière. C'est le point positif qui est ressorti de cette épreuve.

— Est-ce que le cabinet où tu travailles a une spécialité?

— Le droit médical. Plus particulièrement les erreurs médicales.

— Avec ton expérience, tu dois être un atout important.

— Je pense que oui. Mon seul regret, c'est de ne pas avoir eu le courage de faire mon droit et mon Barreau. J'aurais dû. Ç'aurait été difficile, mais j'y serais arrivée.

— J'en suis convaincu. Une femme brillante comme toi.

Et très séduisante. On aura beau dire ce qu'on voudra, ça ne nuit jamais devant la cour.

— Mais bon, il est trop tard. Au moins, je participe à créer une société plus équitable.

Je réfléchis quelques instants à l'idée qui vient de surgir dans ma tête. Une façon de me racheter, mais qui pourrait être très mal interprétée.

— Pourquoi il serait trop tard?

— Ben, c'est évident. J'ai cinquante-deux ans, Louis-Philippe.

— Tout d'abord, permets-moi de te dire que tu les fais pas.

— J'en suis très consciente.

— Excellente réponse! Ça confirme que t'as ce qu'il faut. Cette confiance que tu as, qui est assez exceptionnelle, c'est ça que ça prend pour réussir dans ce domaine-là. Ça, et du travail.

— Ça change rien au fait que j'ai pas les moyens d'arrêter de gagner ma vie pendant des années.

Ici, je dois peser mes mots pour éviter de blesser son orgueil.

— Et si je finançais tes études? Comme un investissement.

— Comment ça, un investissement?

— Tu pourrais venir travailler avec moi.

— Dans quatre ans ?

— Pourquoi pas ? As-tu l'intention de prendre ta retraite à cinquante-six ans ?

— Ben non.

— Après quelques années, tu serais nommée juge. Puis là, quand je plaiderais devant toi, tu te sentirais obligée de prononcer un verdict en ma faveur. C'est calculé, mon affaire, c'est très égoïste.

Elle éclate de rire et je me sens fondre de nouveau. Rien que pour la voir heureuse, ça vaut la peine d'injecter cet argent.

— Ç'a pas de sens.

— Au contraire.

— C'est une somme beaucoup trop importante.

— Je sais exactement ce que ça représente et, crois-moi, c'est pas un problème.

— T'es vantard en plus !

— Non ! Je dis ça pour te rassurer. Ça m'enlèverait rien. Ni à moi, ni à ma fille, ni à Laurie.

— Écoute, ça…

— Alors, on a un *deal* ? dis-je en lui coupant la parole.

— Non, non, non.

— Catherine, t'as aucun argument valable.

— Ma fierté.

— Vois ça comme du mécénat.

— C'est les jeunes qui ont des mécènes d'habitude.

— Y a pas de loi écrite là-dessus. Et puis, honnêtement, ce serait autant pour toi que pour moi. J'ai besoin de me sentir utile.

— Va faire du bénévolat à la popote roulante. Ils cherchent du monde, dit-elle en rigolant.

— Parce que tu me vois faire ça ?

Catherine me fait signe que non. Puis ses grands yeux turquoise se remplissent d'eau. Elle semble réaliser que son rêve est à portée de main.

— Tu joues pas, là, hein, Louis-Philippe ?

— Je suis très sérieux.

Je lève mon verre et elle m'imite.

— À la future Me Préfontaine !

Elle essuie une larme sur ses joues et retrouve son aplomb.

— Je te préviens, fais en sorte qu'elle ne devienne jamais ton ennemie. Parce que, au tribunal, ça va être Me Préfontaine la plus forte !

Ça, je n'en doute même pas.

32

Home sweet home… Voilà mon sentiment au moment où j'immobilise mon véhicule dans le stationnement souterrain de mon immeuble. En montant chez moi, je me demande si mon escapade d'aujourd'hui en a valu la peine.

Hier, sur un coup de tête, j'ai décidé que je voulais voir la tombe de Claude. Comme si j'avais besoin d'une preuve de son décès. Léa m'a donc trouvé un pilote d'avion privé qui m'a fait faire l'aller-retour Saint-Hubert–Bagotville.

Claude Tardif est bel et bien enterré au cimetière de La Baie. Les seules informations sur la pierre tombale sont les années de sa naissance et de sa mort. Pas de « époux de… » ni de « père de… ». Selon ce que j'ai appris d'un employé rencontré sur place, il n'y avait personne lors de la mise en terre. À part une dame dans la soixantaine, dont la description pourrait être celle de Ginette Lalancette. Mais comment savoir ?

Tout ça me remue et me laisse un goût amer. Quel était mon but en me rendant là-bas? Qu'est-ce que ça m'apporte de constater que mon père a fini ses jours seul? Pourtant, plus jeune, il semblait très populaire, selon les dires de Marguerite. S'est-il isolé? Est-il devenu alcoolique?

Je ne suis pas certain de vouloir connaître les réponses à ces questions. Pas pour l'instant du moins. Et si l'envie m'en prend, je pourrai toujours m'adresser à Alex. Mais je préfère laisser les morts tranquilles.

Une fois dans ma cuisine, j'ouvre une bouteille de rouge et je fouille dans le réfrigérateur. Il est plus de 21 heures et mon club sandwich avalé en vitesse ce midi est bien loin.

Je sors quelques restes de fromage et je me prépare une assiette, avec des raisins et des craquelins. Je fais jouer ma chaîne de jazz préférée et j'apporte mon repas au salon pour profiter de la quiétude du condo. Romy dort chez une amie ce soir et ça me fait du bien d'avoir les lieux pour moi tout seul. Non pas qu'elle soit envahissante, mais je n'ai pas la même vie depuis qu'elle est avec moi.

Je savoure un morceau de bleu, en fermant les yeux pour me laisser bercer par la voix incomparable d'Ella Fitzgerald. La sonnerie de mon téléphone me tire de ma relaxation et c'est avec mauvaise humeur que je regarde l'afficheur. Puis je passe de l'agacement à l'étonnement. C'est un appel de Catherine. J'hésite quelques secondes. Je n'ai pas envie d'être troublé de nouveau par elle. Depuis notre rencontre d'il y a quelques jours, je m'efforce de ne pas penser à elle. Et j'y parviens… une fois sur deux. Mais la curiosité l'emporte.

— Salut, Catherine.

— Louis-Philippe, j'espère que je te dérange pas?

— Ça va. J'arrive du Saguenay.

— Ah bon? Une cause là-bas?

— Euh… oui, c'est ça.

Inutile de l'embêter avec mes questionnements que je m'explique moi-même très mal. Au final, je suis plutôt content de l'entendre. Au téléphone, on perçoit encore plus le sourire dans sa voix. Et ce n'est pas de refus après cette journée difficile.

— Ç'a été? T'as réussi quoi cette fois-ci? À faire perdre son emploi à un père de famille?

Ça, par contre, ça ne me plaît pas du tout. Je n'ai surtout pas envie de me faire faire la morale!

— Bon, si tu me disais ce que tu veux?

Silence au bout du fil.

— Catherine?

Toujours aucune réponse. Puis, je m'aperçois qu'elle souhaite passer en mode FaceTime. Intrigué, j'accepte sa requête.

— T'as quelque chose à me montrer?

— Non, mais je te dois des excuses et je voulais que tu voies que je suis sincère.

— Ça va, je suis juste un peu fatigué, je pense.

— Non, non, c'est moi qui ai pas été correcte. J'aurais pas dû dire ça. Vraiment, je suis désolée.

Son ton triste me touche beaucoup. Je laisse passer quelques instants avant de répondre et j'en profite pour l'observer. Elle porte un haut sport hyperajusté qui lui va à ravir. Elle a le teint de quelqu'un qui vient de terminer une activité physique et ça la rend encore plus attirante.

Elle s'aperçoit de mon regard insistant et pose elle-même ses yeux sur son vêtement, comme si elle vérifiait que tout est à sa place.

— J'avais un cours de yoga, ce soir. Je me suis pas changée.

Je me rends compte de mon indélicatesse et je réoriente la conversation.

— Donc, tu voulais me parler de quelque chose de particulier?

— Attends, tu me pardonnes ou pas?

— Je suis pas du genre rancunier.

— Alors, on trinque ? suggère-t-elle en levant son verre de blanc.

— D'accord.

Nous portons un toast et je la fixe droit dans les yeux. Comme si l'écran qui me sépare d'elle m'enlevait mes inhibitions. Elle détourne la tête, mal à l'aise. Non, mais quel con je suis ! C'est la mère de ma blonde ! N'oublie jamais ça, Rousseau !

— Donc, tu veux qu'on discute de notre entente ?

Je me demande combien de fois je devrai la relancer pour qu'elle en vienne au fait. Elle ne semble pas pressée. Peut-être qu'elle s'ennuie un peu, toute seule à Bromont. Laurie a été beaucoup ici ces derniers jours. Je suis heureux de constater qu'elle s'adapte de plus en plus à la vie de condo. Ce soir, elle célèbre les trente-cinq ans d'une amie avec une gang de filles dans un chalet de Saint-Sauveur. Et comme toujours, c'est Catherine qui s'occupe de sa ménagerie. Chien, chats et hérisson, ça ne jase pas beaucoup.

— Sérieusement, c'était quoi, ta cause au Saguenay ?

Soudain, je n'ai plus envie de mentir. Peut-être que de me confier à Catherine m'apportera un peu de paix ? C'est mieux de le faire avec elle qu'avec Marguerite. Il y a Laurie aussi, bien sûr, mais parfois, je la sens si fragile que je n'ose pas toujours m'ouvrir à elle.

— Y avait pas de cause.

— Ah. C'était quoi alors ?

— Je suis allé me recueillir sur la tombe de mon père.

— Oh… je suis désolée. Il est mort récemment ?

— Y a quelques mois.

— Écoute, j'étais pas au courant. Je t'offre toutes mes condoléances, Louis-Philippe.

— C'est gentil, mais tu sais, je le connaissais pas. Je l'ai jamais rencontré.

Catherine, qui s'apprêtait à boire une gorgée de vin, repose son verre sur la table de son salon, l'air éberlué.

— Laurie m'a jamais parlé de ça. Tu vis ça comment ?

Je vis ça comment ? La seule certitude que j'ai en ce moment, c'est que mes émotions se bousculent. La tristesse se mêle à la colère, à l'incompréhension et aux regrets.

— Je sais pas trop.

— Ça doit pas être évident, en effet.

Son empathie me pousse à me vider le cœur. Je passe de longues minutes à lui raconter ma non-relation avec mon père, comment j'ai mis une croix sur cet homme sans chercher à le connaître. Je lui décris ma rencontre avec Alexandre et les bouleversements intérieurs qui ont suivi.

Elle m'écoute avec attention, interrompant mon monologue en me demandant quelques précisions. Je lui avoue ne pas être certain de souhaiter poursuivre mon enquête sur mon géniteur. Ses grands yeux compatissants me réconfortent et, quand je termine mon récit, je me sens plus calme.

— Eille, excuse-moi, Catherine. Je voulais pas t'embêter avec mes trucs perso.

— Tu m'embêtes pas du tout. Je trouve ça vraiment, euh… touchant.

Je lui fais un sourire complice, auquel elle répond. C'est incroyable comment notre conversation est fluide. Même si elle est virtuelle et qu'on se connaît peu.

— T'en penses quoi ?

— Qu'est-ce que je pense de quoi ? me demande-t-elle en s'enduisant les mains de crème hydratante.

Ses gestes langoureux me troublent et je mets quelques secondes à revenir à la conversation.

— Euh… Je devrais chercher à en apprendre plus sur lui ou pas ?

— C'est pas à moi de te conseiller. Tout ce que je sais, c'est que, si t'as pas envie, tu le fais pas. Personne t'oblige.

— Hum, hum. T'as raison.

— Moi, la psycho pop qui dit qu'on doit absolument faire la paix avec son passé, qu'un enfant privé d'un de ses parents est automatiquement *fucké*, j'y crois pas une seconde.

— Moi non plus.

— On peut très bien vivre sans se «thérapiser» pendant des années.

Son image me fait sourire et me rappelle la thérapie que nous avons abandonnée, Romy et moi. On ne s'en porte pas plus mal.

— Il est tard, Catherine, je veux pas te retenir plus longtemps.

— Je te ferai remarquer que c'est moi qui t'ai appelé, Louis-Philippe.

— En effet. Et pour quel motif? Et là, c'est la dernière fois que je te le demande.

Elle éclate de rire et ça me rend heureux. Ne manque que son odeur pour que le charme opère au complet.

— C'est à propos de... ah non. Tu sais quoi? On discutera affaires une autre fois. J'ai pas envie de rompre la chimie.

Ses propos me bouleversent. De quelle chimie parle-t-elle? Est-ce que, comme moi, elle sent une attirance? Non, je me fais des idées. Elle est juste reconnaissante envers mon geste de lui offrir ses études. Et même si c'était le cas, c'est clair que c'est une histoire impossible entre nous.

— Comme tu veux. Mais je vais te laisser aller te coucher. Moi, je vais terminer mon souper.

— Oh oui, tu dois être affamé.

J'aime sa façon d'exprimer les choses. Oui, je le suis, mais pas nécessairement de ce qu'elle pense.

— On se dit à bientôt, alors?

— À bientôt, Louis-Philippe.

— Bonne nuit, Catherine.

— Bonne nuit à toi.

Elle m'envoie un bisou virtuel et elle ferme son ordinateur. Un immense sentiment de bien-être m'envahit. Je me suis senti écouté comme ça ne m'est pas arrivé depuis longtemps… pour une fois qu'une femme ne me dit pas comment agir.

Je me sens comblé à un point où je n'ai ni faim ni soif. Je me laisse bercer de nouveau par la musique en m'interdisant de songer à quoi pourrait ressembler mon quotidien avec Catherine.

33

— Ah non! Ils ont oublié la sauce au vin rouge pour le gigot d'agneau. Je savais que j'aurais dû cuisiner moi-même, clame ma mère en déballant les plats qui viennent de nous être livrés.

— Calme-toi, Marguerite, c'est juste une sauce.

— À Noël, tu sauras qu'on fait pas affaire avec un traiteur. On prépare de la bouffe maison!

Et avoir ma mère dans les pattes pendant des jours ici? Non, merci!

— On va envoyer Romy acheter ce qu'il faut et tu la feras. T'as le temps, ils arrivent seulement dans deux heures.

Elle ouvre une grande boîte de carton, puis reste stupéfaite.

— C'est quoi, ce dessert-là? T'avais pas commandé une bûche? Coudonc, elles sont où les traditions, ce soir?

— Romy avait envie d'un gâteau au chocolat, j'ai voulu lui faire plaisir.

— T'aurais dû prendre une bûche au chocolat dans ce cas-là ! Ça part ben mal, ce réveillon-là.

L'anxiété de Marguerite ne m'atteint pas. Je n'ai aucune crainte quant au souper qui s'annonce. Tout va bien aller.

Depuis mon FaceTime avec Catherine, je suis parvenu à me raisonner. J'ai passé beaucoup de temps avec Laurie et ça m'a permis de constater que notre relation est vraiment formidable. Avec elle, tout est simple et c'est exactement ce qu'il me faut après le chaos des dernières semaines. Je n'ai surtout pas besoin de fantasmer sur une femme de treize ans mon aînée. Ce moment d'égarement est bel et bien derrière moi.

Je suis très à l'aise avec mon rôle de mentor, et c'est ce à quoi je vais m'en tenir avec elle. Un autre soir, après avoir conclu notre entente, nous avons discuté des modalités. Tout comme moi, elle souhaite que ça reste entre nous. Elle prétendra qu'elle a reçu un héritage d'une amie décédée l'été dernier. Ça colle puisque cette copine n'avait ni mari ni enfants. Ni argent, mais, ça, personne n'est obligé de le savoir. C'est donc sur une base professionnelle que j'aurai des relations avec ma belle-mère.

— Romy ! C'est quoi, cette tenue-là ?

Ma fille vient d'apparaître dans la cuisine, vêtue de son combishort taupe que nous avons acheté ensemble dans un commerce de mode éthique.

— C'est mon *jumpsuit* en coton bio, grand-maman. Y est super beau.

— C'est une salopette beige pas chic du tout. À Noël, on porte une robe. Noire de préférence.

— Ben, pas moi !

— Avec des *shoe-claques*, en plus ! T'as pas des petits talons ?

— Je suis bien dans mes espadrilles !

— T'es parfaite, Romy, dis-je, voulant faire baisser la tension.

— Merci, p'pa.

Marguerite observe sa petite-fille plus attentivement.

— Bon, c'est vrai qu'il te va bien, ma cocotte.

— Ça, c'est plus gentil.

— Maintenant, tu peux aller à l'épicerie, s'il te plaît?

Romy me lance un air exaspéré, comprenant qu'elle s'est fait manipuler. Je hausse les épaules, impuissant. Marguerite sera toujours Marguerite…

✳

«OK, Google, joue Leonard Cohen.»

Et voilà que l'appareil diffuse *I'm Your Man*, ajoutant une couche de turbulence aux émotions que je ressens depuis le début de la soirée.

Nous en sommes à la remise des cadeaux et Laurie vient d'ouvrir celui que je lui ai offert: un Google Home, que nous testons à l'instant, en compagnie de nos invités. Nous sommes onze en tout: Laurie, Romy, Nathan, les parents de celui-ci, Amélie, Marguerite, Jacques, Catherine, Charles et moi. Charles. Celui que je n'attendais pas. Le nouveau chum de Catherine.

If you want a lover
I'll do anything you ask me to

Je dis nouveau chum, mais ce n'est pas tout à fait exact. Catherine nous a expliqué au cours du repas qu'elle et Charles se sont revus par hasard il y a quelques jours, après avoir rompu quatre ans plus tôt. À l'époque, Charles était marié et ils entretenaient une relation clandestine. Maintenant qu'il est libre, ils ont décidé de se donner une deuxième chance.

And if you want another kind of love
I'll wear a mask for you[2]

---

2.   *I'm Your Man*, Leonard Cohen, 1988.

Et là, ça m'a frappé de plein fouet. Je suis amoureux de Catherine. Et furieusement jaloux de ce Charles aux cheveux gris. Depuis leur arrivée, je cherche un prétexte pour quitter ma maison le soir de Noël, alors que toutes les femmes de ma vie sont avec moi. Je suis conscient que ça ne se fait pas. Mais si je m'écoutais, je crisserais mon camp au bout du monde.

— Ça va, Louis? me demande Laurie, soucieuse.

— Oui, oui. T'es contente, ça te plaît?

— Oui, merci beaucoup, t'es fin.

Ma blonde n'arrête pas de me dire ça. Que je suis fin! Si elle savait…

La distribution des cadeaux se poursuit et j'observe le tout comme si j'y étais étranger. Je n'ai aucune réaction quand Nathan offre un sac en cuir végane à Romy et qu'elle lui saute dessus pour l'embrasser passionnément, sous le regard perplexe d'Amélie. Ben oui, ta fille a une vie sexuelle active et ce n'est pas la fin du monde… C'est vrai qu'elle pourrait se garder une petite gêne, mais je mets ça sur le compte du champagne dont elle a abusé.

Je reste indifférent quand Marguerite ouvre le présent de Jacques et qu'elle s'exclame n'avoir jamais reçu un collier aussi magnifique. Même ses yeux remplis d'eau ne me touchent pas.

Puis Amélie me tend un paquet enveloppé dans du papier argent. Belle surprise!

— C'était pas nécessaire.

— C'est pour te remercier d'avoir pris soin de notre fille. Je t'en suis vraiment reconnaissante.

Ça, c'est quelque chose qui me fait plaisir ce soir. De voir mon ex bien dans sa peau comme elle ne l'a pas été depuis longtemps. Sa semaine de ressourcement dans un monastère lui a procuré un bien immense et lui a permis de faire la paix avec son célibat. Elle m'a appris qu'elle a cessé de provoquer les choses avec les hommes et qu'elle a confiance en l'avenir pour lui envoyer le bon. Si seulement je pouvais être aussi zen…

J'ouvre le cadeau et je découvre une cravate en soie Hermès. Le classique, quoi. Même si elle est très chic avec ses petits motifs carrés, elle me ramène à un autre aspect de ma vie qui me déprime : mon boulot. J'y suis plus malheureux que jamais et ça paraît dans mon rendement. Je me suis donné le congé des fêtes pour décider de mon avenir. J'ignore quel sera mon *move*, mais ça ne peut pas continuer comme ça. C'est clair comme de l'eau de roche.

— Merci, Amélie, elle est super belle, dis-je en lui faisant la bise.

— Tiens, à mon tour, lance Catherine en me tendant un petit sac en papier glacé noir, orné d'un ruban rouge.

Je l'attrape, en gardant les yeux fixés sur l'objet, pour éviter son regard. À l'intérieur, j'y trouve une bouteille de mon parfum préféré, *L'Homme Prada Intense.*

— Pas très original, je sais.

— C'est très gentil, Catherine. Je devais justement le renouveler. T'as eu une complice, je pense, dis-je, en me tournant vers Laurie.

— Non, maman m'a pas consultée. Elle a deviné toute seule.

Non ! Comment vais-je arriver à oublier une femme qui perce mon intimité, même si elle me connaît à peine ? Je n'ose pas lever les yeux sur elle, de peur qu'elle y perçoive tout le désir qui m'habite. Et je reste là, comme un con, à ne plus savoir comment agir.

Avec les femmes, j'ai l'habitude d'être proactif, de mener le bal. Mais avec Catherine, je perds tous mes moyens et je paralyse.

— Ben coudonc, p'pa, tu l'embrasses pas pour la remercier ?

— Euh, oui, oui. Désolé, je suis dans la lune.

Je me lève et je dépose deux becs sur ses joues, pour aussitôt reprendre ma place auprès de Laurie. C'est rapide, mais pas assez pour que je ne sente pas cette décharge électrique qui me traverse tout le corps. Au moment où je serre la main de ma blonde dans la mienne, je croise le regard de Marguerite. Elle a tout compris.

Elle attrape le dernier présent sous l'arbre et mentionne qu'il est pour moi.

— Voyons, Marguerite, tu m'as déjà donné un chandail tout à l'heure.

— Oui, mais lui, il est spécial. Et si ça vous dérange pas, tout le monde, j'aimerais le lui remettre seule à seul.

Tous acquiescent, et ma mère me prie de la suivre. Je suis convaincu que cette histoire de cadeau est de la foutaise et que je vais me faire rincer pas à peu près. D'ailleurs, la façon dont elle ferme la porte de mon bureau m'indique qu'elle est de bien mauvaise humeur. J'attends que la tempête se déchaîne, mais elle garde le silence.

— Dis-le.

Toujours rien.

— Dis-le que j'ai pas d'allure, que je mérite pas Laurie, que je suis juste bon pour faire de la peine aux femmes.

Marguerite s'installe sur la causeuse. À mon grand étonnement, ce n'est pas de la colère que je vois sur son visage, mais bien de la compassion.

— Viens t'asseoir, mon lapineau.

Je me laisse choir à ses côtés, complètement défait. Je n'ai plus la force de lutter contre mes sentiments comme je le fais depuis des heures. J'ai envie de les exprimer, mais rien ne sort. Marguerite le fait pour moi.

— Premièrement, Laurie, tu l'as jamais aimée.

— T'exagères.

— Pas du tout. Elle est gentille, tu t'entends bien avec elle, elle est pas compliquée, mais t'es pas amoureux. Je trouve ça bien dommage, c'était la femme parfaite pour toi, mais on force pas ces choses-là.

Je revois dans ma tête les moments passés avec Laurie et je réalise que Marguerite a raison. Oui, je me sens calme en sa présence. Oui, j'ai envie de la protéger, de lui rendre la vie confortable, mais ça s'arrête là.

— Et si tu veux mon avis, mon lapineau, Laurie croit qu'elle t'aime, mais ce n'est pas vrai. Avec toi, elle cherche la sécurité.

Là, je ne suis pas d'accord. Laurie n'est pas une profiteuse.

— Tout ça est inconscient, poursuit-elle. Laurie est bien avec toi, mais mon intuition me dit qu'elle a des trucs à régler de son côté avant de s'engager.

— Comme quoi?

— Ça lui appartient. Mais quand tu vas rompre, ce sera peut-être pas une mauvaise chose pour elle.

— Rompre?

— Ben là, c'est pas comme si t'avais le choix. Tu peux pas continuer avec Laurie si t'es en amour avec Catherine.

Je me sens comme un adolescent qui se fait réprimander par sa mère. C'est très gênant, mais en même temps, ça m'aide à y voir clair.

— Par contre, j'aurais souhaité que tu jettes ton dévolu sur quelqu'un d'autre. Franchement, la mère de ta blonde!

— Penses-tu sincèrement que j'ai voulu me retrouver dans cette situation?

— Je sais bien. Maudit coup de foudre! Ça apporte jamais rien de bon.

Je crois bien qu'elle fait référence à Claude. Et ça m'amène à reconsidérer mon choix de ne pas lui révéler son décès. Elle a le droit de savoir. En même temps, je ne serais pas étonné qu'elle soit déjà au courant. Marguerite a ses secrets.

Et puis, comme ma visite au cimetière de La Baie a répondu aux questions que je me posais, je ne vois pas pourquoi je la replongerais dans ses souffrances. Pour moi, le dossier de Claude Tardif est clos.

Inutile d'assombrir ses jours, elle qui profite enfin de la vie comme elle le mérite depuis le début de sa relation avec Jacques. D'ailleurs, elle repart avec lui en Floride après le jour de l'An, pour le reste de l'hiver. Je suis très heureux qu'elle ait finalement rencontré un homme qui l'aime.

— Et tout cas, mon lapineau, tu m'étonneras toujours.

— Pourquoi?

— J'aurais jamais pensé que tu deviendrais fou d'une femme mature, qui est pas dans tes standards habituels. Catherine est bien différente de tes deux… deux Américaines.

— Bon, bon. Reviens pas là-dessus, s'il te plaît.

— Ça me prouve que t'es pas seulement porté sur l'image.

— Je trouve que Catherine est aussi belle que toutes les femmes que j'ai aimées. Plus, même.

— C'est sûr qu'elle est magnifique. Mais j'aurais juré que t'étais le genre à être allergique aux rides.

— Quelles rides? Moi, je vois juste ses yeux.

Le visage de Marguerite est rempli de tristesse. Bon, assez de confidences. Je me lève en lui mentionnant que nous devrions retourner auprès de nos invités.

— On a pas fini.

— Y a plus rien à discuter, Marguerite. Je vais briser le cœur de Laurie, pis je vais me jeter dans le travail pour oublier Catherine. Comme je fais toujours.

— Ah! Parlons-en, de ta job. Là non plus, ça va pas. Je le sens bien que tu n'es plus heureux. Je sais pas ce qui s'est passé, mais t'es plus pareil depuis quelque temps.

— C'est vrai que je veux faire des changements, mais, justement, ça va m'occuper l'esprit.

Marguerite tripote le ruban de mon prétendu cadeau. Je m'approche pour vérifier l'étiquette. Il y est écrit: «À Romy, de grand-maman.» C'était vraiment un prétexte pour me traîner ici!

— Dis-moi, mon lapineau, si t'avais un souhait à faire, en ce moment même, ce serait quoi?

— Tu parles d'une drôle de question.

— Non, réfléchis pas. C'est quoi la première chose qui te vient à l'esprit, là, tout de suite?

— Me retrouver au bout du monde.

— Très bien. Qu'est-ce qui t'en empêche?

— Euh, ben, c'est pas dans mes plans.

— C'est quoi, tes plans? Continuer de mourir à petit feu?

— Tu dramatises tout.

— Non. Tu sais ce qui est dramatique?

— J'ai pas envie de l'entendre, mais tu vas me le dire pareil.

— Exactement. À quoi te servent tes millions si t'es incapable d'avoir de la liberté? Pars! Vas-y, te trouver au bout du monde!

— Fuir ses problèmes n'est jamais une solution.

— Je te parle pas de fuir. Je te parle de vivre. Ça fait plus de quinze ans que tu travailles comme un malade, t'es épuisé. Et t'as presque pas voyagé, c'est tout juste si t'as vu Paris et la Grèce.

— Je vais en Floride régulièrement.

— Ça, ça compte pas. En plus, c'est ta deuxième peine d'amour en quelques mois.

— Pardon?

— Essaie pas. Je sais pas c'est qui la femme avant Laurie, mais elle t'a fait mal, elle aussi.

Évelyne… il me semble que c'est loin, toute cette histoire. Mais c'est vrai qu'il m'arrive d'y penser de temps à autre.

— Donc, prends-toi un billet pour où tu veux. Mais assure-toi d'être revenu le 5 avril. Pas question que tu fêtes tes quarante ans sans moi!

Marguerite quitte mon bureau, me laissant seul et plus mêlé que jamais.

✶

Je n'ai pas fermé l'œil de la nuit. «Vas-y, te trouver au bout du monde!» «Qu'est-ce qui t'en empêche?» Le discours de ma mère a fait son chemin pendant toutes ces heures où Laurie dormait paisiblement à mes côtés.

Assis au salon, j'observe le jour se lever sur Montréal, en ce 25 décembre. Dans combien d'autres grandes métropoles ai-je admiré un lever ou un coucher de soleil, au cours de ma vie? Toronto, Paris, Athènes, New York, Los Angeles, Miami et quelques villes américaines. Elles pourraient en effet être plus nombreuses.

Jusqu'à présent, les voyages ne m'ont pas manqué. Je n'avais pas le temps d'y penser. Mais aujourd'hui, c'est différent. Marguerite a déclenché chez moi une envie de voir autre chose. Oui, pour ne plus avoir envie de faire l'amour à Catherine, mais aussi pour faire le point sur mon avenir. Qu'est-ce que je veux faire du reste de ma vie professionnelle?

J'ai beau y réfléchir, je ne trouve pas de réponse. Et je crois qu'elle viendra avec le recul que seul un exil peut apporter. Je ne me résigne toutefois pas à partir sur un coup de tête. Je ne peux pas faire abstraction de Romy et de mon association avec O'Brien et Johnson.

Pour ma fille, je devrais en parler à Amélie. Est-il trop tôt pour l'appeler? Je lui envoie un texto pour lui demander si elle est réveillée.

«Oui. Qu'est-ce qui se passe?»

Je compose son numéro.

— LP, y a un problème avec Romy?

— Non, non, tout va bien.

— Fiou. T'es de bonne heure pour un lendemain de *party*. Tu t'es couché tard?

— Une demi-heure après que t'es partie, environ.

— En tout cas, c'était très agréable. Merci encore.

— De rien. Merci à toi pour la belle présence.

— Je pense que Romy était contente de nous voir ensemble sans nous tirailler. Ç'a fait du bien à tout le monde.

— En effet. Écoute, j'ai quelque chose à te demander.

— Quoi?

— Si je partais quelques mois, mettons jusqu'au printemps, tu pourrais t'occuper de Romy?

— C'est quoi? Un gros procès à l'extérieur?

— Non. Un voyage.

— D'affaires?

— D'agrément.

— Est-ce que je parle bien à Louis-Philippe Rousseau? ironise-t-elle.

— Sais-tu quoi? Je suis pas certain. En tout cas, pas le même que t'as connu.

— C'est peut-être pas une mauvaise chose.

— Alors, t'en penses quoi?

— C'est sûr qu'elle ne sera pas enchantée, c'est clair qu'elle préfère rester chez toi. Mais je vois pas pourquoi je t'empêcherais de vivre ce que t'as à vivre.

— Merci, Amélie. Et pour Romy, c'est pas compliqué. Tu la laisses dormir avec Nathan et t'auras pas de problèmes.

— Ouin… elle est rendue là, hein?

— *Yep.* Merci encore, je te revaudrai ça.

— De rien. Tu pars avec ta blonde?

— Non, seul.

— Ah bon? LP, est-ce que je dois m'inquiéter?

— Pas du tout, Amélie. Bien au contraire.

Je raccroche en lui promettant de lui donner des détails le plus rapidement possible. Reste maintenant le problème avec mes associés. C'est décidé, je veux quitter le cabinet. Et je m'attends à beaucoup de résistance.

« À quoi te servent tes millions si t'es incapable d'avoir de la liberté? » Marguerite a bien raison. Je connais une façon fort utile de dépenser une petite partie de mon argent : payer un confrère pour négocier mon départ du cabinet. Et ça se fera à distance!

Parce que, si je veux être certain de mettre mon projet à exécution, je ne vois qu'un seul moyen : acheter un aller simple pour un endroit très, très loin. Je me prépare un espresso et je prends ma tablette pour naviguer sur les sites des compagnies aériennes. Je regarde les offres pour Londres, Istanbul, Saint-Pétersbourg, Mumbai… tout ça n'est pas assez loin.

Puis je remarque un vol sur Denpasar. Bali et ses plages de sable blanc, ses vagues parfaites pour le surf, ses temples mystiques et ses *nightclubs*. Si je ne décroche pas là, je ne décrocherai jamais.

Je sors ma carte de crédit et je réserve un siège en première classe pour demain. Peut-être que je fais la pire folie de ma vie ? Mais si c'est le cas, ce sera ma première vraie folie en près de quarante ans. Je devrais pouvoir me la pardonner. Enfin, j'espère…

QUATRE MOIS PLUS TARD...

34

— Surprise !

Voilà ce que j'entends en ouvrant la porte de mon condo, mes bagages à la main. Romy et Marguerite me sautent dans les bras et je suis vraiment heureux de les revoir.

Tout à l'heure, quand je suis descendu de l'avion qui m'a amené ici depuis Rome, j'ai eu un pincement au cœur en constatant que personne ne m'attendait.

— Tu pensais qu'on t'avait oublié, mon lapineau ?

— Un peu, j'avoue.

— Parfait ! Ça t'apprendra à pas revenir à temps pour tes quarante ans.

Ce reproche, je vais l'entendre pour le reste de mes jours. Surtout que ma mère a écourté son séjour en Floride pour rentrer au Québec, au début du mois, croyant que je me pointerais comme elle me l'avait demandé. Mais il y a trois semaines, je n'étais pas prêt à mettre fin à mon aventure. Je venais tout juste d'arriver en Italie et de tomber sous le charme de la côte amalfitaine. J'ai donc loué une villa en montagne, à Ravello. Après l'effervescence de Bali, Bangkok, Tel-Aviv et Istanbul, le calme de la campagne était bienvenu.

J'ai célébré mon anniversaire devant une bouteille de Furore Rosso et un spaghetti *alla puttanesca*, totalement en paix avec moi-même. J'avais besoin de cette solitude après toutes les rencontres faites en cours de route.

— Rome, c'était comment?

Je décris à ma fille mes trois derniers jours de voyage, passés à visiter essentiellement le Vatican et le Panthéon.

— T'as pas magasiné?

— Oui, mais pour vous deux. Pas pour moi.

— Je veux voir, dit-elle en se ruant vers ma valise.

— Attends un peu, ma cocotte. Laisse ton père arriver.

— Ça va, Marguerite.

J'ouvre mes bagages et je leur tends chacune une boîte. J'ai privilégié les petits cadeaux, pour que ça n'occupe pas trop de place. Pour Romy, j'ai choisi des boucles d'oreilles en argent avec un diamant noir et, pour ma mère, j'ai opté pour un bracelet en or.

— Ohhh, merci, mon lapineau. Il est super beau.

— Merci, p'pa. Elles sont *cutes*, mais j'aurais préféré des chaussures.

— Si j'étais toi, je m'en ferais pas trop avec ça. Je pense que tu vas recevoir un colis d'ici quelques jours.

— Hein? Wow! T'es trop fin!

Je lui devais bien ça. Romy a eu un comportement exemplaire ces derniers mois. Oui, elle m'a fait la gueule quand je lui ai annoncé que je partais, mais elle m'a vite pardonné. J'ai communiqué avec elle pratiquement tous les jours, en lui envoyant des photos et des vidéos par texto, qu'elle partageait ensuite avec Marguerite.

Nous avons aussi *facetimé* à plusieurs reprises. Ma fille a aimé suivre mon parcours quotidien et ça lui a donné la piqûre du voyage. Je lui ai promis que le prochain, on le ferait ensemble. Ce n'est pas tombé dans l'oreille d'une sourde, puisqu'elle a déjà tracé notre itinéraire en Espagne pour les deux premières semaines d'août.

— En tout cas, t'es ben plus beau avec les cheveux comme ça.

À l'étranger, j'ai cessé de voir un coloriste et j'ai enfin accepté que mes tempes grisonnent légèrement. C'est pas si mal. Et c'est beaucoup moins compliqué.

— Merci, Marguerite.

— Par contre, la barbe de trois jours, on oublie ça. J'espère que tu vas recommencer à te raser proprement comme avant.

— J'aime ça, moi, dit Romy. Ça fait *bum,* un peu.

— Justement, mon lapineau n'est pas un voyou.

— Un voyou! Grand-maman, je te parle d'un *bum* au cœur tendre. Moi, je veux qu'il la garde.

— C'est mon visage, c'est moi qui vais décider, d'accord?

En fait, j'ai l'intention de me raser de près pour le boulot, mais de prendre plus de liberté pour les vacances et les week-ends. Ce que je ne m'autorisais jamais avant.

Mon téléphone vibre. Un message texte.

— C'est qui? me demande Romy.

— Marco Fillion.

— Je le connais?

— Non. Je l'ai rencontré en Thaïlande et on est devenus amis.

— C'est bien d'avoir un copain de gars.

— En fait, c'est plus qu'un ami.

Marguerite et Romy écarquillent les yeux et je trouve ça très drôle qu'elles croient que je suis devenu gai. Si elles savaient pour Ellen, Djamila, Geneviève, Monica et les autres, elles seraient vite détrompées. Oui, je me suis étourdi dans les bras des femmes. Et ç'a contribué à ma guérison. J'ai cessé de penser à Catherine depuis plusieurs semaines déjà.

Lors de notre dernière communication par message texte, pour régler certains détails de notre entente, je n'ai pas ressenti ce pincement au cœur que j'éprouvais chaque fois que son nom apparaissait sur mon téléphone. Je suis bel et bien guéri.

— Calmez-vous ! Marco, c'est mon partenaire d'affaires.

— Comment ça ? Tu te lances en *business* ? m'interroge Romy.

— Je continue dans le droit, mais je fonde mon cabinet avec Marco. L'ouverture est prévue la semaine prochaine.

— Ouin, t'as pas chômé à ce que je vois. Je pensais que t'allais te reposer, me reproche ma mère.

— Je me suis reposé en masse, mais je voulais pas revenir devant rien.

— Il va être où, ton bureau, p'pa ?

— Tout près d'ici, rue Notre-Dame. C'est Marco qui a trouvé la place.

— Vous allez être combien d'avocats ?

— Deux. Marco et moi. Un cabinet à dimension humaine.

— Mais raconte, comment t'en es venu là ?

— J'ai rencontré Marco en faisant du surf à Kalim Beach.

— Ouin, d'ailleurs, t'es rendu *hot,* p'pa. La dernière vidéo que tu m'as envoyée était trop *nice*. Je veux que tu me montres à en faire. Est-ce que c'est facile ?

— Ça dépend. Moi, ç'a bien été, mais je suis sportif, ça aide.

J'ai eu un véritable coup de cœur pour cette activité qui me permet d'évacuer mon stress comme jamais. Et j'ai bien l'intention de la pratiquer cet été sur le Saint-Laurent.

— Je serai pas bonne, d'abord. J'ai pas de talent pour les sports.

— C'est pas vrai, Romy. Si tu t'y mets sérieusement, tu seras capable.

— Ton père a raison. Quand on veut, on peut.

— Ouin…

Selon moi, ma fille est plus motivée à se trouver un nouveau chum qu'à s'entraîner. Elle a rompu avec Nathan il y a quelques semaines, parce qu'elle désirait vivre autre chose. Je ne peux pas la blâmer.

— Donc, avec Marco, ç'a cliqué. Lui aussi était en remise en question. Il en avait assez du droit des affaires.

— Mais là, quelle sorte de droit vous allez faire?

— On va spécialiser dans la défense des victimes d'accidents de la route, d'accidents du travail et d'actes criminels.

— Tout un revirement! Bravo, mon lapineau!

— Ça doit être pas mal moins payant, par contre.

Romy qui s'inquiète pour son train de vie. C'est peut-être une bonne chose, au fond. Même si elle n'a pas de soucis à se faire, car ma nouvelle pratique sera très lucrative. Pas autant que celle d'avant, mais bien assez pour que rien ne change. Pas question de renoncer à mon confort. Mais ça, elle n'est pas obligée de le savoir.

— On verra ce que ça donne.

— De toute façon, ma cocotte, tu manques de rien. J'espère que t'es consciente que t'es très privilégiée.

— Oui, oui, je le sais. Chez Gaby, c'est pas comme ça.

— Gaby?

— Ouais, mon nouveau chum. Il est trop *badass*!

Je souris devant sa candeur. Qu'elle en profite! Le jour viendra bien assez vite où la réalité des relations amoureuses la frappera en plein visage. Je souhaite juste qu'elle n'ait pas trop mal.

— J'ai hâte de le rencontrer. Et toi, Marguerite, comment va Jacques?

— Très bien. J'ai soupé chez lui hier, avec Laurie.

L'évocation de mon ex ravive ce sentiment de culpabilité dont je ne me suis pas départi, malgré tous mes efforts. Je me souviens parfaitement de ce matin du 25 décembre, alors qu'elle était assise ici même à l'îlot et que ses grands yeux se sont embués quand je lui ai annoncé que je partais et que je mettais un terme à notre relation. J'ai encore en mémoire notre conversation :

— Si c'est parce que t'as besoin de temps pour toi, je peux t'attendre.

— Non, Laurie, c'est plus que ça.

— Et si je te laisse libre ? Si je te dis que tu peux faire ce que tu veux pendant ton voyage ?

— Jamais je te ferais ça.

— Pourquoi dans ce cas-là, Louis ? Je pensais que tu m'aimais.

— Je suis désolé.

Je la vois revêtir son manteau, en essuyant les larmes sur ses joues. Je ne l'ai pas consolée et je l'ai laissée partir avec son chagrin et ses interrogations auxquelles je ne voulais pas répondre. Parce que la vérité l'aurait achevée.

— Et… comment elle va ?

— Très bien. Franchement, c'est plus la même fille. Elle est totalement épanouie, m'informe Marguerite.

— Tant mieux. Elle a un nouvel homme dans sa vie ?

Marguerite regarde Romy, l'air perplexe.

— Tu lui as pas dit, ma cocotte ?

— Ben non, me semblait que c'était toi qui devais le faire.

— Qu'est-ce que vous deviez me dire ?

— Que Laurie a une blonde !

— Tu me niaises ?

— Ben non, mon lapineau !

— Laurie est homosexuelle ?

— Elle refoulait ça depuis toujours, t'imagines ! Et quand tu l'as laissée, elle est allée en thérapie, et c'est là qu'elle s'est tout avoué.

— J'en reviens pas!

J'y repense, et c'est vrai que ç'a du sens. Son manque d'enthousiasme au lit, sa façon de tout le temps me rappeler qu'elle était soulagée que je ne mette pas de pression. Je croyais que c'était parce qu'elle était *straight*, mais en fait, elle n'aimait pas le sexe avec moi. La tendresse, oui, mais pas la baise.

— J'espère que tu te sens mieux par rapport à elle, maintenant.

— Je lui ai quand même causé de la peine.

— En tout cas, elle t'en veut pas du tout. Elle dit même qu'elle t'en doit une. Je vais organiser un souper bientôt, tu pourras rencontrer sa copine.

— Euh... on va se garder une petite gêne, d'accord?

— Tu sais, il va y avoir des activités familiales. Cet été, Jacques aura soixante-cinq ans, on va fêter ça tous ensemble, t'auras pas le choix de la revoir tôt ou tard, m'annonce Marguerite en me fixant droit dans les yeux.

Je me demande si elle parle de Laurie ou de Catherine. Je suis conscient qu'un jour ou l'autre je serai en présence de Catherine, mais je ne suis pas pressé. Je crois que ça se passerait bien, mais pourquoi tenter le diable?

De toute façon, je veux axer mon énergie sur l'ouverture de mon cabinet et sur ma relation avec ma fille. Je n'aurai pas le temps de me consacrer à autre chose, et c'est parfait comme ça. Je ne souhaite surtout pas m'engager dans une nouvelle relation tout de suite.

— Je vais défaire ma valise, dis-je en quittant l'îlot.

— Attends, p'pa, faut que je te montre quelque chose.

Romy soulève la manche de son chandail et me désigne l'intérieur de son avant-bras, sur lequel se trouve... un long tatouage de lézard.

— Bon. Faut croire qu'Amélie t'a donné la permission.

— Il est beau, hein ?

— Si tu le dis.

— Ah, fais pas cette tête-là, mon lapineau. Moi aussi, j'en ai un.

— T'es sérieuse ?

— Oui, mais je montre pas où !

— OK. *Too much informations.*

— On l'a fait faire ensemble. C'est un lézard, mais plus gros par exemple. Pas autant que celui de la Floride, par contre.

— C'est n'importe quoi, ça, Marguerite. Y a pas de gros lézard en Floride.

— Ah non ? Pis le courriel de Ryan, c'est quoi, d'abord ?

— Quel message de Ryan ?

— Celui qu'il nous a envoyé avec la photo du gros lézard.

— Depuis quand mon employé te rend des comptes à toi aussi ?

— Depuis que je lui ai demandé de le faire. J'ai séjourné à ta maison à plusieurs reprises cet hiver quand j'avais besoin d'un *break* de Jacques. J'ai jamais vécu avec un homme avant, à part toi. C'est toute une adaptation.

— Mais votre couple va bien ?

— Oui, oui. Mais c'est mieux quand on est chacun chez soi.

— Je comprends. As-tu encore la photo dont tu me parles ?

— Ça devrait.

Marguerite passe les minutes suivantes à fouiller dans son téléphone et j'en profite pour mettre Romy dans le coup de l'organisation de la pendaison de crémaillère de mon bureau.

— Je veux faire ça jeudi, dans dix jours. Un cinq à sept. J'ai réservé le traiteur, mais j'aimerais que tu t'occupes de la déco.

— J'ai carte blanche ? Yé ! Je vais te faire quelque chose de tellement beau !

— On ira sur place demain. Ça te donnera des idées.

— Génial !

— Dis-moi, Romy, vous êtes allées où pour votre *tatoo* ?

— Chez Denis, le chum de ton ancien collègue.

— Avez-vous eu des nouvelles de Will ?

— Oui, intervient Marguerite. Il travaille trop et Denis est ben tanné.

C'est parfait, ça ! William est celui dont j'ai besoin pour compléter mon équipe. Et cette fois-ci, il aura un horaire décent. Je me promets de l'appeler dès demain matin, en croisant les doigts pour que ça fonctionne.

— Bon, je l'ai !

Je regarde le cliché que Marguerite me montre, et c'est vrai que le reptile est plus gros que tout ce que j'ai vu jusqu'à présent.

— Ryan écrit qu'il mesurait environ cinq pieds.

— Cinq pieds ? Impossible. Ça doit être un iguane.

— Non, non, c'est un lézard africain, pis il mange des chats.

— Moi, depuis que je sais ça, y est pas question que je retourne en Floride, précise Romy.

— Ben là, faut pas capoter non plus. Il doit pas y en avoir des tonnes.

— T'as raison, mon lapineau, c'est plutôt rare. Mais y en avait un sur ton terrain.

— Ouin, mais c'est pas juste ça, p'pa. Maintenant que t'aimes voyager, on aura pas le temps d'y aller.

Est-ce que cette partie de ma vie serait terminée aussi ? À bien y penser, j'ai fait le tour de la Floride. Le bateau, comparativement au surf, ça ne me dit plus rien. Un autre changement positif à venir !

— T'as raison, Romy, je vais vendre. J'ai fini de perdre du temps. Par contre, Marguerite, si tu veux y séjourner l'hiver prochain et avoir ta place à toi, on louera un condo pour quelques mois.

— On est pas rendus là. Bon, je vais commencer le souper. Je voulais faire ma lasagne, mais j'ai pensé que tu devais avoir mangé beaucoup de pâtes en Italie. Donc, j'ai choisi la tradition. Quand on revient chez nous, y a rien comme…

— Une tourtière du Lac, avec du ketchup aux fruits, dit-on, Romy et moi, à l'unisson.

Repartir sur de nouvelles bases, tout en gardant ce qui nous réconforte. C'est exactement mon plan de vie pour les prochaines années.

35

— Vous avez pas de prosecco ? Avec quoi vous allez préparer des spritz ?

— Désolé, je l'ai oublié. Mais j'ai du cava, je vais me débrouiller avec ça, me répond le barman engagé pour l'inauguration de mes nouveaux bureaux.

— Non. Du cava, c'est espagnol. Ça prend un vin italien pour les spritz.

— Eille, LP ! C'est juste un *fucking* mousseux. Laisse tomber.

Marco me ramène au gros bon sens. Il a bien raison, inutile de m'inquiéter avec ça.

— OK, c'est correct. Mais attention de pas trop montrer la bouteille. Ça fait amateur.

— Ça suffit, mon lapineau. Tu vas mettre le monsieur mal à l'aise.

Marco pouffe de rire devant le surnom que me donne ma mère. Il attend qu'elle s'éloigne pour vérifier le travail des traiteurs et il me relance.

— Mon lapineau, hein ?

— Ferme-la, Marco. T'essaieras de raisonner avec une femme comme Marguerite.

— Y a juste un moyen dans ce temps-là avec les femmes, LP. C'est du *give and take*.

— Ah, je sais ce qu'elle veut.

— C'est quoi ?

— Que je l'appelle maman.

— Pourquoi tu le fais pas ?

— C'est comme ça. À l'adolescence, j'ai commencé à l'appeler par son prénom, puis c'est resté.

— J'ai remarqué que vous avez une relation vraiment particulière.

— On a toujours été très proches et, à un moment donné, on est devenus comme des partenaires. Je sais pas si tu comprends.

— Oui, oui, un genre de complicité qui va au-delà d'une relation entre une mère et son fils.

— Exactement.

— En tout cas, elle en a dedans.

— À qui le dis-tu ! Je l'adore, mais elle peut être très contrôlante.

— Et envahissante, j'imagine ?

— *Yep !* Attends que je te raconte la fois où elle m'a surpris en plein milieu d'un *trip* à trois.

— Oh ! Intéressant…

Depuis que je connais Marco, je le fais saliver avec mes histoires de cul. Ce qu'il ignore par contre, c'est que, parfois, j'échangerais tout ça contre une femme comme sa Florence. Sexy, gentille et pas compliquée à vivre.

— Mon lapineau, je pense pas…

— Bon, OK, maman, ça suffit, le lapineau.

Marguerite me regarde, stupéfaite. Elle s'approche, m'embrasse sur la joue et me la pince ensuite.

— Je sais que tu le fais juste parce que tu veux pas avoir l'air ridicule, mais ça me fait plaisir quand même.

Et elle retourne d'où elle vient en oubliant de préciser la raison de son intervention.

— Pis, c'était pas si difficile que ça, hein?

Mon téléphone vibre et je consulte mes messages texte.

« Bonne inauguration, LP! Le meilleur pour ton nouveau cabinet. »

Je réponds immédiatement:

« Merci, Alex. À demain. »

Le mot de mon demi-frère, avec qui j'ai développé une relation virtuelle tout au long de mon voyage, me touche. La première fois que je lui ai écrit, pour l'avertir que je partais plusieurs mois et de ne pas s'inquiéter si je ne donnais pas de nouvelles, il m'a demandé ma destination. Il s'est empressé de me fournir une foule d'adresses à Bali pour des restos, des clubs et une école de surf. Contrairement à moi, Alex a exploré une bonne partie de la planète, puisqu'il a voyagé pendant un an, juste avant de fonder une famille.

C'est lui qui m'a parlé de Tel-Aviv, me la décrivant comme une ville *cool*, ce qu'elle est. Nous avons donc fait connaissance de cette façon. C'est vrai qu'Alex a une vision plutôt traditionnelle des relations hommes-femmes, mais j'ai aussi découvert un gars cultivé et doté d'un bon sens de l'humour. J'ai l'intention de laisser une chance au coureur. Pas question toutefois de l'inviter ce soir et de provoquer un malaise avec ma mère. Ou avec William.

À ma grande satisfaction, celui-ci a accepté de se joindre à notre petite équipe avec beaucoup d'enthousiasme. Il sera mon technicien, et Marco a choisi une Parisienne qui a marié un Québécois et qui a fait son droit ici. Pour l'instant, Marie-Alexandrine sera la seule femme de notre modeste cabinet, mais j'espère embaucher une autre employée d'ici peu pour le poste d'adjointe administratrice et réceptionniste, et atteindre un jour la parité.

Je me rends auprès de Marguerite, qui est en train de placer des miniguédilles au homard dans une assiette. Les cuisiniers me supplient des yeux d'intervenir.

— Maman, laisse les gens faire leur travail s'il te plaît.

— Mais on sera pas prêts.

— Ben oui, tout est réglé. Viens, les invités vont commencer à arriver.

— Est-ce que Romy est là ? C'est super beau ce qu'elle a fait.

Pour ma part, je trouve que c'est un peu trop *girly* à mon goût. J'aurais bien troqué quelques ballons roses contre des bleus ou des jaunes, mais je n'ai pas voulu freiner la créativité de ma fille en faisant des changements.

Nous attendons une cinquantaine de personnes ce soir. Famille, amis, mais aussi des collègues. J'ai même envoyé une invitation à Évelyne, qui m'a chaleureusement remercié. Aux dernières nouvelles, elle n'était pas certaine de pouvoir se libérer, Ottawa est quand même à deux heures de route, mais je serais heureux de la revoir. Elle en a profité pour m'annoncer qu'elle et Ludovic avaient entamé des démarches pour adopter un enfant. Ça m'a soulagé de savoir que nous n'avions pas rompu pour rien.

— Salut, p'pa.

— Hé, Romy ! Salut, Gabriel.

Elle est accompagnée de son nouveau chum que j'ai eu l'occasion de rencontrer il y a quelques jours. Il m'a fait bonne impression, mais je ne le connais pas assez pour lui donner l'absolution. En jasant avec Romy, un soir cette semaine, j'ai appris qu'entre Nathan et lui il y avait eu deux autres garçons. Ça m'inquiète de la voir collectionner les amoureux. Mais quand je lui en ai fait part, elle m'a demandé, du tac au tac, avec combien de femmes j'avais couché pendant mon voyage. Devant mon silence, elle a simplement ajouté : « Tel père, telle fille... »

Même si ce n'est pas un argument valable, il m'a cloué le bec. Non que je n'avais aucune réplique en tête. Mais plutôt parce que son commentaire m'a fait réaliser que, sans le vouloir, j'ai exercé une mauvaise influence sur elle. Et j'ignore comment effacer tout ça.

— Pis, aimes-tu mes décos?

C'est hier soir que Romy s'est mise à la tâche, en compagnie de Gabriel, pendant que je m'entraînais au gym, puisque je n'avais pas pu y aller le matin, à cause d'un rendez-vous avec un client. Ce n'est qu'aujourd'hui que j'ai découvert le fruit de son travail.

— Euh, oui, oui, c'est beau.

— Pas plus que ça?

— C'est juste que j'aurais choisi un peu moins de rose, mais c'est pas grave.

— Je te l'avais dit, aussi, intervient Gabriel.

— Ouin, t'avais peut-être raison, dit-elle, penaude.

— T'en fais pas avec ça, ma puce.

— Arrête de m'appeler comme ça!

C'est fou comme, d'un coup, je comprends ce qu'elle vit.

— OK. Ma grande, ça te va?

— C'est un peu mieux.

Je l'embrasse sur le front, avant d'aller rejoindre des collègues qui se pointent. Tous me félicitent, et certains se disent étonnés par mon choix. Le requin qui passe du côté des victimes, il y a de quoi alimenter les conversations.

Je fais un sourire à Amélie qui boit un spritz en discutant avec Léa. Celle-ci m'a fait une belle surprise en se présentant ce soir. Je me demande si elle est heureuse chez O'Brien et Johnson. Notre départ, à moi et à Évelyne, a dû rendre l'ambiance encore plus lourde. Je sais qu'ils ont recruté un dénommé Thibault qui travaillait dans un gros cabinet à Québec. Sa réputation d'avocat coriace n'est plus à faire. Je me promets de questionner Léa tout à l'heure sur son avenir professionnel. Elle serait parfaite pour le poste hybride que je cherche à pourvoir. Je lui vanterai les avantages d'une petite boîte où la hiérarchie n'occupe pas toute la place et où il est plus facile de gravir les échelons, sans nécessairement mettre sa vie personnelle de côté.

Je suis ravi de constater qu'Amélie a l'air encore plus en forme qu'à Noël. Ça ne m'étonne toutefois pas puisque Romy m'a raconté qu'elle est follement amoureuse de son nouveau chum, un gars plus jeune qu'elle, un réalisateur de documentaires qui a remporté plusieurs prix pour ses œuvres. J'espère que ce sera le bon, cette fois-ci.

À l'autre bout de la pièce, William présente Denis à des gens que je ne connais pas, sans doute des amis de mon associé. Mon technicien semble aux anges. Avant qu'il signe son contrat, nous avons eu des discussions franches, et je me suis engagé à ne pas le surcharger. C'est pour ça que je vais avoir besoin de quelqu'un d'autre rapidement. De mon côté, je sais que je devrai travailler très fort au cours des prochaines années pour bâtir ma clientèle et établir mon nom dans ce domaine. Mais je suis prêt et je trouve ce nouveau défi hyper stimulant.

Par contre, je veux préserver mes week-ends le plus possible et au moins un mois de vacances par année. Quitte à refuser des cas. Ici, je serai maître de mon temps et je n'aurai pas de comptes à rendre à des associés trop ambitieux. L'entente entre Marco et moi est claire : on a chacun nos clients et on paie tous les frais de bureau, ainsi que les salaires du personnel, cinquante-cinquante. Aucune autre contrainte.

— LP, c'est l'heure de notre discours, m'indique Marco.

— OK, parfait.

Nous montons tous les deux sur une estrade installée à droite du bureau d'accueil, pour l'occasion. Nous avons convenu de dire un petit mot sans prétention. Je commence.

— Bonsoir, tout le monde. Tout d'abord, je vous remercie infiniment d'être avec nous pour célébrer le début de notre nouvelle aventure, à Marco et à moi. C'est une idée qui a pris naissance sur une planche de surf, en Thaïlande.

Je poursuis mon explication de la genèse du projet, puis, soudain, mon attention est attirée vers la porte d'entrée qui s'ouvre. Je mets quelques secondes à reconnaître la femme qui s'avance vers le groupe en me souriant. Ses cheveux sont coiffés différemment, en belles boucles souples qui tombent sur ses épaules, et ils sont plus foncés, mais c'est bien elle. Catherine. Elle est encore plus éblouissante que dans mon souvenir.

Troublé par cette présence inattendue, je bute sur mes mots, ce qui ne m'arrive jamais en public. J'ai le cœur qui bat tellement fort que j'en perds toute ma concentration. Moi qui me croyais guéri! Il suffit d'une seule apparition de Catherine pour tout chambouler. C'est quoi, ce manque de contrôle à la con? Pourquoi suis-je incapable de maîtriser mes émotions?

Je réalise que j'ai cessé de parler. En plein milieu d'une phrase. Ça va faire, Rousseau, prends sur toi.

— Désolé, j'ai eu un petit moment de nostalgie. Je m'ennuie plus du surf que je pensais. Bon, je vais passer la parole à mon partenaire. Marco, si tu veux bien…

Je lui cède le micro et je recule de deux pas. Nostalgie, ennui du surf… T'as vraiment dit une connerie comme ça, Rousseau? Pas fort…

Je me concentre sur les propos de Marco et j'évite de regarder en direction des invités. Peu à peu, je retrouve mon calme et je me raisonne. Comment puis-je avoir un coup de foudre pour cette femme avec qui je n'ai jamais couché? Si ça se trouve, elle est complètement nulle au lit. Ou elle est très conservatrice, comme Laurie. Ou elle n'a pas de libido, ça doit être fréquent chez les cinquante ans et plus. C'est ça, je suis sûr que ce n'est pas une bonne baise.

Parler de Catherine de cette façon, comme si elle était une parmi tant d'autres, m'aide à me détacher. Même si, au fond de moi, je doute que ce soit vrai.

Les décolletés qu'elle porte, sa façon de manger lentement, en dégustant chaque bouchée, de humer le vin en fermant les yeux, son rire sensuel, ses gestes langoureux quand elle étend de la crème sur ses mains, sa manière de bouger, d'habiter pleinement son corps, de poser un regard envoûtant sur les gens... Tout ça me fait croire que Catherine est chaude, très chaude.

Il n'existe qu'un seul moyen pour échapper à son emprise : ne plus jamais la voir. Et je vais tout faire pour que ça survienne. Ce soir, je serai odieux avec elle. À un point tel qu'elle ne voudra plus rien savoir de moi. Et je lui verserai d'un coup la somme promise pour ses études, au lieu de le faire ponctuellement comme prévu. Ensuite, ce sera bye-bye pour le reste de ma vie. Et maman s'organisera avec ses histoires de rassemblements familiaux. Moi, je dois survivre.

— Donc, voilà. Encore merci d'être là et amusez-vous. Y a des *drinks* et de la bouffe pour tout le monde. Bonne soirée !

Marco conclut son discours et, comme tous les autres, je l'applaudis chaleureusement. Je quitte l'estrade et je vais illico au bar me commander un gin. Le barman dépose mon verre sur le comptoir et c'est son parfum que je sens en premier. Puis j'entends sa voix.

— Faites-m'en un, s'il vous plaît.

— Double aussi, madame ?

— Bien sûr, on a quelque chose à fêter, n'est-ce pas, Louis-Philippe ?

Je suis incapable de lever le regard sur elle. Incapable. Elle s'adresse au barman.

— Savez-vous quoi, monsieur ? D'après moi, Louis-Philippe est embarrassé de me revoir. Parce qu'il sortait avec ma fille et qu'il a rompu. Alors, il se sent mal. Mais imaginez-vous donc que ma fille est lesbienne. Et que c'est grâce à lui qu'elle a découvert ça.

Me semble qu'il devrait pas être gêné, pis qu'il devrait m'embrasser. Qu'est-ce que vous en pensez?

Comment résister? J'éclate de rire et je me tourne vers elle. Au diable mes résolutions de lui faire la gueule.

— Salut, Catherine.

— Salut, Louis-Philippe.

Je me penche pour lui faire la bise et je ressens la même décharge électrique que le soir du 24 décembre. Ça s'étend partout dans mon corps.

— Tu vas bien?

— En pleine forme. Écoute, je suis très contente pour toi. C'est une super réorientation de carrière. J'en reviens pas que t'aies fait ça.

— Ah, pourtant, j'étais rendu là. Tu sais que c'est grâce à toi?

— Je m'en doute. Tant mieux si notre rencontre t'a ouvert les yeux. Mais, sincèrement, je te croyais pas capable d'un tel revirement.

— Je suis un homme rempli de surprises, Catherine.

— Ça, je commence à m'en rendre compte.

Pourquoi est-ce que je joue le jeu de la séduction avec elle? Ça ne m'apportera rien de bon. Je dois aller rejoindre les autres. Mais je n'écoute pas ma tête et je reste auprès d'elle. Elle prend son *drink* et me propose un toast.

— À ton nouveau cabinet!

Elle ne me quitte pas des yeux en avalant une longue gorgée. C'est fou, l'assurance que dégage cette femme, même dans sa façon de boire du gin pur sans grimacer. Il émane d'elle une force assez exceptionnelle. L'épreuve qu'elle a traversée, et pendant laquelle elle a dû faire preuve de beaucoup de résilience, ne doit pas être étrangère à ce caractère qu'elle s'est forgé.

— Tu sais que j'ai suivi ton voyage?

— Ah bon, comment ça?

— J'ai vu les photos et les vidéos que tu envoyais à ta mère.

Comment a-t-elle eu accès à ça ? Ce n'est certainement pas par Marguerite !

— Je comprends pas, là.

— T'ignorais qu'elle avait créé une page Facebook avec ton périple ?

— T'es pas sérieuse ?

— T'inquiète pas, c'était bien fait. Bon, elle avait de drôles de commentaires parfois, mais…

— Retiens-moi, je vais l'assassiner.

— En tout cas, y avait une méchante gang de filles qui suivaient sa page.

— Elle est tombée sur la tête.

— Elle était fière, c'est tout. Et elle t'a pas nommé. Elle t'appelait « mon lapineau autour du monde ».

— Comment ça se fait que personne m'ait mis au courant ? Romy aurait pu me le dire.

— D'après moi, elle savait que tu serais pas d'accord. Elle devait trouver ça chouette, elle aussi.

— Elle existe toujours, cette page ?

— Non, elle l'a fermée quand t'es revenu. Elle se doutait que tu serais pas content.

— Elle est inconsciente. Je suis avocat, pas amuseur public.

— Tu t'inquiètes trop. Que tu fasses du surf en Indonésie, c'est pas très dommageable pour ton image.

— N'empêche.

J'aperçois Marco qui m'indique de le rejoindre. Non, pas tout de suite. Deux minutes encore auprès d'elle. Ensuite, je passe à autre chose. Pour de bon.

— Sinon, de ton côté, tout va bien ? Charles est en forme ?

— Charles ? Il fait ses affaires.

Je n'ose pas lui demander de spécifier ce que son commentaire signifie. Ils sont toujours ensemble ou pas ?

— Tu commences bien ton droit en septembre ?

— Oui, d'ailleurs, je me cherche un logement près de l'université.

— C'est parfait, ça.

— Mais j'ai repensé à notre entente, je voudrais que ce soit un prêt.

— Catherine, on reviendra pas là-dessus.

— J'y tiens.

— Pas question.

— J'ai une idée dans ce cas-là.

— Quoi donc?

— En terminant, je me joins à vous deux, on ajoute l'expertise médicale à votre bureau, ça peut pas nuire. Je paie mes frais, mais en plus je te verse un pourcentage de mes honoraires, jusqu'à ce que j'éponge ma dette.

In your dreams que tu vas travailler avec moi au quotidien.

— Une chose à la fois, d'accord? Étudie, on verra ensuite.

— Je partirai pas d'ici sans avoir ta parole.

— Tu devras t'en passer.

— La soirée est pas finie. Je vais te relancer, compte sur moi.

Elle m'épate vraiment avec son aplomb.

— Toi, tu vas être top à une table de négociations.

— Pas pire, hein?

— Sauf que, là, t'as un adversaire de taille devant toi.

— Il m'intimide pas du tout.

— Je te ferai pas de promesses que je ne suis pas certain de tenir. C'est long, quatre ans. Il en coulera de l'eau sous les ponts.

Elle me regarde intensément et c'est comme si ses yeux scrutaient le fond de mon âme.

— Dans quatre ans, tu vas être encore ici et tu vas changer l'affiche dehors. À Rousseau et Fillion, tu vas ajouter Préfontaine. Et tu pourras plus jamais te passer de moi. Ça, c'est si c'est pas déjà fait.

Sur ces paroles qui me déstabilisent complètement et dont j'ignore le sens réel, elle tourne les talons et s'éloigne vers le groupe. Je n'ai jamais connu une femme aussi déroutante. Est-ce qu'elle a compris ce que j'éprouve et s'en amuse? Ce serait son ultime revanche? Je ne suis plus certain de rien. Sauf que je ne survivrai pas si elle continue d'être présente dans ma vie. Ça doit cesser. Maintenant.

36

— Bonne nuit, LP. Oublie pas de mettre le système d'alarme.

— À demain, Marco.

Mon partenaire quitte le bureau, et je termine mon gin. Je suis très satisfait de notre cinq à sept, qui s'est transformé en cinq à neuf. J'entrevois mon avenir professionnel avec beaucoup d'optimisme. Mais je ne peux pas en jouir complètement, puisque Catherine me hante toujours.

Elle doit comprendre que je ne veux plus la voir. Jamais. Mais comment m'y prendre sans mettre mes tripes sur la table? Je n'ai pas envie de lui confier tout ce qu'elle me fait vivre par sa seule présence. Je dois imaginer une façon pour qu'elle me laisse tranquille.

Et si j'utilisais la forme de communication que je connais le mieux au monde? Le langage juridique. Excellente idée. Est-il trop tard pour faire ça maintenant? Non.

Je lui écris un texto.

« Catherine, tu trouveras les fonds nécessaires à tes études dans ton compte de banque demain. Dorénavant, j'impose un 810 entre nous. Bonne chance. »

J'envoie mon mot et j'ai un doute. Va-t-elle croire que j'ai réellement l'intention d'utiliser l'article 810 du Code criminel pour la tenir à distance ? Que je vais me servir de cette disposition de la loi qui permet à une victime d'interdire à son harceleur toute forme de contact avec lui ? Non, elle saura qu'il s'agit d'une image.

Je décide de finir mon verre en consultant le dossier d'une cliente qui s'est présentée aujourd'hui. Une jeune femme devenue invalide à la suite d'un grave accident de voiture il y a trois ans et dont la SAAQ vient de couper l'indemnité. Une cause criante d'injustice que j'entends bien gagner.

Je ne croyais pas que de faire œuvre utile m'apporterait autant de satisfaction. Pour une des rares fois dans ma vie professionnelle, je procure quelque chose de positif à des gens. Et c'est gratifiant comme jamais.

Ce qui me plaît aussi dans mon nouveau champ d'expertise, c'est qu'il me permet de continuer à assumer mon côté guerrier. Mais cette fois, pour les bonnes raisons.

L'arrivée d'un message texte sur mon téléphone me déconcentre de ma lecture. Je me doutais bien que Catherine répliquerait.

« T'es chez toi ? »

« Oui »

Qu'elle aille se cogner le nez à ma porte fermée ! Peut-être qu'elle saisira finalement le message. Je replonge dans la déclaration du médecin engagé par la SAAQ. Je suis scandalisé par ses conclusions. Selon lui, les séquelles physiques de ma cliente se sont estompées et elle est en mesure de retourner au travail. *Bullshit !*

Maintenant, c'est la sonnette de la porte d'entrée qui me tire de mon analyse. Je regarde l'heure sur mon téléphone et je suis soulagé de constater que ça ne peut pas être Catherine. Elle n'a pas eu le temps, en dix minutes, de passer chez moi et de revenir ici.

Je quitte mon bureau et je vais ouvrir. Ah non !

— Qu'est-ce que tu fais ici, Catherine ?

— Tu me laisses entrer ou on discute entre deux portes ?

— J'ai pas été assez clair ?

— Baisse ta garde, Louis-Philippe.

— Non.

— Tu vois pas qu'il pleut, là ? Et j'ai pas de parapluie.

À contrecœur, je lui cède le passage. Ses cheveux sont alourdis par la pluie, mais elle est toujours aussi belle.

— T'étais pas en route pour Bromont ?

— Non, je finissais de souper avec une amie dans un resto, juste à côté.

— Tu t'es rendue chez moi ? T'as fait ça vite !

— Je suis pas allée chez toi. Je me doutais que tu m'avais menti. On s'assoit où ?

— On s'assoit pas. Tu me dis ce que tu veux et tu t'en vas.

Elle retire son manteau et je découvre que les trois premiers boutons de son chemisier sont détachés. Tout à l'heure, il n'y en avait qu'un seul. C'est clair qu'elle le fait exprès.

— Écoute, Catherine, viens-en au fait. Je travaille, là.

— Faut vraiment tout vous expliquer, à vous autres, hein ?

— À nous autres ?

— Les hommes.

— Moi, les généralités…

— T'as rien vu ?

— Qu'est-ce que je suis censé comprendre ? Que tu t'amuses avec moi, comme un chat avec une souris ? Que ça fait partie de ton plan pour te venger ?

— OK. Il me reste juste une arme.

Elle s'approche d'une démarche que je trouve beaucoup trop sensuelle. Je recule. Elle s'avance encore. Je recule de nouveau et je heurte le mur.

— Qu'est-ce que tu fais, Catherine ?

— Je peux pas croire que tu viens de formuler cette question-là.

Elle dépose sa main sur ma poitrine et me caresse tout doucement. Je devrais stopper son geste, mais ça me fait trop de bien.

— Le soir de Noël, tu t'es aperçu de rien ?

Tout ce dont je me souviens, c'est que j'ai été placé devant mes sentiments envers elle. Et que ç'a été particulièrement douloureux.

— T'as pas remarqué tous les efforts que je faisais pour cesser de te regarder ?

Non, je n'ai jamais vu ça.

— T'as pas senti que j'aurais tout donné pour que tu sois pas l'amoureux de Laurie ? Pour que tu sois à moi.

Que je sois à elle ? Comme un enfant avec son jouet ? Méfie-toi, Rousseau, méfie-toi.

C'est ce que dit ma tête. Mais mon corps, lui, n'entend rien. Je ne l'arrête pas quand elle défait le bouton de ma chemise et qu'elle glisse sa main sous le vêtement.

— Ce soir-là, je me suis servie de Charles pour me protéger de toi. Pour me protéger de ce désir qui grandissait de plus en plus et que je ne comprenais pas.

Moi non plus, je n'ai jamais trouvé d'explication à cette puissante attirance.

— Dire que je t'ai tellement haï pendant toutes ces années. Mais plus je te découvrais, plus j'avais envie de toi. C'est tout d'abord arrivé au bar, à Bromont quand j'ai réalisé que tu n'étais plus le salaud qui m'avait mise dehors de ma maison. Quand tu as exprimé des regrets.

— J'ai rarement été aussi troublé que cette fois-là.

— Tu sais, c'est très séduisant un homme qui est capable d'évoluer, de changer.

Je commence à croire à sa sincérité et j'entre dans la danse. J'encercle sa taille et je remonte ma main le long de ses côtes.

— Cet hiver, j'ai passé des heures à regarder tes vidéos de surf, en me touchant dans mon lit.

Que c'est bon à entendre! Catherine est l'incarnation même de tous mes fantasmes. Elle est encore plus *hot* que je le pensais. Je me sens devenir dur dans mon *boxer* et je presse son corps contre le mien.

— Mais j'avais peur aussi. Que tu rencontres une belle jeune Indonésienne… que tu me trouves trop vieille.

— Jamais. T'es la femme de mes rêves, Catherine. Rien de moins.

— Et tout à l'heure, quand je t'ai laissé en plan en te disant que tu ne pourrais plus te passer de moi, je faisais de la projection. C'est moi, Louis-Philippe, qui ne peux plus me passer de toi.

Je l'embrasse avec fougue et je sens que mon cœur va exploser tellement je suis heureux. J'ai envie de crier que je suis amoureux de la femme la plus extraordinaire de la terre.

— Je t'aime, Catherine.

— Moi aussi.

Je baisse la fermeture éclair de son jeans et mes doigts rencontrent son sexe déjà chaud et humide. Elle gémit de plaisir.

— Louis-Philippe, regarde-moi.

Je plonge mes yeux dans les siens.

— Oui?

— Baise-moi fort.

— Tout ce que tu veux, Catherine. Tout ce que tu veux, tout le temps.

Je l'agrippe par les cheveux et je la plaque dos contre le mur. Je fais voler en éclats les boutons de son chemisier, je lui arrache son soutien-gorge et j'admire ses seins parfaits. Ça va être tellement bon, j'attendais ça depuis trop longtemps.

REMERCIEMENTS

À Yves, merci d'avoir les bons côtés de Louis-Philippe. Et heureusement que tu n'as que quelques-uns de ses défauts. ♥

À Laurence, merci pour les mots d'encouragement dans mes moments d'angoisse. T'entendre dire « Je suis certaine que ça va être bon » est précieux pour moi.

Aux membres de ma famille, merci pour votre présence toujours réconfortante. Et merci d'être des lecteurs assidus !

À mes amis, qui, sans le savoir, m'ont inspiré plusieurs traits de Louis-Philippe, merci d'être des gars authentiques. Et pardonnez-moi d'avoir tracé un portrait de vous pas toujours reluisant…

À mon ami Jean-Sébastien Bourré, merci pour ton aide à construire une intrigue entourant une personne transgenre. J'ai hâte de lire ton premier roman !

À mon éditrice, Nadine Lauzon, un énorme merci pour ton professionnalisme et ton enthousiasme. Merci de me pousser plus loin comme auteure.

Au Groupe Librex, merci pour cette confiance depuis sept ans : dix romans, des dizaines de salons du livre, des lancements, quelques crises de romancière angoissée à gérer, etc. Mais, surtout, merci pour tout le plaisir que j'ai à travailler avec vous, une équipe de feu.

À mon agente, Nathalie Goodwin, merci de veiller à mes intérêts depuis le début de mon aventure d'auteure.

Aux Québécois rencontrés en Floride, merci de m'avoir raconté vos histoires. Merci pour les spritz, le *stone crab*, les baignades dans la mer, les excursions au large, dans la forêt tropicale, etc. Merci à mes amis là-bas pour les beaux moments partagés au soleil.

À mes lectrices et à mes lecteurs, merci d'être fidèles au rendez-vous depuis tant d'années. Ce dixième roman, il s'est concrétisé en grande partie grâce à vous. Ce sont vos messages, vos tapes dans le dos, votre passion pour mes univers qui me donnent des ailes pour continuer à écrire des histoires bien longtemps. On se revoit bientôt, promis !

Vous avez aimé *Turbulences du cœur* ?
À l'automne 2019, surveillez la suite de l'histoire,
du point de vue de Catherine Préfontaine,
quatre ans plus tard…

Restez à l'affût des titres à paraître chez Libre Expression en suivant Groupe Librex : facebook.com/groupelibrex

edlibreexpression.com

Cet ouvrage a été composé en ITC New Baskerville 12,25/15 et achevé d'imprimer en septembre 2018 sur les presses de Marquis imprimeur, Québec, Canada.

| 100 % post-consommation | procédé sans chlore | garant des forêts intactes^{MC} | énergie biogaz | archives permanentes |

Imprimé sur du papier 100 % postconsommation, accrédité Éco-Logo, traité sans chlore, garant des forêts intactes et fait à partir de biogaz.